書下ろし

鬼《おに》煙管《きせる》

羽州ぼろ鳶《とび》組④

今村翔吾

祥伝社文庫

目次

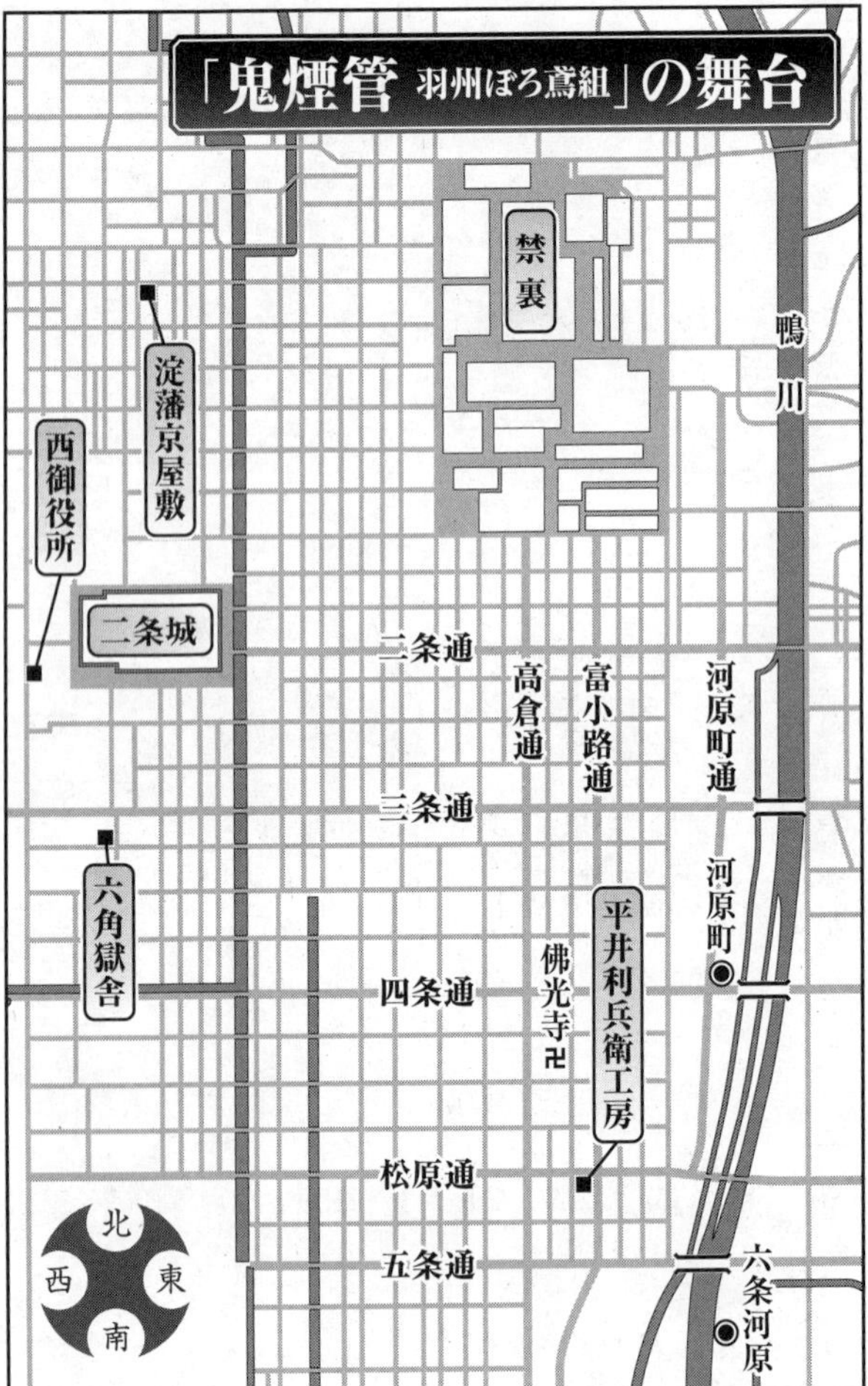
「鬼煙管 羽州ぼろ鳶組」の舞台
禁裏
鴨川
淀藩京屋敷
西御役所
二条城
二条通
高倉通
富小路通
河原町通
三条通
河原町
六角獄舎
平井利兵衛工房
佛光寺
四条通
松原通
五条通
六条河原
北
西
東
南

序　章

お日様は随分《ずいぶん》と低くなってきて、いつの間にか橙《だいだい》色に変わっていた。その柔らかな光が河原を染め上げ、石の色を徐々に判りにくくしている。

「あと一刻（二時間）はある」

声に出すと、自然と口元が緩んだ。

最近になってようやく一日が十二刻（二十四時間）で出来ていること、一刻の半分を半刻（一時間）、そのまた半分を四半刻（三十分）と謂《い》うことを理解した。それが大人に近づいたようで嬉《うれ》しくて、ここのところ事あるごとに口にしている。

しかし誰からも返事はない。この河原には自分一人なのだから当然である。改めてそれを思い知ると、急に怖《こわ》くなって、慌《あわ》てて後ろを振り返った。

やはり誰もいない。ただ屈《かが》んだ自分の影がそっと寄り添っているだけである。

今度は寂《さび》しさが込み上げて来て、それを振り払うように地に視線を落とした。

「石、石、綺麗《きれい》な石」

自分で考えた調子に乗せて独《ひと》り言《ごと》を零《こぼ》す。どうせ誰も聞いていないのだから恥ずかしいこともない。

「石、石、青い石……」

河原に来ている目的は綺麗な石を見つけ出すことであった。

母は病で臥《ふ》せっており、出歩くことも儘《まま》ならない。その母は事あるごとに江戸各地の思い出を語る。ここ隅田川《すみだがわ》も、健《すこ》やかであった時、夏に花火を見上げたらしく、

――もう一度、あそこに行きたい。

と、愚痴《ぐち》交じりに零していた。

連れてきてあげることは出来ないが、せめて花火のように美しい色の石を、その思い出の地で見つけてあげたいと思った。

鮮やかな赤色の石を見つけて拾い上げたが、すぐにぽいと投げ捨てた。

「青じゃあない」

花火の時は賑《にぎ》わうというが、今日は人っ子一人おらず、川のせせらぎもはっき

りと聞こえるほどもの寂しい。

　青い花火は無いかもしれない。それでも青色、それも海のような真っ青な石が欲しかった。母が最も好む色だと知っているから。

　さらに陽は傾いてきた。手に取る石も、先刻より随分冷えている。それと関係するのか、石に生《む》した苔《こけ》もより鮮明に香り、寂しさを後押しした。明日出直そうかとも思ったが、頭を横に振った。母は昨日から特に気が立っていた。自由にならぬ躰《からだ》を呪うかのように、髪を掻《か》きむしっておられた。少しでも早く慰《なぐさ》めてあげたく、ここで諦《あきら》める訳にはいかない。

「無いなあ……」

　緑や赤は先ほどからちらほら見つかるが、緑を通り越すほどの青は中々見つからなかった。

　石の色味も判り辛くなってきており、目を細めて一つ一つ丹念に吟味《ぎんみ》する。

「父上なら見つけられるかな」

　これも独り言である。敢《あ》えて相手を求めるとするならば、背後に寄り添っているはずの長くぼやけた影である。

　父は旗本として、将軍様にご奉公されている。お役目は大層忙しいらしく、毎晩帰りが遅い。時には皆が寝静まった屋敷に戻られることもある。

頑張って起きていようと思うのだ。父は決まって寝所を覗《のぞ》いてくれる。そんな時、布団の端を嚙《か》みながら心の中で、

——おかえりなさいませ。

と、言うために。

それでも三回に二回は知らぬ間に微睡《まどろ》んでしまう。朝起きるとそれが悔しくて、布団を蹴り上げてしまったこともある。

「父上はすごいんだぞ」

返事は無くとも話し続けた。

嘘ではない。父は幕臣の中でも出世頭で、与力や同心の信頼も篤《あつ》い。夜遅くまで御勤《おつと》めをされているのも、多くの人から頼られている証《あかし》なのだろう。

「石、石、青い石……」

もう見つからぬのではないか。そう思うと、先ほど一度封じ込めた寂しさがまたふいに湧《わ》き上がって来た。忙しい父であるが、たまに遊んでくれる時は決まって〝隠れ鬼〟をする。隠れるのが上手《うま》い父は、いくら探しても見つからない。その心細さによく似ていた。

隠れ鬼では、仕舞いにはつい泣いてしまい、父を呼ぶのだ。すると、ひょっこり姿を現してくれる。今は無駄と知りつつ、思わず口にした。

「父上……」

か細く言った時、答えるはずのない影が名を呼んだような気がして振り返った。

「……心配したぞ」

「父上……申し訳ございません」

驚いて思わず躰が強張《こわば》ってしまった。いつもお役目で遅いはずの父がいるのである。全身に暖かな光を受け止めながら、河原の石を踏みしめつつゆっくりと近づいてくる。

父は大きく溜《た》め息《いき》をついた。遅くまで戻らなかったことを怒っているのかもしれない。でも何故か父は眼尻を垂らし、少し泣いているような顔にも見える。肩を窄《すぼ》めつつ次の言葉を待った。それが叱責《しっせき》の言葉であろうとも、正直なところ嬉しくて堪《たま》らず、ほんの少し、ほんの少しだけ頰《ほお》を緩めた。

第一章　火《か》車《しゃ》

一

「なるほど……」

星十郎《せいじゅうろう》は冷たくなった女から手を離して呟《つぶや》いた。そして長い睫毛《まつげ》を落として改めて掌《てのひら》を合わせた。京都西町奉行所の同心が止めようとするのも気に掛けず、そっと髪へと手を伸ばす。

「加持《かじ》様……」

死体を触れれば穢《けが》れると言いたいのだろう。まだ未《ひつじ》の刻（午後二時）を過ぎたばかり。明かり窓から差し込む光は白々としているが、己の色付いた髪を通ると赤《しゃっ》光《こう》へ変じた。

穢れなどという概念は己には無い。

――穢れがあるとすれば、それはこれを為《な》す鬼の心。

細く息を吐くと、傍《かたわ》らの平蔵《へいぞう》が耳元で囁《ささや》く。

「何か分かったか」

「はい」

口を結んだ平蔵が頷《うなず》くのを見届けると、星十郎はゆっくりと歩を進めた。

「青坊主《あおぼうず》事件の下手人が解りました」

この場には星十郎のほかに平蔵、平蔵の配下である奉行所の同心が二名、そして変わり果《は》てた姿になった女と、その夫の長介《ちょうすけ》だけである。可哀想《かわいそう》なことであるが、遺体はまだ荼毘《だび》に付すことは出来ず、土間に筵《むしろ》を敷いて寝かせてある。

「して、下手人は」

平蔵に焦《じ》れる様子は感じられなかった。薄々は此度《こたび》の下手人に気付いているのだろう。しかし確たる証拠が無いので動けずにいた。

「長介さん。そろそろ話されてはいかが」

一瞬顔を強張らせるも、長介はすぐに僅《わず》かに口元を綻《ほころ》ばせた。表情はなおも目まぐるしく変わる。やがて泣き顔になった長介は、怒りの籠《こも》ったような目つきで睨《にら》み付けてくる。

「御冗談《ごじょうだん》もほどほどにして頂けませんか。家内が殺されとるんです」

「存じ上げています。が……冗談ではない」

平蔵は刀の柄に手を置いたまま。同心二人は固唾《かたず》を呑んで見守った。

星十郎が急遽《きゆうきよ》京に入ったのは江戸を騒がした明和《めいわ》の大火の後、安永《あんえい》二年（一七七三）の睦月《むつき》（一月）も末の頃であった。山路連貝軒《やまじれんがいけん》が暦《こよみ》の論争に星十郎の力を借りたいと申し出たのである。出初式《でぞめしき》が終わると早々に、星十郎が属する新《しん》庄《じよう》藩戸沢《とざわ》家定火消の御頭《おかしら》は御家老である北条六右衛門《ほうじようろくえもん》に伴って国元へと向かった。その三日後には星十郎も京に向けて発《た》っている。

京で為すべきは山路の援護だけではない。長谷川《はせがわ》平蔵宣雄《のぶお》は明和の大火で下手人を捕らえた功績により、京都西町奉行に出世しており、着任早々に怪事件が頻《ひん》発《ぱつ》していることで、知恵を貸して欲しいとの依頼があったのである。

「青坊主？　あの物《もの》の怪《け》の……」

平蔵の宅に招かれた星十郎は目を丸くした。

「さすが加持殿。妖怪変化《へんげ》にも詳しいか」

平蔵は大きく眉《まゆ》を開いた。

信濃《しなの》、遠江《とおとうみ》、備中《びつちゆう》、周防《すおう》、長門《ながと》などに広く伝わる物の怪の名である。各地で詳細は異なるが、共通することといえば人を襲い、攫《さら》うということであった。それがこの京に出没しているというのだ。平蔵は鼻を指で擦《こす》りながら続けた。

「すでに四人殺されておる。いずれも溺《おぼ》れ死んでいた」

平蔵が着任して早々この事件は起こった。

ある日の早朝、商家の丁稚《でっち》が軒先《のきさき》を清めようと表に出ると、見慣れぬ大桶《おおおけ》が蓋《ふた》をされて置かれていたという。丁稚はどこかからのお届けものかと、軽い気持ちで蓋を取った。

「そこに死体が……」

「大桶には水がなみなみと張られておった。仏は手と足を一つに縛《しば》られ、屈み込むような恰好《かっこう》で見つかった。桶の底に杭《くい》のようなものがあり、縄はそれにも繋《つな》がっていた。動けぬように、浮かび上がらぬようにという工夫《くふう》であろう」

「躰に傷は？」

「後ろから殴《なぐ》られたもの、揉《も》みあった形跡はいずれもあるが、それで死に至ったということはない。あくまで溺死《できし》している」

「冬に水中。死体の強張りからは殺しの時は読めませんな……」

星十郎は独り言のように呟いた。人の躰は死ぬと徐々に強張ってくる。そこから、死んでからどれほどの時が経過したかが分かるのである。しかしそれは寒暖によって顕著《けんちょ》に違いが生まれるため、寒水の中に遺体があったならばあてにはならない。多くの殺しを見て来た平蔵も当然そのことを知っている。

「前の夜には生きていた」

「誰か見た者が？」

「儂《わし》じゃ」

殺されたのは京都西町奉行所の与力で、遺体で発見される前夜、お役目の事で平蔵のもとに伺《うかが》いをたてに来ていたというのだ。

「殺された他の者は？」

二人目は公家《くげ》に仕《つか》える青侍《あおざむらい》で、五摂家《ごせっけ》の一つである一条《いちじよう》家の者。三人目は六角《ろっかく》に住まう大工の棟梁《とうりよう》。四人目は上賀茂《かみがも》神社の禰宜《ねぎ》であり、その殺され方から発見のされ方まで全て同じであるらしい。

平蔵は殺された者に共通する事柄が無いかと探ったが、何ら接点は浮かび上がらぬという。

「物の怪など信じてはおらぬ。だが口さがない京雀《きようすずめ》は、この怪奇な事件は青坊主の仕業《しわざ》だと言い出した。青坊主はそのような物の怪ではないのだがな……水が青を連想させたのだろう」

　星十郎は左右を見回して声を潜《ひそ》めた。

「腑分《ふわ》けをしましたか」

　腑分けとは即《すなわ》ち人体解剖である。人の死因を見るにはこれが最も良い。しかし命への冒瀆《ぼうとく》として忌む風潮《ふうちょう》は今なお強い。平蔵も膝《ひざ》をにじらせて声を落とした。

「秘密裡《ひみつり》に行《おこな》った。いずれも溺死であるという」

「肺に泡が湧いていましたか?」

「腑分けにも通じておるか……丁度、小浜《おばま》藩から腑分けの達者《たつしゃ》が来ており、手伝って頂いた。間違いない」

「小浜藩、腑分けの達者……杉田玄白《すぎたげんぱく》殿ですな」

　名だけであるが、そのような腑分けの先駆者《せんくしゃ》がいることを知っていた。それにも平蔵は驚いたようで唸《うな》っている。

　水の張られた桶に閉じ込められていたといって、必ずしも溺死したとはいえない。そう錯覚《さっかく》させるため、大仰《おおぎょう》な仕掛けをしているかもしれないのだ。しかし腑分けをしたならばその線も消える。

「ともかく、これを捕まえるのに力を貸して欲しい」

「承《うけたまわ》りました」


平蔵と面談をした数日後、再び「青坊主」が現れた。

殺されたのは漆《うるし》塗りの食器などを扱う漆器《しっき》問屋「黒戸屋《くろとや》」の妻。すぐさま平蔵と共に急行したのは辰《たつ》の刻（午前八時）のことであった。すでに配下の同心二名が先着している。遺体は大桶の中に入り、水も抜かれてはおらず、現場は綺麗に保存されていた。大桶の前に膝を突き、おいおいと泣き叫ぶ男がこの黒戸屋の主人、長介であるという。平蔵は星十郎を江戸から来た高名な学者だと紹介した後、長介の肩に手を添えて優しく問うた。

「主人、苦しいであろうが状況を教えてくれ」

「私は昨夜の申《さる》の刻（午後四時）には商家の会合に出掛けました……」

長介は震える声で語り出す。

家を出た時、妻はまだ健在であったという。長介の会合が終わったのは酉《とり》の刻（午後六時）を回っており、そのまま酒宴へと雪崩《なだ》れ込んだ。遅くなるとは伝えていたが、長介は些《いささ》か過ごしてしまい眠ってしまった。目が覚《さ》めたのは翌日の寅《とら》の下刻（午前四時半頃）、そこから四半刻（三十分）程掛けて自宅に帰ると、戸締りがなされていない。不用心とは思ったが、こちらも朝帰りした身で怒ることは出来ぬ。

家に入ってみたが妻の姿が無い。まさか愛想を尽《つ》かして出ていったのではと、長介は慌て、隅々《すみずみ》まで捜したがやはり見つからなかった。そこで土間に見慣れぬ大桶が置かれていることに気が付き、恐る恐る蓋を取ると、そこには水の中で眠る妻の姿があったという。

「出掛ける時、妻は生きていたのだな？」

平蔵の声色は依然優しいものであるが、すでにこの男に訝《いぶか》しさも感じているようである。答えたのは長介ではなく、配下の同心の一人であった。

「騒ぎを聞きつけて来た近所の酒屋が言うには、長介が会合に出る四半刻ほど前、頼まれていた酒を届けにきたそうです。その時は夫婦揃《そろ》って出迎えたとのこと。死体の様子から、その間に水を張り、殺したとは、到底考えられません」

同心が淡々と報告すると、長介が振り返ってきっと睨《にら》み付けた。

「私を疑うので⁉」

「いやいや。型通りのこと。些細《ささい》なことにも裏付けを取らねばならぬのだ。許せ」

平蔵が宥《なだ》めると、長介はまた目に涙を浮かべて慟哭《どうこく》した。その間、星十郎は鼻をひくつかせながら、壁をなぞったり、戸の立てつけを調べたり、竈《かまど》の灰を摘《つま》んでみたりしていた。そして最後に大桶を覗《のぞ》き込む。

「もう結構です。出して差し上げましょう」

星十郎は聞き取れぬほどの小声で言った。平蔵が命じ、同心たちにより妻が大桶から引き出される。手と足を結んだ縄を刺刀《さすが》（短刀）で断ち切り、筵の上にそっと横たえた。

「長介さん。失礼致します」

星十郎は断りを入れて妻の躰を調べた。針の穴ほどの刺し傷があれば毒殺も考えられるが、それはどこを見てもなかった。代わりに首の後ろを殴打《おうだ》された痕跡《こんせき》がある。この一撃で妻は気を失ったと思われる。他には縄の痕《あと》以外、目立った外傷は無い。腑分けせぬことにははきとは言えぬが、殴られた時はまだ生きており、その後溺死したということで間違いなかろう。

「なるほど……」

仏を拝《おが》み、同心が止めようとするのも気にせず赤髪を指でなぞった。星十郎は下手人が解ったと言い、皆が固唾を呑んで次の言葉を待つ。

「長介さん。そろそろ話されてはいかが」

すでにこの男が下手人であることは解っている。しかし長介は家内を殺すはずがないと憤《いきどお》った。

「まず、現場が整いすぎています」

長介は妻を発見した後、奉行所に駆け込んだ。そして平蔵の命《めい》により、同心二人を先発させたのである。長介の代わりに同心が答えた。

「長谷川様は、現場は見つけたままにせよと常々仰《おつしや》っておりますので……」

「しかし長介さんは違う。いつ溺れたのか解らないのですよ。普通ならばまずは助けようとするはず。仮に死んでいると解っても、一刻も早く冷たい水から出してやりたいと思うのが夫というものでしょう」

同心はあっと声を揃えた。平蔵は表情を変えない。長介は僅《わず》かに下唇を嚙《か》んで反論した。

「青坊主はもう洛中《らくちゆう》では有名です。見つかった時にはもう遅いと……妻の仇《かたき》を討つため、少しでも手掛かりを残そうと堪《た》えたんです。それを何ちゅうこと言うんや！」

長介の語調が荒くなり、星十郎は微《かす》かに笑った。

「そう来ると思っていました」

「私は会合に出ていました。疑うんやったら訊いてみて下さい。厠《かわや》に立ったことはありますが、ほんのすぐのことです。家から会所までは走っても四半刻近くかかる。戻る間はありません」

同心たちはなるほどと唸っているが、平蔵の顔からは疑念が晴れない。事前に用意していたかのように、長介の話には淀《よど》みが無さ過ぎる。

「お上手です。随分練習なさったのでしょう」

「先生は江戸の御方やて聞きましたが、いけずですな」

長介は恨《うら》めしそうに見つめる。何も意地悪をしている訳ではない。己の中ですでに答えは出ている。故に、眼前のこの男への怒りが沸々《ふつふつ》と湧き上がり、抑えきれぬようになってきているのだ。

以前はこのように感情を顕《あら》わにすることは無かった。嬉しいことも、哀《かな》しいことも、怒りや苦しみさえ、誰にも語らず胸の奥にそっとしまっていた。しかしこの二、三年で、己の中に変化が生まれていることに気付いている。

――御頭のせいです。

たとえ心の中であろうが、お蔭《かげ》というのは少し気恥ずかしかった。江戸に残る皆の姿を一瞬思い浮かべ、星十郎は長介を見下ろした。

「酒を呑んで眠ったと聞きましたが、それを誰か見ていましたか」

「寅の刻（午前四時）過ぎまで夜通し呑んでいた者が二人。私の鼾《いびき》が煩《うるさ》かったと。また私が起きた物音で、別の者が目を覚まして少し話しました」

やはり長介はすらすらと立板に水を流すが如《ごと》く語る。裏は取らねばなるまいが、話の通りだとすると、居合わせた者たちが長介から目を離した時は僅か半刻にも満たない。その間にここまで戻って妻を殺し、また会所に戻るなどということは不可能である。

そもそも星十郎も、そのような手法で殺したなどとは思っていない。長介の用意した「言い訳」を全て吐き出させようとしているだけだ。

「お内儀が亡くなったのは、子《ね》の刻（午前零時）から丑《うし》の刻（午前二時）といったところでしょう」

ようやく疑いが晴れたと安堵《あんど》したか、長介は少し穏《おだ》やかな顔つきになる。

「誰がこんな酷《ひど》いことを……」

「繰り返し申します。そろそろお話しになる気は？　あなたが殺したのでしょう」

「だから、私は会合に――」

激昂《げっこう》する長介に掌を向けて制し、星十郎は鋭く言い放った。

「そう。会所にいながらにして殺したのです」

同心たちはまさかといった顔で、星十郎を見つめてくる。平蔵は落ち着き払ったまま尋《たず》ねた。

「そのようなことが出来るか」

「出来ます」

断言すると、長介は嘲笑《あざわら》うように鼻を鳴らした。

「まことに私が青坊主ならば、天を翔《か》けて戻れたかもしれません。が、私は見ての通りただの人。そろそろお引き取り願えますか」

星十郎は長介の挑発など意に介さず、滔々《とうとう》と語り始めた。

「長介さん。あなたはお内儀を後ろから殴り気を失わせた。そして縄で両手足を縛り上げ、桶の中へと入れたのです」

「ほんまに勝手でいけずな御方や……まあええ、聞きましょう」

長介は半《なか》ば呆《あき》れながら立ち上がると、上目遣いで舐《な》めるように見た。

「殴ったのは酒屋が見た直後のこと。そして会合に出て、自らを人目に晒《さら》し、お内儀が亡くなる時を待った」

「ええと……お奉行様。この御方は賢《かしこ》い学者様なのでしょう？」

長介は戸惑《とまど》った様子で平蔵に話を振った。

「そうだ。儂は江戸随一と思っておる」

「それにしてはあまりにお粗末《そまつ》。何故そこまで手の込んだことをしやなあかんのです。殴るならそのまま殴り殺したらよろしいのとちゃいますか」

今度は星十郎が鼻を鳴らす番であった。赤髪を弄《いじ》りながら明朗に答えた。

「殴り殺してしまえば、真っ先に疑われるのはあなたです。会所にいっている間、溺死させればその疑いの目は逸《そ》らせる」

「じゃあ、どうやって水を張ったんです。そんなことほんまに物の怪しか……」

「予《あらかじ》め同じ大桶を二つ用意し、片方には気絶させたお内儀を、もう片方には水を張っておきます。そして時を掛けて少しずつ、お内儀が眠る桶へと移したのです」

「そんな阿呆《あほう》な……水だけが宙に浮いて移る訳あるか」

長介が小馬鹿にしたように首を振った。

「片方の桶底あたりに穴を穿《うが》ち、滝のように水を流し込むとなれば、相当の高さが必要だ。しかしこの家には……」

流石《さすが》の平蔵も不安そうに家の中を見回す。確かにこの家の中にそれほど高低差のある場所はなかった。人が頭まで浸《つ》かる桶以上の高さとあれば猶更《なおさら》である。

「サイフォンでしょうな」

「さいふぉん……何だそれは」

平蔵や同心たちは聞きなれぬ言葉に首を傾《かし》げた。

「サイフォンとは希臘《ぎりしあ》語で『管』を表す言葉です。そこから転じて今から説明する原理の名にもなっています」

星十郎はそう前置きした上で語り始める。

二つの容器を用意し、片方を水で満たす。それと別に「管」を用意し、その中にも空気が入らぬように水を込める。その上で水の入っている容器をほんの少し高くし、二つの空《から》の容器に跨《また》がるように管を入れる。すると高い方の容器の水は管に吸い上げられ、空の容器に注ぎ込まれるというものである。

「何故そうなるかを説明すれば長くなりますが……嘘だとお思いならば試して下さい。何度でもそのようになります」

「それがまことならば一寸《ちょっと》の段差があれば水は送れる……」

平蔵はもう躊躇《ためら》うことは無かった。自信を持って言い切った己を信じてくれている。それまで威勢の良かった長介の顔色がみるみる蒼《あお》くなっていくのを、星十郎は見逃さなかった。

「管の細さ次第《しだい》で時の調節も出来ます。そうでしょう。長介さん」

「しかし……実際に桶は一つです」

長介の鋭かった舌鋒《ぜっぽう》にも陰《かげ》りが見え、視線も泳いでいる。

「箍《たが》さえ外せばただの板材です。恐らく全てが終わった後に燃やすつもりだったのでしょう。家を探せばまだ湿気を帯《お》びた板が出てくるはず」

平蔵が顎《あご》をしゃくると、同心二人が手分けして家の内外を探し始め、戻って来るまでそう時は要さなかった。外から一枚の板を運び入れる。

「奉行、外にこのような板があと十数枚。全て濡《ぬ》れております」

「はて……ここのところ雨も雪も降らなんだがおかしいな。かといって流石に二、三日前に濡れたものが乾かぬとも思えぬ」

平蔵が顎に指を添え、惚《とぼ》けて見せると、長介は慌てて口を開く。

「忘れておりました。確かに桶は二つありました。忌々《いまいま》しい青坊主の所業に怒り、思わず蹴り壊してしまったのです……それで疑われては適わぬと黙ってしまい……」

　随分言い訳の切れも鈍《にぶ》っているが、まだ尻尾《しっぽ》を摑《つか》ませはしない。長介は思い出したように手を打つと、弁疏《べんそ》を続けた。

「そ、そうです。管がございません。青坊主はそれを持ち去り、また同じように誰かを殺すつもりです！」

「板はかさばるが、ばらせば目立たない。故に後にと考えたようですが、決め手となる管はそうはいきません。燃やしたのでしょう」

　間髪《かんはつ》容れずに言うが、長介には徐々に余裕が戻りつつある。

「お待ちください。空気が僅かも入っては駄目なのでしょう？　木の樋《とい》や、葦《あし》の管ではとてもそのようにはいけません」

　平蔵も思考を巡らせるように天井を見上げながら呟いた。

「鉄で管を作れば空気は混ざらぬかもしれぬ。しかし反対に燃やすとなれば難しい……」

「空気を通さず、簡単に形を無くすもの……鉛《なまり》です」

　長介が小さく奇声を上げた。星十郎はさらに畳《たた》み掛けるように続けた。

「鉄を溶かすとなれば高温の炎が必須です。しかし鉛ならば容易《たやす》く溶ける。先ほど竈の中を改めました。まだ灰に覆《おお》われていますが、中には平たく溶けた鉛があります。灰の熱から察するにそれほど前に使ったものではない。つまりはあなたが下手人ということです」

こうなっては話す方が不利と見て黙り込むつもりであろう。長介は口を真一文字に結んで赤面した。平蔵は縄を掛けて奉行所に連行することを命じる。星十郎には二、三気に掛かることが残っていた。二人になるとその謎を平蔵に順に並べてみせた。

「長介は恐らく妻殺しを青坊主の仕業に仕立てるため、先に似たような殺しを行ったのでしょう。しかし、先に殺された者は偶然狙われたのでしょうか。中には侍も混じっています」

「配下の与力は大の酒好き。酩酊《めいてい》していたところを後ろから襲えばなしうるかもしれぬ。が、腑に落ちんな」

「他にも鉛の管をどこでどうやって手に入れたかです。ひと晩掛けて溺死させたのです。相当に細い管であったはず」

「近隣の鍛冶屋《かじや》にも当たってみよう」

「最後に一番の謎は、サイフォンのことを知っていたことです。学者でも中々知らぬこと。何かのきっかけで気付いたのでしょうか、それとも……」

「その辺りだな。任せておけ。必ず口を割らせる」

平蔵は拷問《ごうもん》の許された火付盗賊改方の長官であったため、その手法は躰に訊く荒っぽいものだと思われがちだが、決してそうではない。相手の心に罪悪感の欠片《かけら》でも見つければ、情に訴え掛けて善心を引き出すことにも長《た》けていた。もっとも火急である場合、相手に罪への呵責《かしゃく》の念が一切無いと見るや、拷問によって口を割らせることとも当然ある。

そのような江戸中の悪人を震撼《しんかん》させた平蔵ならば、長介もそう長く黙秘を貫けまい。いずれ動機や、その他の殺しについても自白することになろう。

跫音《あしおと》が近づいて来て、二人の視線が勝手口に注がれた。飛び込んできたのは先ほどとは別の男、聞けば平蔵の配下で石取《こくと》りの与力らしい。小者を使いに立てぬとは、余程重要な案件とみえる。

「急ぎのようだな。何かあったか」

「御老中より書状でございます」

平蔵が来るまで京都西町奉行所は、書状が届いても次の出仕日に渡せばよいといった呑気《のんき》なものであったらしい。平蔵は配下を一喝《いっかつ》していかなるところにでも、一刻も早く繋ぐよう変えさせた。

書状を開いて目を走らせる。平蔵は喉《のど》の奥を低く鳴らす。

「加持殿、伝馬《てんま》を仕立てる。急ぎ江戸に戻られたほうがよい」

「何《か》かありましたか」

「彼の方の身辺が騒がしいようじゃ。何かまた企《たくら》んでいるらしい」

平蔵が憚《はばか》って「彼の方」と呼ぶのは、一橋治済《ひとつばしはるさだ》のことである。将軍になる資格を有する御三卿《ごさんきょう》であるが、その地位に満足せず、自身の子を将軍にしようと画策している。それを邪魔する田沼《たぬま》を失脚させようと、明和の大火を引き起こした黒幕でもあった。

「解りました。急ぎ帰り支度《じたく》を致します」

この場を後にしようとすると、何か言い忘れたようで平蔵に呼び止められた。

「彼の方は火に異常な執着《しゅうちゃく》があるようだ。お主が頼りだと、あの男に伝えてくれ」

「はい。必ず」

「綱《つな》殿にもよろしくな」

微笑《ほほえ》む平蔵に一抹《いちまつ》の寂しさを感じた。心許す者がいない京で孤軍奮闘しているのだ。星十郎は短く頭を下げると、春の香り漂《ただよ》い始める洛中へと足を踏み出した。

二

「と、いう次第です」

星十郎は京にいた時に起こったことの全てを語り終えた。時は安永二年皐月《さつき》（五月）、強い向かい風を受けて流れる赤髪は、燦々《さんさん》と輝く陽を受けて煌《きら》めいている。

「なるほどな」

新庄藩定火消頭取、松永源吾《まつながげんご》は眉間《みけん》に皺《しわ》を寄せて頷く。黒戸屋の一件を解決した星十郎が戻ったのは、今から二月《ふたつき》前のこと。例の火消の身内が拐《かどわ》かされ、鐘を打たせないという事件に対処するため、平蔵が急ぎ戻らせたのであった。

源吾はその時に、京で起こったことの一端こそ聞いていたが、事件の内容にまでは言及していなかった。続けて何か言おうとしたが、宙を舞う飛沫《ひまつ》の一粒が鼻に入り、むず痒《がゆ》くなって指で擦る。周囲は見渡す限りの大海原。二人は今、弁財《べざい》船《せん》の甲板に立っている。

　六右衛門不在の中、新庄藩特産品のお披露目《ひろめ》を行ったのが三日前のことである。六右衛門は名代として源吾の妻である深雪《みゆき》を指名した。深雪が追いつめられる場面もあったが、最後には京の大店《おおだな》「大丸《だいまる》」の主人、下村彦右衛門素休《しもむらひこえもんそきゅう》が全ての品物を相場の倍で買い付けてくれた。お披露目が終わり、その彦右衛門は平蔵からと言って一通の書状を手渡した。京を本拠とする彦右衛門は、京都西町奉行に赴任《ふにん》した長谷川平蔵と懇意《こんい》にしているらしく、この度《たび》の江戸入りに際して頼まれたという。

　深雪が自身の甘さを反省し、気落ちしていたため、源吾は自ら包丁を握って元気付けた。故に布団に潜《もぐ》りこもうという段になってふと思い出すまで、すっかり書状のことを忘れていた。

　一度落とした行燈《あんどん》に火を入れることはしたくなかった。面倒というよりも、火消である己は少しでも火事の危険を避けるように出来ている。幸い雨戸を開け放つと、薄雲に覆《おお》われているが読めるほどの月明かりがある。源吾は柔らかな光に翳《かざ》し、書状に目を通した。

「深雪、まだ起きているか」

「はい。いかがされました」

深雪はすかさず布団から身を起こす。何でもお見通しの深雪は、すでにただ事ではないことを察している。

「明朝より旅支度をしてくれぬか。すぐにでも江戸を発つ」

「それは……急なこと」

源吾は書状を閉じると、先ほどより一層雲に隠された月を見上げた。

「長谷川様の危機だ」

翌日、鶏《にわとり》が鳴く頃から源吾は動き出した。深雪が家で支度をしてくれている間に、為さねばならぬことがあったのである。

第一に主家へこのことを届けねばならない。源吾は朝靄《あさもや》が掛かる中、折下左門《おりしもさもん》を訪ねた。御城使を務《つと》め、三百十石を食《は》む左門は屋敷を与えられており、三百石取りの己と「一応」は家格が等しいのだが、新参で空いている家を充《あ》てがわれた我が家よりも一回り大きい。

というのも、源吾は三百石で迎えられたものの新庄藩の財政は火の車で、借り上げという名目の下《もと》、百石に満たぬほどしか頂戴《ちょうだい》していない。これは源吾だけでなく、全ての家臣が同様で、家老の六右衛門などは五百石を超えながら百石も受け取っていないという。

　これに加え、先日源吾は家禄の返上を申し出た。六右衛門の名代である、藩主のご一門の戸沢正親《まさちか》は貧困に苦しむ国元の民を想うあまり、火消への費《つい》えを徹底的に減じると宣言したからである。これに対し源吾は、

「貧しさとの喧嘩《けんか》。拙者《せつしや》も加わります。松永家の家禄そっくりそのまま返上致す」

と、宣言した。覚悟は正親にも伝わったようで、今は火消の予算は出来うる限り触らぬようにと考えてはくれている。またこれまで以上に殖産に力を注いでいる。家禄に関してもそのままで良いとまで言ってくれた。しかし啖呵《たんか》を切った手前、源吾も退《ひ》くことは出来ない。正親との意地の張り合いの結果、松永家は一年の間は半知《はんち》とし、配下の石高は一切そのままといったところで落ち着いた。

　このことを報告すると、烈火の如く怒ると思っていた深雪だが、魂が抜けるのではないかというほど深い溜《た》め息《いき》を零《こぼ》して黙り込んでしまった。

「怒鳴《どな》ってくれてよい」

　今冬には子も生まれる。金は幾らあってもよいのだ。これまで貧しい浪人暮らしをしてきて、ようやく仕官出来たのに、みるみる石高が減っていく。これでは

怒るのも当然であろう。

「五十石でも十分事足《ことた》ります」

「すまない……」

「旦那様は間違っていません。国元と江戸。住まう地は違えども同じ家中。苦しみを分かち合うことこそ、真に新庄藩の者となる唯一の道です。それに火消頭取が言葉を違《たが》えては面目《めんぼく》に関わります。ただ、次からは一言相談して下さいね」

「すまない……」

繰り返しになるが、これ以外の言葉は何も思いつかなかった。火消としての力は自負するところである。しかし夫としては、この歳若の妻にどれほど助けられているか見当も付かない。

「暫《しばら》くは毎晩ご飯と漬物だけです」

くすりと笑う深雪を思いだしながら、源吾は折下家の門を叩《たた》いた。下男が顔を出し、火急の用であることを告《つ》げると、すぐさま中へと通された。

「待たせたな。いかがした」

いかなる時も礼儀を重んじ、衣服の乱れも許さぬ左門であるが、この時ばかりは早さを優先したか、寝間着に一枚羽織《はお》っただけである。このように時と場合を推《お》し量《はか》ることが出来る左門は、新庄藩の次期家老だという呼び声も高い。

「長谷川様より、急ぎ京に来て欲しいと報《しら》せがあった」

「分かった。急ぎ幕府に江戸を出る許しを頂かねばなるまいが、少し時が掛かるぞ」

左門は即答、快諾《かいだく》してくれた。普段は慎重な左門だが、必要とあらば果断に決裁する胆力も秘めている。このようなところも、将来を嘱望《しょくぼう》されている所以《ゆえん》であろう。

「それは心配ない。田沼様にも書状が渡っている」

左門は差し出された書状を手に取り、隅から隅まで目を通した。書状には田沼にも源吾の京入りを取り計らうように願った旨《むね》が書かれている。

「なるほど……して、誰を連れて行く。鳥越《とりごえ》か？」

左門は指で書面を指差した。そこには加持星十郎、他に熟練の火消を一名帯同して欲しいと書かれている。

「もう決めている。新之助《しんのすけ》は頭取並として残さなきゃならねえ。あいつは不満だろうがな」

頰《ほお》を膨《ふく》らませて文句を垂れる新之助を想像して苦笑いを浮かべた。

「伝馬を使わせて頂くのか？」

幕府は宿場間を馬で駆け抜ける伝馬を整えている。公のことのみに使われることも、田沼ならば容易く手配してくれるであろう。

「それが悩みどころだ。もう一人は馬に乗れねえ。星十郎も大して上手《うま》くねえしな」

星十郎は京から戻った時、平蔵に伝馬を仕立てて貰った。連日馬に揺られ、貧弱な星十郎は疲労困憊《こんぱい》で戻って来た。

「ならば早駕籠《はやかご》か。これも酷く疲れるというが……」

早駕籠も宿場間を繋ぐといった意味では伝馬と等しい。違いは馬に乗れない者でも利用出来るということである。馬は夜の闇を嫌うが、人力であるため昼夜問わずに動くことができ、その速さは伝馬と比べても遜色《そんしょく》ないどころか、早く到着することさえある。

元禄《げんろく》の頃、浅野内匠頭《あさのたくみのかみ》による殿中刃傷《でんちゅうにんじょう》を伝える使者は、早駕籠を使って江戸から赤穂《あこう》まで僅か四日半で辿《たど》り着いたと言われているほどである。ただこれも上下左右の激しい揺れに耐えねばならず、頑丈な若者でも二、三日は嘔吐《おうと》が止まらないといった代物《しろもの》である。

「仕方ねえ。悪いが頼めるか」

「任せておけ」

左門は快諾すると、思い出したかのように付け加えた。

「そういえば、当家も拝領五十石とした」

まるで茶飲み話でもするかのように、左門の表情は穏やかである。

「何でお前が……とはもう言わねえよ。悪いな」

以前より左門は源吾を引き込んだのは自分、全てにおいて一蓮托生《いちれんたくしょう》と言い張っている。この好ましい頑固者《がんこもの》の行動にさほど驚きはしなかった。ただ申し訳ない想いが込み上げてきて視線を落とした。

「御家老といえど、譜代の禄は削《けず》りにくかったのだ。それを新参のお主が減知を申し出てくれたお蔭で、私の他にも続く者が出ている。結果として利用させて貰ったのはこちらよ」

左門は片眉を上げてみせた。生真面目《きまじめ》なこの男のおどけ方としては、これが精一杯であろう。源吾は微笑みながら改めて膝を揃えると、ゆっくりと頭を下げた。

左門を訪ねた後、次に教練場へ向かう。本日は教練が行われるため、わざわざ集める手間が省《はぶ》けた。皆が汗を流している中、源吾は主だった頭《かしら》を集めて成り行きを説明した。

「そういう訳で支度が整い次第、俺は京へ向かう。帯同者は星十郎」

「はい。お供致します」

星十郎は睦月に京に向かい、弥生《やよい》（三月）に帰って来たばかりであり、この短期間で二度、京に入ることになる。平蔵の要請の訳に心当たりがあるのか、その顔色が優れない。

「もう一人は……」

新之助は爛々《らんらん》と目を輝かせて見つめてくる。

「武蔵《たけぞう》。頼む」

「何でですかー！」

武蔵が頷くより早く、新之助の哀願《あいがん》の声がこだまし、教練に打ち込む配下の鳶《とび》たちも何事かと手を止める。源吾は配下に向けて気にするなと手を振りつつ答えた。

「長谷川様は熟練の火消をと仰っている。何か思惑がおありなのだろう」

「でも、長谷川様がお困りなんでしょう？　きっと荒事ですよ。ならば私が役立ちます」

新之助の言には一理あるが、本心はただ京見物がしたいといったところであろう。

「俺の不在を任せられるのは頭取並のお前しかいない。頼りにしているからこそ留守《るす》を任すのだ」

新之助の顔に一瞬にして喜色が浮かぶ。あと一押しで陥落《かんらく》すると見ると、武蔵が更に助け舟を出した。

「鳥越様が指揮を執《と》れば、来年の火消番付も鰻上《うなぎのぼ》りでしょうよ」

毎年頭に江戸府内の火消の優劣を記した火消番付なるものが発表される。番付は読売が独自の取材を基に決める。庶民の歓心を得るためのお遊びであるが、腕のいい火消は洩《も》れなく上位に名を連ねており、その取材能力もあながち馬鹿にも出来ない。新之助は東の十三枚目、頭取並でありながら主だった頭の中では最も位が低く、当人もそのことを酷く気にしている。

「まあ……御頭がそう言うなら仕方ありませんね。大船に乗った気で行って下さい」

新之助の煽《おだ》てに乗りやすい性分は変わりそうにない。急にやる気を出したようで、袖《そで》を捲《まく》って鳶たちのもとへ駆け寄り、大声で指示を飛ばし始めた。

「流石だな、武蔵。よくつぼを押さえている」

万《よろず》組の頭を務めていただけあって、人の機微というものをよく知っている。星十郎の知識とはまた違う、いわば人が生きる知恵というものだろう。

「あれは、鳥越様がわかり易過ぎです」

武蔵は苦笑して鼻先を掻いた。

「寅《とら》、彦弥《ひこや》。御守《おも》りを頼む」

「あれでいて、結構頼りになるのですよ」

寅次郎《とらじろう》は声のもとへちらりと目を流した。確かに新之助の火消としての腕は日に日に上がっており、それは源吾も認めるところである。

「それを言っちゃ、また調子に乗るからな。尻を叩いておきますよ」

彦弥はにかっと笑い、筋の通った鼻を弄った。

「二月《ふたつき》程で戻れるだろう。頼んだぞ」

威勢の良い鳶たちの掛け声が教練場に満ちている。新之助は時に嬉々《きき》として配下を褒《ほ》め、時に渋い顔になって誤《あやま》りを指摘する。わざとらしいが、どこか憎めない。四人ともに微笑みながらそれを見守った。

家に帰ると、丁度訪ねてきた左門と鉢合《はちあ》わせた。中へと促《うなが》すが、この後にもやらなければならぬことが山積《さんせき》で、ここで手短に話すと言う。

「船だと？」

左門が用意した意外な移動手段に、源吾は目を瞬《しばたた》かせた。

「そうだ。大丸が江戸で遊んでいる船を貸してくれる」

左門が最も速い京入りの手段を模索し、方々で尋ねて回っていることを、つい先日新庄藩と取引を決めた大丸の彦右衛門が耳に挟んだらしい。陸奥《むつ》からの戻り船の荷を積み替え、大坂《おおさか》に運ぶつもりだったらしいが、肝心《かんじん》の船が三陸《さんりく》で暗礁《あんしょう》に乗り上げたらしく待ちぼうけをくっているという。

天候にも依《よ》るが、これならば七日以内には大坂に入ることが出来る。

「しかし、船頭や水夫《かこ》を集められるか？」

船頭や水夫は決められた船だけを操舵《そうだ》する訳ではない。様々な武家、商家の要請を受け、一度の航海ごとに雇われることが多い。だからこそ腕の良い船頭などは引っ張りだこで、今から口入れ屋に相談しても捕まりそうにない。

「それも懸念《けねん》は無い。名うての船頭に頼んである」

左門はどんと胸を叩いた。あまりの手際《てぎわ》の良さに頭の下がる思いである。

「すまぬな。で、いつ発つ？」

「船頭の話に依れば、空模様が崩れぬうち、明後日にでも発ちたいとのこと」

「忙《せわ》しない話だ」

「先生と武蔵にも報せておく。源吾……」

左門がそこで言葉を止めたので、源吾は少し首を捻《ひね》った。

「いかがした」

「無事で帰って来いよ。お主はもう当家には欠かせぬ男になっておる」

「大袈裟《おおげさ》なことだが……ありがとうよ」

熱っぽく言う左門の肩を叩き、源吾は快活に笑った。

翌日の昼過ぎ、行李《こうり》または半昇《はんがい》と呼ばれる背負《せお》える葛籠《つづら》と共に、旅支度の候補がずらりと並べられた。

「さて、始めますか」

深雪は一々物の名を口に出し、いつの間にかこしらえた一覧表と見比べては印を付けて確認を行っている。

源吾は縁に腰掛けながら、煙草《たばこ》を呑みつつ思案していた。

江戸に残していく配下のこと、他に平蔵の身に起きていることに思いを馳《は》せている。書状にはこう書かれていた。


松永、どうか力を貸して欲しい。火急のことである。

京で火を用いた事件が多発しておる。千羽《せんば》一家のことも気に掛かるが、そちらは加賀《かが》宰相《さいしょう》に助力を願う文《ふみ》をしたためた。癪《しゃく》に障《さわ》るだろうが、大音《おおと》殿にお任せし、こちらに来て欲しい。このことはお主にしか頼めぬ。

また加持殿を含め、経験豊かな火消を一人帯同して欲しい。火が使われたあまりに面妖な事件故、加持殿の知恵や、火消の経験が謎を解き明かすのではないかと思うておる。加持殿には、青坊主事件はまだ終息しておらぬ、と言えば伝わろう。

身重の綱殿を置いて来るのは忍びなかろうが、何卒《なにとぞ》力を貸して欲しい。

仔細《しさい》はこちらで話す。

百戦錬磨の平蔵が手を焼くほどの事件とはよっぽどである。

また平蔵は、ついこの前に自身が取り逃がした千羽一家のことを頼むと書状を寄こしたばかりである。それを加賀鳶に任せてでも呼び寄せたいとは、かなり事態は逼迫《ひっぱく》しているとみえる。

もっとも京にいる平蔵はまだ知らないが、火事を起こして押し込みを行う千羽一家はすでに江戸から追い払っている。残念ながら一味を壊滅させるまでにはいかなかったが、新之助の働きにより数名を捕らえることも出来た。

詳細は解らないが、火を使った事件だから火消の力を借りたいのだろう。

しかも公儀の増援ではなく、己のような一介《いっかい》の火消を頼りにしてくれている。

何か訳があるのかもしれないが、その期待に応えたかった。

「洗濯《せんたく》は小まめにして下さいね」

「分かった」

深雪の忠告に対し、上の空で答える。

「財布は二つ入れておきます。落としたら大変です。決して二つ一緒に持ち歩かぬように。」

「一つだな。よし」

「櫛《くし》や鬢《びん》付《づ》け油は、この小さな風呂敷に包んでありますからね」

「よしよし」

「見ておかないと知りませんよ」

深雪が厳しい口調で言うものだから、慌てて身を捻った。

「思案に耽《ふけ》っていた。すまぬ」

深雪は荷を行李の中に詰め込んでいく。

通常旅の荷は着物が一着、下帯が多くとも三枚、脚絆《きやはん》、笠、三尺手拭《さんじやくてぬぐい》に矢立《やたて》、あとは替えの草鞋《わらじ》、財布を旅行李に入れて持ち運べば、並の者なら事足りる。

しかし平蔵は火消としての源吾を欲しているのだ。そこに火消羽織、股引《ももひき》、手持ち鳶口などが加わり、存外荷が大きくなる。加えて深雪は櫛や鬢付け油、扇子《せんす》や折り畳みの提灯《ちょうちん》、洗濯物を干《ほ》す麻綱も入れた。

「ちと多すぎやしないか？」

「我が子を旅に出す心地とは、このようなものかもしれませんね。心配です」

夫婦になってより、ただの一度も離れたことはなかった。一人では何も出来ない男だと決めつけられている。もっとも、深雪の考えはあながち間違っていない。火消以外のことに関しては、無能極まりないと自認している。

「何とかなるさ」

「ご一緒するのが星十郎さんと、武蔵さんでようございました。寅次郎さんならば共に食べ過ぎて食中《しょくあた》りに、彦弥さんならば色町に誘われ、新之助さんなら……災難の嵐ですもの」

「食中りと、色町、災難の嵐を残す。頼んだぞ」

「任せて下さい。帰って来る頃には、私が頭取になっているやもしれませんよ」

深雪は軽口を言って自分で笑ってしまっている。

「そうなれば俺は頭取並か。それもまたよい」

二人で一頻《ひとしき》り笑い合い、明日に備えて早めに床に就いた。

源吾は布団に入ってもなかなか眠れず、掛布団を巻き込んで寝返りを打った。少し前から可愛《かわい》らしい寝息が聞こえていた。時折、意味不明の寝言も発している。いつしか闇にも目が慣れ、深雪の寝顔を見つめた。明日から暫く離れると思うと妙に心細くなる。三十路《みそじ》の立派な大人が何を言っているのだと、気恥ずかしくなって脚に挟んだ布団を捩《よじ》った。どうやら男というものは、子どもの頃から変わらず、一人になる恐れを心に秘めているものらしい。

時折高さの変わる寝息があまりに可愛らしい。ようやく微睡《まどろ》んできたが、寝るのが惜《お》しい心持ちになって、少しの間目を瞑《つむ》らずにいた。

三

海猫の声が囂《かまびす》しい。常人でもきっとそう思うだろう。聴覚の優れたる己ならば堪《たま》らぬほどである。江戸から大丸の弁財船「木津丸《このつまる》」に乗り込み四日が過ぎた。大坂が近づいて来たことで、改めて星十郎から前回の青坊主事件のあらましを聞き取っていた。

平蔵の書状には火を用いた事件が起きているという以外に、

——青坊主事件はまだ終息していない。

と、書かれており、星十郎を名指しで連れてきてほしいと付け加えられていたからである。

「青坊主は水を使った殺し。此度《このたび》は火。いかなる繋がりがあるのでしょうか……」

流石の星十郎もこれだけの内容では予想もつかぬらしく、この間ずっと考え込んでいた。

「まずは長谷川様のもとへ急ぐことだな。大坂に着けば早駕籠で行きたいが……」

源吾は首を捻って船縁《ふなべり》へと目をやった。海猫の声にも負けぬほど武蔵が喉を鳴らしている。その顔は青を通り越して紙のように白い。

「大丈夫か？」

「初めだけだと……思ったが……うっ」

目尻に涙を浮かべた武蔵は再び激しく嘔吐《おうと》した。まともに食えておらず、もう水しか吐けない。四日の間、武蔵はずっとこの調子である。自身でも気づいていなかったが、滅法《めっぽう》船に弱い性質《たち》らしい。

「こりゃ、早駕籠は無理だな」

「いいや、大丈夫だ。これくらいのことで――」

武蔵は口を押さえながら千鳥足《ちどりあし》で歩いてくる。

「船に弱いとはな」

「人は地に足を付けて歩くもんさ」

武蔵は目いっぱい強がって紅差《べにさ》し指を噛んだ。二日前から痛みが吐き気を抑え込むことを発見したと言い、このように手頃なところを噛んでばかりいる。

「明日までの辛抱だ。横になっていな」

二人の会話に、潮焼けした声が割って入った。

「櫂五郎《かいごろう》、随分早いな」

この木津丸の船頭を務めている男こそ、あの櫂五郎であった。

櫂五郎は田沼肝煎《きもい》りで造られた大弁財船「鳳丸《おおとりまる》」の船頭を専属で務めている。先の木場《きば》の火事を消すために、源吾は鳳丸を岸にぶつけて大波を起こして欲しいと頼んだ。これを櫂五郎は引き受けてくれ、鳳丸は座礁し、現在は修船中である。左門はこの時の縁に目を付けて助けを請《こ》うたのである。平蔵の依頼は田沼にも届いており、二つ返事で許された。

「俺の腕があればこそよ」

櫂五郎は褐色《かっしょく》の顔から純白の歯を見せた。左門に教えて貰ったのだが、櫂五郎は船乗りの間でも有名で、この国の船頭で三本の指に入る実力らしい。それを聞いて田沼が抜擢《ばってき》したのも頷けた。櫂五郎は舵を握りながら、顎《あご》で星十郎を指した。

「それにそちらの兄さんが、船乗りも真《ま》っ蒼《さお》なほど風向きを当ててくれるからよ」

星十郎は気恥ずかしそうに頬を掻く。風向きを計ることに長《た》けた船乗りたちも舌を巻き、この四日間で教えを請う者も続出している。

「櫂五郎、毎度迷惑を掛けてすまねえ」

今回のことだけでなく、出来たばかりの鳳丸を損傷させたことを改めて詫《わ》びた。加えて櫂五郎は源吾が咎《とが》められぬよう、全てを事故と報告し、そのせいで幕閣から不手際を叱責《しっせき》されたとも聞いた。

「いいってことよ。海には色々あって当たり前。これくらい乗り越えられずに、どうして万里の波濤《はとう》を越えられるってんだ」

櫂五郎が不敵に片笑んだことで、少し気が楽になる。この男はいつかこの国を出て、海の果《は》てを見極めると豪語しているのだ。

海猫の声が幾重《いくえ》にも重なり、木津丸はそれを引き連れて進む。どこまでも続く平らかな海を眺めつつ、源吾はまだ見ぬ京を思い描いた。


大坂に着き、櫂五郎に別れを告げて船を降りる。するとすぐに、二人の見知らぬ武士に声を掛けられた。一人は身丈五尺三寸（約一五九センチ）ほどで、新之助よりも僅かに低いといったところか。人懐《ひとなつ》っこい笑みを向けてくる。

もう一人はおよそ身丈五尺七寸（約一七一センチ）。源吾に匹敵《ひってき》するほど大柄な男である。こちらはどこか粗野な香りが漂っていた。

「戸沢家火消頭取、松永源吾殿とお見受け致します」

そう問うたのは、背の低い方の男。慇懃《いんぎん》な武家言葉である。

「そうだが」

源吾は低く答えた。見知らぬ土地で、己を知る者がいるということは即《すなわ》ち、平蔵の遣いか、それを邪魔しようとする者としか考えられない。源吾の後ろを歩いていた星十郎が進み出た。

「御頭、こちらは長谷川様の与力、石川喜八郎《いしかわきはちろう》殿でございます」

「おお。そうか。まさかお迎えに来て頂けるとは……」

しかし気になったことがある。木津丸を借り受け、櫂五郎に協力を請うてから、二日ほどで出航したのである。しかも櫂五郎の卓越した操舵により、最短の五日で到着しているのだ。どうして平蔵が迎えを出せよう。とはいえ、星十郎と面識があるので、平蔵の配下であることは間違いない。

「狼煙《のろし》と手旗さ」

こちらが怪訝《けげん》そうにしているのを感じ取ったか、そうぶっきら棒に言ったのは後ろの男である。こちらも平蔵の配下であろう。やはり上方訛《かみがたなま》りがない。喜八郎が小声で窘《たしな》めるが、男は一向に構わず不遜《ふそん》な態度でいる。

ちらりと振り返って星十郎を見るが、こちらは面識がないようで、首を小さく横に振る。男は自ら説明が不足と思ったか、面倒臭そうに付け加えた。

「商家では狼煙と手旗を併用し、米相場の変動をいち早く伝えている。空模様によっても変わるが、掛かる時は早くて僅か半刻」

「半刻……」

源吾は驚いて声を詰まらせた。商家のことに詳しい深雪ならば知っているかもしれないが、己にはとんと知らぬ話である。

「商家は良いものには惜しみなく銭を投じるもんさ。武家も見習わなきゃならねえと、父上が始めたのよ」

「父上？」

喜八郎は額に汗を浮かべつつ、代わりに頭を下げた。

「長谷川様の御嫡子《ごちゃくし》、長谷川銕三郎《てつさぶろう》殿でございます」

「こちらが話に聞く……」

「どんな話か分かったもんじゃねえな」

以前、平蔵が鋏三郎も子が出来て丸くなったと言っていた。その話のつもりだったが、鋏三郎にはどこか癇《かん》に障ったらしく、あからさまに鼻を鳴らしつつ続けた。

「ぐずぐずしている暇はねえ。行くぞ」

初対面であるが鋏三郎の言葉遣いは荒く、端々に侮《あなど》りすら感じる。喜八郎は恐縮しきってひたすら詫びを入れている。腰の横で掌を見せて宥める星十郎、まだ顔色の優れぬ武蔵と順に顔を見合い、源吾は大きく息を吸い込んだ。

京までは伝馬を使う。平蔵はもう一人の同伴者が恐らく町人になろうと予想し、迎えを寄越したという訳であった。鋏三郎、源吾、星十郎、そして武蔵を後ろに乗せた喜八郎の順で京に向けて疾駆《しっく》する。宿場ごとに新たな馬が用意されており、それに乗り換えてさらに走る。

早朝に大坂を出て、昼過ぎには枚方《ひらかた》を越えた。そして巨椋池《おぐらいけ》の脇を掠《かす》めて洛中に入ったのは、亥《い》の刻（午後十時）も回っていたであろう。

その間、一行に会話はほとんど無かった。巨椋池を見て感嘆すると、喜八郎こそ愛想よく解説しようとするが、鋏三郎は一言も発しない。おのずと嫌な雰囲気が漂い、知らぬ間にまた押し黙る。

――このような時に新之助がいればな。

珍《めずら》しく新之助の存在を欲した。いつも喧《やかま》しい男であるが、いつの間にか人の懐《ふところ》に潜り込む不思議な魅力がある。もし帯同していたら、この重苦しい空気も一変させてくれるだろう。

皆が気まずいのを耐えている中、武蔵だけは吐き気を抑えるのに精一杯であったらしく、京に着いた時は、もう涙を流さんばかりに喜んでいた。

「西町奉行所までこのまま行きますか？」

京も江戸と同様、二つの奉行所があり、平蔵は西町奉行を務めていることは知っていた。押小路千本《おしこうじせんぼん》というところに奉行所はあるらしい。源吾の問いに答えたのは、喜八郎である。

「京では奉行所と呼ばず、御役所と言います。つまり西御役所ですな」

洛中に入ってようやく話のきっかけを得たと、喜八郎は微笑みながら語り続ける。

京都町奉行所の歴史は存外浅い。江戸開府《かいふ》以来、京は京都所司代と京都郡代が管轄《かんかつ》していたが、その職務があまりにも多岐《たき》に亘り、過重になってきた。

そこで京都郡代を財務専門とする京都代官に改め、それまで京都郡代が担当していた京とその周辺の天領の行政、司法の権限を分離させて京都町奉行が誕生した。これが今より約百年前の寛文《かんぶん》八年（一六六八）のことである。

そのように職務過多を回避するために生まれた京都町奉行であるが、状況が改善されたとは言い難《がた》い。この地域に極めて多い寺社領の支配も取り仕切る為、寺社奉行、勘定《かんじょう》奉行、町奉行のいわゆる三奉行を兼《か》ねた働きをしなくてはならない。加えて享保《きょうほう》七年（一七二二）には大津《おおつ》奉行の職務まで統合しており、その多忙さは幕府の数ある職の中でも随一といえる。

「西町奉行所の者たちは、職務に押し潰されそうな日々を過ごしていましたが、長谷川様が赴任されて状況は改善されつつあります」

喜八郎は言葉の端々から、平蔵への深い崇敬《すうけい》の念を感じさせつつ話し続ける。

「御役所には番方、闕所《けっしょ》方、証文方、新家《しんや》方、目付、勘定方、公事《くじ》方、川方があります。それらがそれぞれの利権を振りかざし、互いに足を引っ張り合っていたのです。長谷川様はまずこれを改められました」

平蔵は赴任早々に全与力、同心を集めた酒席を設《もう》け、

――もはや内で揉《も》めている時は去った。どうか儂に力を貸してくれ。

そう言って配下に向けて深々と頭を下げたという。

ない。


「長谷川様らしいことだ」

大身の旗本でありながら驕《おご》ったところは微塵《みじん》も無く、民の安寧《あんねい》のためならば清《せい》濁《だく》構わずに呑み干す。このような人物は、源吾の知る限りひとりを除いて他にいない。


「まずは互いに職務の重さを知るべきと仰い、二月の間に全ての役方を回るように命じられました」

各役方の長《おさ》は残しつつ、その配下に全ての役方を経験させた。多くの者はこれまで侮っていた役方の大切さを知って感心したというが、中にはこれまでの政敵の秘密を摑み、平蔵に密告する心得違いの者もいたという。


「長谷川様は怒られたであろう？」

源吾が笑うと、喜八郎は少し驚いた表情になり、先を行く鋏三郎がちらりと振り返る。


「よくお分かりで」

「これから先、共に力を合わせることこそ肝要。過去の過《あやま》ちは改めればよい……と、言ったところか」

「ほぼその通りで」

喜八郎は舌を巻き、対照的に銕三郎は舌を打った。当人は聞こえていないつもりであろうが、源吾の耳ははきと捉《とら》えている。

――うるせえ奴だ。

源吾は決して気長ではない。ここまでの銕三郎の仏頂面《ぶっちょうづら》に苛立《いらだ》ちを抑えかねていた。相手が平蔵の嫡男であるからと、我慢していたに過ぎない。それにしてもこちらが何か危害を加えた訳でもないのに、銕三郎のこの態度は何なのであろうか。源吾は銕三郎の項《うなじ》を眺めながら、手綱を引き絞った。


西御役所の門は、漆黒に包まれていた。

銕三郎は馬を降りて馬丁に託すと、ふらりとどこかへ行ってしまった。喜八郎はやはり苦しそうに汗を拭《ぬぐ》う。喜八郎としては上役の息子。訳を尋ねても答えにくかろうと止《や》めた。

喜八郎に案内されて御役所に踏み込んだ。もうとっくに与力同心は帰っているというのに、平蔵は残って職務に当たっているという。襖《ふすま》の前で喜八郎が伺いを立てた。

「松永殿がご到着致しました」

「入れ」

平蔵の声である。最後に聞いたのは半年以上前。懐かしさと言えば大袈裟であるが、胸の奥に熱いものが込み上げてくる。襖を開けると、平蔵は立派な文机に向かっており、筆や硯《すずり》を急いで片付けていた。

――些《いささ》か老《ふ》けられた。

元々鬢《びん》にあった白いものが増え、口回りの皺も深くなったように見える。

「喜八郎、ご苦労であったな。銕三郎は？」

喜八郎が返事に窮《きゅう》していると、平蔵は小さく二度三度頷いて下がるように命じた。喜八郎が襖を閉めると、すかさず平蔵はすっくと立ち上がり、源吾のもとに歩み寄って肩を叩いた。

「よく来てくれたな」

疲れた様子はある。しかし京都町奉行に出世しても、悪戯《いたずら》小僧のように笑う表情は何も変わらなかった。

「急なことで苦労しましたぞ」

「許せ。加持殿もご苦労。そちらは元万組、魁《さきがけ》武蔵だな」

名を呼ばれたことに武蔵が驚くと、源吾が嬉しそうに笑った。

「長谷川様は何でも御存知さ」

平蔵は火付盗賊改方を務め上げただけあり、流石に市井《しせい》のことにも通じている。武蔵は気恥ずかしそうにお辞儀をした。

「長旅で疲れているだろうが……」

「いえ、構いません。しかし武蔵だけは暫し休ませて下さい。酷い船酔いをおしてここまで……」

心配無いと言う武蔵だが土のような顔色をしている。平蔵は優しい口調で語りかける。

「これから働いて貰わねばならぬ。今日のところはゆるりと休んでくれ」

平蔵は自身の役宅の離れで休むように言った。しかし、武蔵は白い顔を横に振る。

「それじゃあ、何の為に来たか解りません」

このようになると武蔵は梃子《てこ》でも動かないことを知っている。源吾と平蔵は互いに顔を見合わせて苦笑した。

蠟燭《ろうそく》が惜しみなく使われているとはいえ、仄暗《ほのぐら》い部屋の中、三人は向かい合って座った。真っ先に口を開いたのは星十郎である。

「青坊主の一件。まだ終わっていないとはいかに」

「うむ……順を追って話さねばなるまい」

平蔵は自ら青坊主こと長介の取り調べを行った。ともかく下手人は捕まえたのである。大坂へ逃げ込んだ千羽一家にも注意を払わねばならず、ゆるりと調べていくことにした。のっぴきならぬ状況ならば拷問など手段も選ばぬが、平蔵も出来ればそのような手荒な真似《まね》はしたくないと言う。口を噤《つぐ》む長介に対し、平蔵は毎日根気よく話しかけた。

「一月《ひとつき》ほど経ったある日、長介は一転して事件のあらましを述べだした」

「何か思うところがあったのですかね」

源吾の合いの手に対し、平蔵は小さく首を横に振った。

「長介は若い妾《めかけ》を囲っておった」

長介が妻を殺した動機とは、そもそもがこれであった。故人のことを悪くは言いたくないがと前置きし、平蔵は訥々《とつとつ》と語る。

長介の妻は凄まじい浪費家であったらしい。さらにどちらに訳があるかは解らぬが、子どもが出来なかったことでその悪癖に拍車が掛かった。稼《かせ》いだ金も翌日にはどこかに消えてしまう。長介は辟易《へきえき》していたという。

「三行半《みくだりはん》って訳にはいかなかったのですか?」

「実はな、長介は入り婿《むこ》なのだ。大きくはないが十代以上続く老舗《しにせ》の漆器商い。ことはそう容易くはなかろう」

平蔵は程よく錆《さ》びた声で話しつつ、近くの煙草盆を引き寄せた。

「夜はお止めになったほうが……」

「さすが火消よな。煙草好きのくせに手厳しい」

平蔵は頬の皺を吊り上げつつ、話を元に戻した。

「妾というが、隠し妾じゃな。妻には内緒であったらしい。これが気立てのよい、町でも評判の女であった。ひょんなことで知り合い、良い仲になるまでそう時は掛からなかったそうな」

長介は何とかこの妾と一緒になろうと、妻の殺害を考えたらしい。

「それが罪を認めたことと関係が？」

どうも話が見えてこない。星十郎は目を細めて尋《たず》ねる。

「その妾の遺体が鴨川《かもがわ》で見つかった。首を落とされた無残な姿でな」

源吾は言葉を失い、生唾《なまつば》を呑み込む音が耳へ伝う。

平蔵がこれを伝えたところ、長介の取り乱しようは尋常《じんじょう》ではなかった。そして憤怒《ふんぬ》の形相《ぎょうそう》であらましをぶちまけ出したという。

平蔵は空《から》の煙管《きせる》でぽんと手を打ち、ゆっくり噛み締めるように言った。

「ある日、長介が茶屋で一服していると、声を掛けてくる者があったらしい」

その男はどこで聞きつけたか、長介が妻を殺したいことを知っていた。親しい仲間には冗談《じようだん》混じりで話していたことなので、そこから漏《も》れたのかもしれない。脅《おど》されると思って恐々としていると、男は意外なことを口早に囁《ささや》いた。

——絶対に露見せぬ殺し方がある。

長介は妻を殺したいとは思っていても、二の足を踏んでいたことは確かであった。長介に限らず道徳心から、あるいは捕まることを恐れてそうなる。しかし絶対に露見しないとあれば、長介はその誘惑に抗《あらが》えなかった。

「それがサイフォンの原理を用いた殺しという訳ですね」

星十郎は囁くように言った。隙間風《すきまかぜ》が入るのか、蠟燭の灯《あか》りが揺れて部屋の陰影も小刻《こきざ》みに動いた。

「うむ。男は殺しの条件をつけた」

「時が来るまで暫し待て。と、いうことですな」

「その通りだ」

「その間に真犯人は複数の者を殺し、青坊主事件をでっちあげた」

桶での溺死事件が四件続いたが、これには関与しておらず、最後の事件だけが長介の仕業である。長介はこれを自身の事件を無差別殺人に見せかけてくれる工作と取った。恐ろしくもあったが、もはや後戻りは出来ぬ。そして長介は実行に移すのである。

「男は長介にもう一つ条件を出していた」

「仮に捕まっても、他の殺し、殺しの方法を明かさぬこと」

すでに事件の結論が見えているのだろう。星十郎はまたもや即答する。

「流石だな。黒幕はこれを特に念押ししたという」

「そうか……なるほど」

星十郎は自身の赤い髪を指で挟み、すうと滑らした。これは集中している時の癖である。

星十郎が言うには黒幕には二つの意図があるという。一つは長介という下手人を作るということ。二つ目は何らかの理由により、この事件を不可思議なもののまま終わらせる必要があること。故に長介に絶対口を割らぬように言った。

「京は青坊主事件で恐々としていた。人心を安んじるため、儂はお主が教えてくれたサイフォンの原理を皆に披露したのだ」

「それを黒幕は長介が口を割ったものと考えた」

「まさかあれを説明できる者が他にいるとは思わず、故に報復で妾は殺されたのだろう。この黒幕、ここまで手法を秘密にしたい訳は一つ……」

源吾は話に付いていくのがやっとで、平蔵と星十郎の顔を交互に見ていたが、次に平蔵が言わんとすることだけは予想がつき、思わず口から零れ落ちた。

「民の恐怖を煽る……」

「そう。そして、儂ら奉行が四苦八苦するのを見たいのであろうよ」

「一橋の野郎か」

この手の悪質かつ世人の醜態《しゅうたい》を楽しむような犯行は一橋が好むものである。かつて天才花火師の心の闇に付け込んで江戸を焼かせ、また別の時には火消の身内を攫《さら》って彼らを翻弄《ほんろう》した。源吾にとってはもっとも赦《ゆる》せぬ男である。

「儂もそうかと思った。が、どうやらその気配は無い。別の者が暗躍しているようだ」

「長介を唆《そそのか》したという男の特徴は?」

「年の頃は三十から五十。身丈は五尺三寸から五尺五寸」

「えらく大雑把《おおざっぱ》な話ですね。まだ隠しているのか」

「長介としては約定《やくじょう》を守ったのに、最愛の妾を殺されたのだ。身勝手ではあるが、憤慨《ふんがい》するのも納得出来る。嘘をつく義理は無い」

「しかしそんなに覚えられぬものでしょうか……」

「頬に大ぶりの膏薬を張っており、そちらばかり気になってしまったようだ」

暫しの間、髪を弄りながら考えていた星十郎が再び口を開いた。

「顔に大袈裟な特徴を施《ほどこ》せば、人は人相を覚えにくくなります」

南蛮《なんばん》で発達している人の心を読む学問、心理学ではそのように言われているという。敵がこれを知って行《おこな》っているかは分からぬが、人の心に精通していることは確かということか。

「前段が長くなった。本題に入ろう。この黒幕、また新たな憑代《よりしろ》を見つけたと見える。これが今回の事件だ」

平蔵が僅かに俯《うつむ》くと、灯りの加減で深い影が出来る。それがより悲愴《ひそう》感を際立たせていた。間に耐えきれなくなり、源吾は尋ねた。

「いかなる事件で」

「人が突然……燃える」

「そんなこと――」

ありうる訳ない。思わずそう口走りかけたが、平蔵は楽観もしなければ、無闇な誇張もしない類《たぐい》の男である。言葉通りと取るべきであろう。

「初めの事件はその長介の妾である。葬式の最中、突如切断された首から煙が上がり、火を噴いたというのだ」

源吾はその光景を想像し思わず口を手で覆ってしまった。平蔵は沈痛な面持《おもも》ちで続ける。

「他にも経帷子《きようかたびら》から火が上がり、瞬《またた》く間に燃え上がった」

炎は棺《ひつぎ》へと移り、焔《ほむら》は天井を焦がした。参列者の中には、これは何かの祟《たた》りだと叫ぶ者もあり、果たして水を掛けてもよいものかと手を拱《こまね》いた。

ただでさえ頭を落とされて発見され、隣近所などは祟りが及ぶのではないかと恐々としており、より一層行動を遅らせた。

「斎場は逃げ惑う者で混乱の坩堝《るつぼ》と化し、間もなく屋根にも火が付いた。火消が駆け付けた時にはもう手遅れ。周囲八軒を焼く火事となった」

「初めということは後にも？」

平蔵が言い終えるや、源吾は膝でにじり寄って問うた。

「既に五件起こっている。そのいずれも隣家に延焼する被害を出した。火消までもが物《もの》の怪《け》の仕業、あるいは神仏の罰として、まともに近づこうともせぬ」

平蔵は口惜《くや》しそうに膝を叩いた。幕府から命じられた在京の火消は四家あるが、いずれも平蔵よりも上位の京都所司代の管轄であるらしい。今の京都所司代は土井利里《どいとしさと》と謂《い》い、田沼意次《おきつぐ》の政敵である一橋の影響を色濃く受けていることもあり、何事にも腰の重い男であるという。土井をすっ飛ばして京の火消を任されている大名に交渉を持ち掛けた平蔵であったが、そのうち三家には所司代の命がないと動けないと、一家は主君が急病で頭も不在と断られてしまったという。それでようやく平蔵が己らを呼び寄せた訳が解った。

「何故燃えるのかを調べつつ、消し止めればよいのですな」

「頼む。だが儂らは京では孤立無援。決して容易くはない……失態を犯せばすぐさま江戸の一橋卿に報じられてしまう」

「長谷川様の首が危ういということですな」

源吾は声を静めて囁いた。

「儂はよい。それよりもお主ら新庄藩よ。巻き込んだ儂が言うのも忍びないが、一橋卿はお主ら新庄藩火消のことも苦々しく思っているそうな」

「へえ……天下の御三卿に覚えられるとは光栄だ」

首を振って遠く江戸へ届けと皮肉を飛ばした。

「いかなる下手人かは解らぬが、狐火《きつねび》……秀助《ひですけ》の時のようにはいかぬぞ」

昨年如月（二月）、江戸の半《なか》ばが灰燼《かいじん》と化した。いわゆる明和の大火である。一橋に復讐《ふくしゅう》を焚《た》きつけられて火を放った秀助を、源吾は苦心の末追い詰めた。その秀助に危機を救われたこと、秀助が両手を失ったこともあり、最後の願いを聞き入れて見逃したことがある。

秀助は必ず出頭すると約束し、捕方が来るまで花火を上げ続けて待っていた。しかし万が一取り逃がしていたならば、源吾が腹を切るだけでは済まなかったかもしれない。

「無茶は減らすつもりです。もうすぐ父親になるのですから。それに、田沼様にも長谷川様にも迷惑を掛けちまう。御家老もそうです。今は昔のように勝手気儘《きまま》は出来ねえ」

「大人しい松永か。想像も出来ぬわ」

平蔵は苦笑して口をへの字に曲げた。

「藩に迷惑は掛けず……それでも全力で追いますよ」

「うむ。『火車《かしゃ》』の正体さえ知れれば、京の火消も恐れを捨てるだろう」

「かしゃ?」

聞き慣れない言葉に、源吾は首を傾げた。平蔵は畳の上に指を滑らして字を示す。

「妖怪火車。京の民はそう呼んでいる」

蠟燭の一本が間もなく燃え尽きようとしている。芯の燻《くすぶ》る音を源吾の耳朶《じだ》は捉えた。得体の知れぬ事件を己も気づかぬ間に恐れているのか。まるで冥府《めいふ》からの呻《うめ》きのように不気味に聞こえた。

四

翌日から源吾らは動き出した。平蔵には奉行としての仕事が日々雪崩《なだれ》のように押し寄せ、火車ばかりに構っている訳にいかぬ。そこで人を付けてくれることになった。平蔵自身も何か動きがあればすぐに駆けつけると言う。

一人は番方の与力である石川喜八郎。あの人の好《よ》い男である。今一人は平蔵の嫡男、長谷川銕三郎。つまりは大坂まで迎えに来てくれた二人である。

「銕三郎殿は今何を?」

源吾は昨夜、平蔵にやんわりと尋ねた。不快な態度を告げ口するつもりはないが、含むところがあるように見えてどうしても気に掛かっていたのだ。平蔵は深い溜め息をついた。

「鋏三郎が悪態をついたか」

「いえ、そのようなことは……」

「隠さずともよい。あやつはお主を呼ぶことに反対しておった」

鋏三郎は若い頃は呑む、打つ、買うの三拍子に加え、喧嘩や無銭飲食、なんでもござれの近隣では知らぬ者のおらぬほどの放蕩者《ほうとうもの》であった。

妻《めと》を娶り、子を儲《もう》け、些か落ち着いたものの、元来の性質というのはそう変わるものではない。平蔵はそのことを憂《うれ》え、自身のお役目を手伝わせることで、当主としての心構えを教え込もうとしている。

「親馬鹿だと思われるがな……」

平蔵はそっと源吾に耳打ちした。鋏三郎は短気者である。経験も足りない。しかし悪を憎み、下手人を追う嗅覚は平蔵以上だと見込んでいるらしい。

「そうですか……」

源吾は言葉を濁《にご》した。平蔵ほどの幕臣はそういないと思っている。

「歳を食えば丸くなる。経験もおのずと溜まる。しかし、あやつには大きく足りぬものがある。お主とおればそれを感じるのではないかと思っているのだ」

平蔵が己を見込んでくれていることは素直に嬉しいが、それは些か買いかぶりすぎであろう。ともかくそのような経緯で即席の探索組が組まれたのである。

武蔵は一晩床で眠ってすっかり良くなったようである。船酔いで白かった顔にも血の気が戻っている。

「よし。江戸の火消の力を見せてやる」

そう朝から張り切っていた。

次の事件はいつ起きるか解らない。これまでの事件を洗い直し、何か手掛かりを見つけねばならない。とはいえ、火元である遺体は損傷が激しくすでに荼毘《だび》に付されている。現場も全焼しているものの、藁《わら》をも掴む思いで足を運ぶことになった。

盆地であるため、京の夏は蒸すと聞いていたが、想像以上である。躰の芯まで濡れるような湿気に、すでに辟易《へきえき》としている。ぐるりと囲んだ山々が、全ての日差しを集めているのではないかと思うほど暑い。それでも武蔵は、軽快な足取りで歩きながら左右を見渡している。

「御頭、何だか町が慌ただしくないか」

「天下の京だ。これくらい人が多くて当然じゃあ……」

錬三郎は嘲笑うように小さく鼻を鳴らした。

「なるほどこの季節ですか」

察した星十郎に、喜八郎がにっこりと微笑み掛けた。

「そう。もう祇園《ぎおん》祭。八日後の水無月《みなづき》（六月）七日には見事な山鉾《やまほこ》が町々を巡ります」

京の人々にとって祇園祭は別格である。その歴史は九百年にも及び、途中戦乱の影響もあって何度も中断されたが、それでも人々の手によって復興された。

「どんな逆境にも負けずに立ち上がる。源兄《げんにい》みてえだな」

ようやく船酔いから解放されたからか、武蔵はいつになく饒舌《じょうぜつ》で昔のように呼んでしまっている。

「新庄の新祭もそうなればよいな」

国元の新庄にも新祭と呼ばれる祭りがある。今より十八年前の宝暦《ほうれき》六年（一七五六）、先代の戸沢正諶《まさのぶ》が飢饉《ききん》に苦しむ人々を励《はげ》まそうと始めた祭りである。飯も食えぬのに祭りとは何事かという声もあったが、正諶はこのような時だからこそ希望が必要と祭りを実行させせ、今では新庄復興の象徴となっている。いつか新祭も数百年の時を経《へ》て、祇園祭のようになるのか。そのようなことをぼんやりと考えながら、源吾は賑わい立つ人々を眺めていた。

一軒目は四条高倉《しじょうたかくら》を北に入ったところにある米屋「ながも」である。ここの主人が胸の痛みを訴えて亡くなった。葬式が執り行われている最中、やはり遺体が突如燃え上がったのである。

京の家々は一軒一軒が鰻の寝床とも言われるほど細長く密集している。周囲七軒を道連れにする火災へと発展した。現場は焼け跡になっており、何とか逃げおおせた若い女将《おかみ》に事情を聞くことになった。

「一度、お話ししましたんやけど……」

女将は思い出すのも恐ろしいと言った様子であった。喜八郎が眉を下げながら頼み込む。

「ご主人を亡くして辛いと思いますが……この方々だったら解決してくれるかもしれません。頼みます」

銕三郎は後ろにいるだけで一言も話さない。もっとも不愛想な面《つら》で迫れば、女将の口もいよいよ重くなってしまうだろう。喜八郎の説得も実り、女将はぽつりぽつりと話し出した。

主人の葬式がしめやかに執り行われている最中、突如棺桶の中から煙が上がった。皆が呆然となった次の瞬間には橙の炎が上がったという。

「すぐに水をかけなかったのかい?」

源吾は物腰柔らかく女将に尋ねた。いかなる手法で発火させたかは分からないが、桶に収まるほどの炎であれば水を用いてすぐに消火出来よう。

「恐ろしくて消そうとする者は疎《おろ》か、近づく者はおりませんでした。皆が火車の仕業、祟りや言うて逃げ惑って……私もその場にへたり込んでしまいました」

結局混乱の中、何もすることが出来ず、夫の遺体を焼失させたことを女将は酷く悔いていた。

「何か棺桶に変わった物を入れませんでしたか?」

今度は星十郎が訊く。生前、故人が愛用していた品を共に埋葬《まいそう》することがある。その中に出火の原因がないかと疑っている。

「いえ……特には……」

源吾は膝を少し折って、背の低い女将と目を合わせて優しく語りかけた。

「思い出したくないだろうがもう少し教えてくれよ。御主人の旅立ちを邪魔した奴を捕まえたいのさ」

　女将は目尻に浮かんだ涙を指で拭った。

「火車ではないのですか？」

「違う。だから必ず仇《かたき》を討ってやる。棺のどこから最初に煙が立ったか分かるかい？」

「口……です」

　女将は頭を抱え込んで身震いした。遺体の口からめらめらと火が上がり、顔全体を覆うように炎が広がったという。次いで経帷子からも火の手が上がり、後は前回の事件と同じく、座棺が火球のように紅蓮《ぐれん》に包まれ、家を焼くほどの火事へと発展した。

　振り返って星十郎が頷くのを確認すると、源吾は柔らかに言った。

「辛いのに話させてすまねえな。ありがとよ」

　源吾は無残な焼け跡に向かい、瞑目《めいもく》して手を合わせた。必死に声を上げまいとしているが、女将は喉の奥で嗚咽《おえつ》を耐えている。それを耳に焼き付けて冥福を祈った。

聞き取りには丸二日を要した。そこで解ったことがある。五人の被害者には何ら接点はないこと。共通する点はいずれも葬式の途中に遺体から焔が噴き出たということである。米屋の場合は口が初めであったが、経帷子からという場合もあった。中には耳から筋のような火が揺らめいたのを見たという者もいる。

共通することといえば、全ての場合において桶に蓋がされていない時に出火したことである。

源吾ら五名は、これまでのことを整理するため、平蔵の役宅に集まった。平蔵は伏見《ふしみ》で村どうしの諍《いさか》いが起こったとのことで、そちらに行っているため不在であった。

「最初が長介の妾、米屋の店主、役人、八百屋《やおや》、錠前師《じょうまえし》の順ですね」

喜八郎は指を舐《ねぶ》って、帳面を捲りつつ言った。喜八郎だけでなく星十郎も聞き取った内容を忘れぬように手控え帳に付けている。

「蓋がされていない時ってことは、火種を放り込んだやつがいるってことらしいな」

武蔵は左右を交互に見る。その考えが最も可能性が高いだろう。

「読経中が一件、焼香中が三件、残る一件は運び出すために蓋をしようとした時ですね」

――あいつがいればな。

へらへらと呑気《のんき》に笑う自らの補佐役をふと思い出した。新之助は常人離れした記憶力を持っており、今までもそれに助けられてきたことは多い。今回もここにいたならば、手控えを見るまでもなく何でも即答したであろう。

「全ての葬式に出た者はいないよな？」

源吾は同じく帳面を付けている星十郎に訊いた。

「はい。二件目と四件目に出た修平《しゅうへい》という小間物屋、一件目と四件目に出た幸吉《こうきち》という仏師はいます。しかし全てに顔を見せた者はおりません」

記帳された名も全て書き写してある。重複していたのはその二人だけである。

「毎度、誰かが脅されていたのかもしれません」

星十郎は帳面から顔を上げて言った。細工《さいく》をしなければ殺す。あるいは家族に危害を加える。脅し文句は色々考えられるし、あり得ない話ではない。現に少し前、火消の身内を攫い、火を消させないように妨害した事件があったばかりである。

だが源吾はどうも腑に落ちない。星十郎のように頭で考えている訳ではなく、何となくそう感じる。勘働きというやつである。

「何となくだが――」

「俺の勘だが――」

二つの声がほぼ同時に重なった。源吾と銕三郎である。互いに途中で口を噤《つぐ》み、微妙な空気が流れた。源吾が目で譲ろうとするが、それが気に喰わぬのか、銕三郎は不機嫌そうに目尻を擦った。

「長谷川様、どうぞ」

取り成すように星十郎が言うと、銕三郎もこれ以上は非礼が過ぎると思ったか、咳払いをして話し出した。

「俺の勘だが、ここまで火術に長けている下手人なら、誰かに頼るとは思えねえ。自ら何らかの方法で手を下しているだろう」

大凡《おおよそ》己の考えと同じである。そのことは解ったが、別のことに意識を奪われ、次第に音が遠のいていくようだった。

――こいつ俺に一物あるのか。

外様《とざま》の小藩に頼ることを快《こころよ》く思っていないのだろうかと思っていたが、どうやらそう単純な思考ではないらしい。星十郎や武蔵に対するに比べ、己への当たりが妙に厳しい。銕三郎も昨年までは江戸にいたとはいえ、直接の接点は無い。気分を害するような真似をした覚えもない。そこまで考えて、源吾はまどろっこしくなって鬢を掻いた。配下の二人ははっとなるが、喜八郎、銕三郎は解っていない。

「何故だ」

「解らねえか。黒幕はこの京に物の怪を創り出そうとしている。仕掛けを知る者は少ないほうがいいに……」

銕三郎の言葉の中には依然侮りが感じられる。

「違う。はっきり言ったらどうだ。俺が気に喰わねえんだろう?」

「ああ。気に喰わん」

銕三郎は意外そうな顔をしたのも束の間、一切濁らせることなく言い切る。睨み合う恰好となったので、慌てて喜八郎が腰を浮かせ宥めた。新庄藩の面々はというと、星十郎は諦め顔で溜め息をつき、武蔵は待っていましたとばかりににやりと笑った。

「どこが」

「火消風情《ふぜい》にこの難事件を止められるものか」

「火消じゃなく、俺だろう？　腹も割れねえで、それでも江戸の男か」

鋉三郎のこめかみに筋が走り、畳を踏み鳴らして膝を立てた。喧嘩なら買うつもりである。もっとも鋉三郎は様々な武道に精通していると聞き及んでいる。取っ組み合いになれば万が一にも勝てそうにない。

「俺一人でも火車を捕らえられると言っている。それなのに父上は、江戸からわざわざてめえを呼び寄せた」

「それが癪に障るってか？」

「そもそも父上はてめえを買いかぶりすぎさ」

鋉三郎は吐き捨てるように言って、続けた。平蔵は、京で出火がある度に源吾がいればと口にしていたらしい。江戸で大関を張る火消であるため、火事相手ならばまだ分かる。しかし火が絡んでいるとはいえ、このような捕り物にまで頼るとはいかなる所存かと、鋉三郎はぶちまけた。

——まあ、面白くねえわな。

分からないでも無い。火消でも己の管轄に固執する者は珍しくない。最強の町火消、に組の辰一《たついち》のように特殊な理由による場合もあるが、多くは手柄のためである。鋉三郎も同様と思われた。

それに鋏三郎の言うように、何故か平蔵は身が縮むほど己を高く買ってくれている。

場の雰囲気は重々しくなる。鱧《はも》を売る棒手振《ぼてふ》りの声、托鉢僧《たくはつそう》の乾いた念仏、近くで無邪気に遊ぶ子どもたち、市井の声が無言の時を埋めた。

「おっさん……」

鋏三郎が目を眇《すが》めてぽつりと言った。親子なので当然であるが、その様は平蔵に酷似《こくじ》している。

重ねて喧嘩を売られたのかと思い、源吾が言い返そうとするより早く、喜八郎がはっとして身を乗り出した。

「若……」

「いくぞ！」

「なりません！」

鋏三郎は早くも腰を浮かせており、それに喜八郎が続く。

「いきなりどうしたってんだ⁉」

「より怪しい者たちがおります！」

今の会話のどこで分かったというのか、喜八郎もすでに鋏三郎の意を察している。一方こちらは星十郎でさえも首を捻っている。それに「たち」とは一体どういうことであろうか。

取るものもとりあえず、源吾らも喜八郎とともに屋敷を出た。銕三郎はすでに旋風《つむじかぜ》の如く駆け出しており、こちらが履物《はきもの》にもたついている間に、ぐんぐん距離を開けていった。

「誰が怪しいってんだい?」

焦れた武蔵が喜八郎をせっついた。

「おっさんです」

「おっさん?」

源吾ら三人の鸚鵡《おうむ》返しが見事に重なった。おっさんとは中年の男のことではないのか。そう訊くと、喜八郎は駆け足のまま首を振った。

「上方訛りでは和尚《おしよう》のことをおっさんと呼びます」

「坊主か!」

源吾もようやく意味を察して声を上げた。

「はい。念仏を上げたのは全て同じ寺です」

五つの現場に居合わせたのが同じ寺の坊主とあれば怪しいと思うのも無理はな

い。

「どこの寺だ⁉」

「それが……」

　喜八郎は喉の奥で言葉を詰まらせた。

「相当な……大寺《だいじ》……ということですか？」

　星十郎はお世辞にも体力があるとはいえず、蒸し暑い京の気候が拍車をかけるのか、すでに肩で息をしていた。

「真宗佛光寺《しんしゆうぶつこうじ》派本山、佛光寺です……」

　源吾は京の事柄に疎《うと》い。本山というからには大層なものだとは解るが、それほどの衝撃は受けなかった。それは武蔵も同じようで軽い調子で言い放った。

「結局は坊主だろう？」

「滅相もない！」

　喜八郎は血相を変えて、悲鳴を上げるかのように叫んだ。

「長谷川様は京都町奉行。寺社への詮議《せんぎ》もお役目のうちじゃあねえのか？」

　江戸ならば寺社への詮議は寺社奉行に一任されており、その他の者は許可なく立ち入ることも出来ない。しかし京都町奉行はその寺社奉行の職務も兼ねている。そこまで大事《おおごと》には思われなかった。

「京において、一番気を配らねばならぬことは何かご存知ですか？」

喜八郎は興奮のあまり唾を飛散させた。

「その寺社……だってのか」

喜八郎は前を見つめながら再び頭を振った。単刀直入に言えばよいものを些か回りくどい。

「京雀です」

事件や人について口さがなく噂する京人をそのように表現する。

そもそも京人は余所者《よそもの》に強い警戒感を示す。それは奉行といえども変わりなく、一度京雀を敵に回すと市井の情報を一切得られなくなってしまう。平蔵は京の人々に受け入れられることに最も心を配り、今では良き関係を築いている。

「それが、寺社とどう関係するのです」

「京の人々にとって、寺社は共に千年の時を生きた心の拠《よ》り所。奉行よりも重い存在です。それをぞんざいに扱えば、反発を招くは火を見るよりも明らか。まして佛光寺は大名並の大寺……凄まじい檀家の数を誇っています」

喜八郎は大真面目に言うと、遅れたる星十郎を気遣うのも忘れてさらに脚を速めた。ここまで聞かされても源吾には大事のように思えず、懸命に走る喜八郎の背を追った。

佛光寺は四条通を南に下り、その寺の名を冠した佛光寺通と、高辻《たかつじ》通に跨《また》るほどの広大な敷地を誇っている。一行は塀沿いに正面に向かう。いち早く源吾の耳に争う声が届いている。鋏三郎の声である。

ようやく追いつくと、そこは修羅場《しゅらば》の様相を呈していた。鋏三郎は十数人の寺男に囲まれ、中には坊主と思《おぼ》しき者の姿もある。

寺男とは寺の雑用を受け持つ者たちで、流れ奉公の気性の荒い者も多い。寺側も用心のために敢《あ》えてそのような者たちを雇っている節もあった。

「いかなる御用でしょうか」

五十絡みの僧が柔らかな口調で言う。

「先刻、そこの若い僧に申した通りです」

すでに何度もこのやり取りをしており、発展してこのようになったことが窺《うかが》えた。

「もう一度、お聞かせ願いたい」

鋏三郎は眉間に深い皺を寄せ、大音声《だいおんじょう》で叫んだ。

「改めて申し上げる。先日、貴山の取り仕切った葬儀について尋ねたい儀がある。弔《とむら》った僧たちをこちらに引き渡して頂きたい。これは御用改めである！」

「ほう……当山の者らが下手人とお思いか」

「それはまだ解らぬ。故にこうして話を聞こうと罷《まか》り越した次第」

「御奉行様の命でありますかな」

平蔵の許可を取った訳ではない。痛いところを突かれて鋏三郎は黙り込んだ。

僅かに生まれた時の隙間を縫って、喜八郎が衆を掻き分ける。

「私は京都西町奉行番方、石川喜八郎と申す者。ことを荒だてるつもりはございませぬ！」

鋏三郎が何か言おうとするのを制し、喜八郎は懸命に話した。

「確かに貴山が取り仕切られた葬式で例の事件が起きております。しかし即ち下手人などとは、考えてもおりません。人々を一日も早く安んじたい。その一心で出過ぎた真似をしてしまいました。平に容赦《ようしゃ》下さいませ」

いつの間にか、騒ぎを聞きつけて野次馬たちが出ている。江戸ならば、やんややんやと好き放題に囃《はや》し立てるが、京人はひそひそと地を這うように囁き合っている。

「喜八郎、手掛かりが目の前に――」

「若っ！」

鋏三郎と喜八郎のやり取りを見て、老いた僧は眉を開いた。

「若……長谷川家の嫡男、鋏三郎殿か」

「いかにも」

鋏三郎はすんなりと認める。喜八郎は自身の失態を後悔するように顔を歪《ゆが》めた。

「此度の御奉行は話の分かる出来た御方と思ったが、その子息がこのような乱暴者とは。長谷川様もご苦労が絶えまい」

「して、方々に引き合わせて頂けるので？」

鋏三郎は皮肉もなんのその、話を本題に引きずり戻した。

「当山の者が悪事に手を染めるはずがない」

「それは当方が判断する。そこまで自信がおありならば匿《かくま》う必要はありますまい」

鋏三郎のあまりに不遜《ふそん》な態度に寺男たちも色めき立った。年嵩《としかさ》の僧は手でそれらを制して緩やかに言った。

「よろしい。近く奉行所に伺わせましょう」

「ご無礼仕《つかまつ》った。御免」

銕三郎は踵《きびす》を返してこちらに向かって来た。

「ここで話しては目立ちすぎます。離れましょう」

合流すると喜八郎の勧めで五人連れ立って歩む。

「えらく無茶するな」

これまで何度も無茶を重ねてきた源吾から見ても、銕三郎の行為は愚挙といえる。

「悪いか」

「若……ご自重下さい。京の者は寺社への不敬を特に忌《い》みます。まだ下手人と決まった訳ではありません」

喜八郎は滝のように流れる脂汗《あぶらあせ》を拭った。

「そんなことは重々解っている。佛光寺の僧を下手人とするには早い。だが万が一そうであれば、これだけの騒ぎを起こせば迂闊《うかつ》には動けねえ」

銕三郎は表情一つ変えずに言う。確かに銕三郎の言う通り、これで十分な牽制《けんせい》になる。後先考えずの行動かと思ったが、案外狡知《こうち》を備えているようだ。

「下手人の動きを封じられるならば、俺の評判などどうでもいい」

鋏三郎は付け加えると不快げな舌打ちをした。その目は爛々としており、下手人への憎悪が籠っているように見えた。

「おい、鋏三郎」

「何だ」

「俺もお前が気に喰わねえ」

喜八郎がまた取り乱し、星十郎が頬を緩める。武蔵に至っては俺も気に喰わねえと相乗りしている。鋏三郎は再びわざとらしく舌を鳴らした。源吾はさらに続ける。

「てめえの険しい面《つら》なんざ、いつまでも見たくねえのさ」

「こちらも同じよ」

「その点だけは気が合うじゃねえか。じゃあ、さっさと化物《ばけもの》もどきをとっ捕まえて終わりにしようや」

鋏三郎は忌々しげに下唇を嚙み、不敵に笑う源吾に向けて短く言い放った。

「望むところだ」

第二章　本所《ほんじょ》の銕《てつ》

一

翌日、月が変わって水無月一日の夕刻、源吾は伏見より帰った平蔵に連れられ、暮れ行く京の町に出た。暇があれば、いや暇を作ってでも、こうして町を見回ることにしているらしい。奉行所に籠っていては決して見えぬことがあるというのが、この名臣の持論であった。

「申し訳ございません」

銕三郎の無茶を止めなかったことを咎められるのかと思い、源吾は先んじて陳謝した。

「佛光寺には儂から詫びを入れた」

伏見からの帰路、事の次第を耳にして立ち寄ったという。奉行自らが足を運んで非礼を詫びたことで、佛光寺としてもかえって恐縮し、丸く収めることを約束してくれたという。

「あれをお主はどう見る？」

平蔵は家路を急ぐ竿竹《さおだけ》売りを流し見ながら言った。

「馬が合うとは言い難いが、何とかやっていますよ」

「お主は正直で助かる」

出世すればするほど、本心で語ってくれる者が少なくなるらしく、平蔵は嬉しそうであった。

「無茶をなさる。まあ、人のことは言えませんが」

「銕三郎は悪を狂おしいほど憎んでおる」

平蔵はそう前置きして、ぽつぽつと語りだした。

今より九年前の明和元年（一七六四）の頃である。

平蔵は当時齢四十六。将軍の親衛隊である小十人頭《こじゅうにんがしら》を務め、近くは御先手弓頭にも選出されると噂されていた。男としてもっとも脂の乗り切った時期であった。

一方の銕三郎は数えで二十。町に繰り出しては仲間と喧嘩に明け暮れ、賭場に入り浸《びた》り、家の金を持ち出して吉原《よしわら》に通う放蕩者で、その無頼《ぶらい》ぶりから「本所の鋏」などと呼ばれて皆に恐れられていたという。

その鋏三郎、喧嘩や博打《ばくち》は今まで通りであったが、ある日を境に吉原通いだけはぴたりと止めた。平蔵が風の噂できいたところによると、どうやら好いた女が出来たらしい。相手は町人の娘で、見目美しく、気立てもよいと町でも評判だった。

ある日、鋏三郎が珍しく飯時に帰っており夕餉《ゆうげ》を共にした。そこで平蔵は飯を頬張りながら唐突に切り出した。

「好いた女子《おなご》がいるらしいな」

鋏三郎の顔に緊張が走る。女が町人であったから、無理やり別れさせられると考えたのだろう。

「何と言われても――」

「名はなんと謂う」

平蔵は鋏三郎の言葉を遮《さえぎ》り、沢庵《たくあん》を口に放り込むと心気味よい音を立てて咀嚼《そしゃく》した。

「お梅《うめ》……」

「良き名だ。どのような娘だ」

「身丈は四尺八寸（約一四四センチ）、笑うとえくぼが出来て……」

「見栄《みば》えはどうでもよい」

「俺の下らぬ軽口にころころと笑います」

「他には？」

平蔵は口元が綻《ほころ》ぶのをぐっと堪えた。

「喧嘩をすれば顔を真っ赤にして怒ります」

「どのように？」

「乱暴はいけません。銕さんは、真は優しい御方……と」

町では恐れられている本所の銕が、子どものような無邪気な顔で語るものだから平蔵は思わず笑ってしまった。

「なかなかおもしろそうな娘だ。惚《ほ》れているのか？」

「はい」

銕三郎は顔を赤く染めて俯く。

「儂も逢いとうなった。近く連れてこい」

「しかし……よろしいので？」

長谷川家は大身とはいえぬが、知る人ぞ知る武門の家である。町人の娘を娶ることは世間に憚られよう。そのことを銕三郎も知っているからこそ、今の今まで隠していたのだ。

「お主が本気ならば、どこか武家の養女にしたのち娶ればよい」

平蔵は味噌汁を啜《すす》ってほっと息を吐くと、微笑みながら続けた。

「誰にも憚ることなく惚れた女と生きる。いずれそのような世になればと儂はつくづく思っておる」

呆気に取られる銕三郎に対し、平蔵はからからと快活に笑った。

それから数日後、銕三郎がお梅を伴い平蔵に引き合わせた。お梅はもう恐縮しっぱなしで、目を白黒させていた。平蔵は養子先に都合のよい武家を探すことを約束し、二人が嬉しそうに頷き合うのが印象的であった。

それから三月《みつき》経ったとある日、銕三郎はお梅と縁日に行く約束をしていた。男女が連れ立って歩くなどはしたないと言う者もいるだろうが、銕三郎はそのようなことは気にしない。心を躍《おど》らせながら待ち合わせの場所で待った。

刻限になってもお梅は現れない。半刻ほど待って家を訪ねてみようかとも思ったが、入れ違いになっても面倒とずるずると待った。縁日が終わった頃、銕三郎はとぼとぼと歩みだした。約束を忘れていたのかもしれないと、遠回りしてお梅の暮らす長屋に立ち寄ろうとした。

長屋の近くまで行くと、何やら騒々しい。提灯の明かりが多く揺れている。鋳三郎は胸騒ぎがして駆け出した。

「お……梅……」

そこで見たものは変わり果てたお梅の姿であった。会所の前の古木に縄を掛け、首を吊っている。すでに奉行所の同心が駆け付け、人だかりが出来ている。同心たちに迫るのはお梅と同じ長屋の者たちで、鋳三郎も顔なじみの面々である。降ろしてやってくれと懇願《こんがん》する婆様、いい加減にしろと怒鳴る職人、現場は混乱を極めていた。

「お梅！」

衆を掻き分け、木によじ登ろうとした鋳三郎を同心たちが止める。

「与力殿が駆け付けるまで降ろしてはならん！」

「ふざけるな‼」

鋳三郎は肘《ひじ》で同心の鼻を殴打《おうだ》した。残りの同心が一斉に身構える。

「鋳さん、お梅ちゃんが……」

婆様が呼んだことで、同心たちも乱入者が何者か気づいた。

「長谷川鋹三郎……本所の鋹……面倒だぞ」

鋹三郎は抜刀する。落ち着け、止めろと同心たちが叫ぶ中、化鳥《けちょう》の如く飛び上がり刀を振り下ろした。縄がぶつりと切れた時、鋹三郎は刀を放り出してお梅をしかと受け止めた。

「この狼藉《ろうぜき》は見逃せぬ。奉行を通して長谷川家に申し入れを――」

「今、その話をしなければならねえか」

鋹三郎の声が地を這う。多くは肩を震わせたが、鈍感《どんかん》な同心がなおも続ける。

「探索を妨《さまた》げるのは公儀への謀反《むほん》と同じぞ」

顔をゆっくりと上げる。涙がとめどなく流れて頬を伝い、眠るお梅の額に落ちていく。

「これで謀反というなら結構だ……ただし長谷川家ではなく、本所の鋹ただ一人《いちにん》の謀反。旗本八万騎を相手取って戦《いくさ》をしてやる」

同心は哀れなほど震えている。ようやく駆け付けた与力が経緯を聞き、お梅の胸に顔を埋める鋹三郎に声を掛けた。

「配下の失言は詫びます。しかし今日のところはお引き取り下され」

「自害するような女じゃねえ……」

「それも含めて吟味《ぎんみ》します」

「お梅に何かした者がいる。必ず捕まえてくれ……」

よほど無様な顔をしていたのだろう。与力も胸が詰まったか、唇をぎゅっと結んだ。

「命に懸けても」

銕三郎はその日、どのように帰ったのか全く覚えていない。何度も膝が崩れて転び、ふらついて壁にもたれ掛かり帰ったように思う。ただ覚えているのは西に傾いた満月が、哀しく輝いていたことだけである。


数日後、お梅の身に何が起こったかおぼろげに解ってきた。あの日お梅は、確かに銕三郎のもとへ行こうと出かけた。しかし半刻ほどで戻って来た。しかも酷く取り乱していたため、例の長屋の婆様が奇異に思って声を掛けた。

お梅は泣き崩れて、婆様に身に降りかかった出来事を吐露《とろ》したという。暗がりで二人の男に拐かされ、乱暴されたというのだ。土に汚れた肌を拭いてやり、まずはゆっくり眠るようにと布団に押し込んだ。

奉行所に言うべきか、それとも銕三郎に言うべきか、婆様が思案していた時、惨劇は起こった。お梅が首を括《くく》っていたというのだ。あとは奉行所に告げ、同心が駆け付け、錬三郎の知る通りである。

一月後、下手人が突き止められた。あの与力が寝る間を惜しんで探索し、ようやく見つけ出してくれたという。下手人は有力な旗本の次男坊二人がつるんでの犯行であった。

錬三郎が例の与力のもとへ日参し、下手人の素性《すじょう》を問い糾《ただ》しているという情報を、平蔵は耳に挟んだ。その直後、平蔵は自宅の門の脇に立っていた。期するものがあったのである。

果たして朝靄《けぶ》が煙る中、門を潜って錬三郎が現れた。

「どこへ行く」

錬三郎は父がここにいる意味を瞬時に悟《さと》ったようだが、動揺を隠して軽やかに言った。

「朝からご苦労なことですな。悪所《あくしょ》ですよ」

遊里といった意味である。

「止めたと聞いたが」

「またふと足を運びたくなりましてね」

「朝からか」

「それが粋《いき》というものです」

座敷に夜に上がるは下客、日中に上がるのが上客と通人の間では言われている。そのようなことを銕三郎は言いながら、草鞋の緒を結びなおしていた。

「刀を置いていきましょうか？」

銕三郎は上目遣いに言った。

「どこかで買い求めるつもりだろう」

魂胆は見えている。

「ならぬ。裁きを受けさせよ」

平蔵が厳しい口調で言うと、銕三郎はすっくと立ち上がってこちらを凝視《ぎょうし》した。

「奴らは幕閣に賄賂《まいない》を贈っております。証拠が足りぬと放免されるのが落ちです」

「我らに人を裁くことは赦されておらぬ。目付、若年寄、御老中のお役目である」

「皆が賄賂のおこぼれを受けていますよ」

口元に薄い笑いを浮かべながら構わずに行こうとする銕三郎に、平蔵は立ち塞がった。

「行かせはせん」

「ここで勘当をお申しつけ下され。それならば当家には累は及びますまい！」

「そのようなことはどうでもよい」

「ならば――」

「お主、一人で幕府に弓引くと申したらしいな」

慟哭《どうこく》の中とはいえ、流石に口が過ぎた。そう思ったようで銕三郎はか細い声で言った。

「確かに申しました……」

「無頼な息子を持つと困る。留守を頼む」

平蔵はそういうと、反対に銕三郎を残して歩みだした。

「一月《ひとつき》待て。それで何も変わらねば斬れ」

平蔵は振り返らずに言った。

「どこへ……」

「相手が頼る幕閣に一言申し上げる」

「それでは父上が腹を切らされます！」

平蔵は初めて振り返った。銕三郎は肩を震わせている。

今では厳《いか》つい肩をしているが、思えば子どもの頃は丸々と肥えた子であった。四つん這いになって馬の真似をして見せると、跨った銕三郎はきゃっきゃと高く笑って喜んだものである。激しく揺らしすぎて落下し、額を切ったときには親子並んで妻に叱られた。その額の傷は今でも薄っすらと残っており、逞《たくま》しい顔に華を添えている。

長じて放蕩息子になったが、歳を重ねれば収まると気に留めなかった。何故ならば若かりし己もそうだったからである。その息子が初めて人を心から恋い焦がれ、それを無残な形で奪われ、憎悪を燃やしている。

丸々と肥えた背を思い出すと、何故だか平蔵の眼尻に涙が溢れてきた。

「これほどまでに子が苦しんでいて、黙っている者が親を名乗れようか。父に任せよ」

平蔵は幕閣への伝手《つて》を持っていない。今まで賄賂などとは無縁の暮らしをしてきたからである。だからといって高々小十人頭である己が、正面から面会を申し入れても相手にはされまい。

「今の御側御用取次《おそばごようとりつぎ》は賄賂さえ渡せば、どんな者にでも会うらしい」

同輩からそのような噂を聞いていた。御側御用取次は将軍の側に侍《はべ》り、老中にその意向を伝えるという役目を担っている。老中はおろか若年寄よりも格下であるが、直に将軍に接するということで権勢は侮れない。

卑怯《ひきょう》な輩《やから》と同じようにすることに躊躇《ためら》いはあった。それでも鋏三郎、いやお梅の無念を晴らすために身を汚す覚悟を固めた。

――ご相談したい儀あり。

そう相手に伝えると、果たしてすぐに返答があった。明日の申の刻、日本橋《にほんばし》の料亭「松《しょう》らい」に来いというのである。御側御用取次は城内に居住している。流石にそこで口利きの談合をする訳にはいかないようだ。

平蔵は刻限の半刻前に赴《おもむ》き、その時を待った。襖がさらりと開く。

「これは……」

家臣をよこすものとばかり思っていた。しかしそこに立っていたのは口利きを頼んだ相手その人であった。男は厚い唇を親指でなぞりつつ対面に座った。

「小十人頭、長谷川平蔵でございます」

名乗りつつ拝した平蔵の頭上を、心地よい錆声が越えていく。

「御側御用取次、田沼意次じゃ。かしこまらずともよい」

田沼は手を叩き、慣れた調子で酒の用意を命じた。この店に何度も脚を運んでいるようである。それほど口利きを依頼する者が後を絶たないのだろう。酒を持って来た女中に声を掛ける。

「お清《きよ》と申したな。風邪《かぜ》はよくなったか？」

「まあ、山本《やまもと》様。よく覚えていて下さいましたね」

平蔵は声を失った。偽名を使っていることではない。破竹の勢いで出世しているこの男には、守銭奴であるだの、将軍に阿《おもね》っているだの、悪い噂が後を絶たない。下々の名を覚え、風邪の調子を慮《おもんぱか》り、気さくに話すその様は、耳にしていた人物像とあまりにかけ離れていた。

「お清、悪いが少し席を外してくれぬか」

「ふふふ。また悪だくみですか？」

「そうよ。儂は悪い男故な」

田沼は楽しげに話し、女中は笑いながら部屋から出て行った。

「すまなんだな。さて、話を聞こうか」

平蔵は我を取り戻し、事の次第をつぶさに告げた。

「ほう。けしからんな」

平蔵は息を吞んだ。先ほどまでの親しみやすさは消え失せ、眼光が異常な輝きを帯《お》びている。

「正当な裁きを受けさせたい。それだけでございます。つきましては些少《さしょう》ではございますが……」

脇に置いていた袱紗《ふくさ》包みをさっと前へ押しやった。

金五十両。田沼には百両、三百両の話がひっきりなしに舞い込んでいると聞く。それでも小十人頭という下役で、配下が困れば面倒を見てやる平蔵にはこれが限界の額である。ありったけの大判小判を掻き集めて参上した。

「五十というところか」

「面目《めんぼく》ございません……」

常に清廉《せいれん》であろうとしてきた。その姿を見せるのが父の務めとも思ってきた。しかし金がなければ子の無念も晴らしてやれぬ。己を殴り殺したいほど情けなかった。

「受けよう」

田沼はぐいと杯を空にして言い放った。

「ま、まことでございますか⁉」

腰を浮かせる平蔵を意に介さず、袱紗を片手で開く。そして小判一枚を取りまじまじと見た。大判や小判は時代が下るほどに金の含有量が少なくなり、伴って価値も低くなる。それを確かめているのだ。

「釣りじゃ」

「は……」

意味が解らぬ。四十九両という半端な数に思い入れでもあるというのか。

「こちらよ。ここの払いはこれで賄《まかな》える」

「まさか……」

「儂は選り好みが激しいのよ。お主はこれで十分。お役目に忠実と聞いている。大樹《たいじゅ》の耳にも入れておるぞ」

将軍が己のような端役のことをご存知である。認めて下さる上役がいる。畳に擦り付けた頭を上げられなかった。

「ありがたき幸せ……」

「今宵《こよい》は呑むぞ。舐めた輩を成敗する算段じゃ」

田沼は箸《はし》で鯛を突《つつ》きながら豪快に笑った。

話をするうちに田沼の人となりが摑めてきた。確かに多額の賄賂を受け取り口利きはしている。それでも人の行いにも悖《もと》る依頼はすべてはねつけているという。しかもその受け取った金銭は、

「儂が老中になったとき、民のためになるように使う。そのために、ごっそり貯め込んでいるところから取っているのよ」

度々驚かされる。老中になると宣言することもそうだが、その用途にである。まことにそのような使い方をするのか、人柄に触れてもまだにわかには信じられない。その心を敏感に察したか、田沼は口を綻ばせた。

「疑うか」

「いえ、滅相もございません」

「たまにこうして酌《く》み交《か》わそうではないか。儂が腐っておらぬか、お主が見届けよ。変貌《へんぼう》したと思ったときは、遠慮《えんりょ》なく斬ってしまえ」

まるで他人《ひと》ごとのように軽く言い、海苔《のり》の佃煮《つくだに》をぺろりと舐めた。

「なぜ私にそこまで……」

「儂がいくら悪を生み出さぬ仕組みを作ろうが、今ある悪を摘《つ》み取る者がおらね

ば何も変わるまい。それが出来得る男をずっと探していたのだ」

「しかし私は小十人頭です」

「間もなく御先手弓頭になる。そして儂が老中になる頃には……」

田沼はそこで言葉を一度切り、片眉を上げて見せた。

「火付盗賊改方長官、長谷川平蔵が世に解き放たれる」

田沼は見得を切るように半身を乗り出した。折角恰好よいのに、口辺に先ほど舐めた海苔の佃煮がついてしまっている。悪童、精悍《せいかん》、老練、それぞれの時代をいっぺんに詰め込んだ、男そのものの姿に平蔵は見惚《みと》れていた。


田沼は息のかかった旗本の子弟を、下手人二人に偶然を装い近づかせた。そして意気投合したところで、酒場に誘う。そこでしこたま酒を呑ませた上、今までにしてきた悪事自慢をこちらからしてみせる。飯屋の代金を踏み倒した、気に喰わぬ町人を半殺しの目に遭わせただの、そのようなことである。

この手の悪漢は己の悪事を悔いるよりも、誇ることに終始する。さして苦労もなく、二人して町人の娘を手籠めにしたことを吐いた。さらにその娘が首を括ってくれたおかげで余計な手間が省けたと、およそ人とは思えぬ卑《いや》しい笑みを浮かべたらしい。

田沼は近頃幕府の威光を傷つける旗本がいる。より詮議を厳しくし、すでに裁定が出た事件も今一度見直すべき、それこそが民の信用を守ることと直言した。こうして将軍の名の下に一斉に事件の見直しが始まり、お梅の一件についても再度吟味されることになった。

賄賂を受け取っていた幕閣は危惧《きぐ》していなかったらしい。何故ならば被害を受けたお梅はすでにこの世になく、誰一人目撃した者もいない。さらに目付には分け前を与えて抱き込んである。

「旗本の子息二人。自らが下手人と認めたらしいのです」

田沼が幕閣に告げたが、それでも動揺はしていない。どこの世に賄賂を贈ってまで罪を逃れようとしながら、己で認めてしまう者がいよう。

「酒場で二人が高らかに話していたということです」

「馬鹿な……町人の話など誰が信じよう」

「それが武士なのですよ」

そう前置きして田沼はつらつらと語り始めた。

「大番衆、岡崎伝左衛門《おかざきでんざえもん》。勘定方、山田平内《やまだへいない》。中奥小姓衆、清田広江《きよたひろえ》。中間《ちゆうげん》頭、水口藤次郎《みずぐちとうじろう》、小普請組……」

「ま、待て！　その者らが皆その場末の酒場に居合わせたというのか⁉」

「はい。幕臣十一名。紀伊徳川家《きいとくがわ》、陸奥伊達家《だて》、河内北条家《かわち》などの陪臣《またもの》八名。皆、偶然……居合わせたようでございます」

「ふざけるな‼」

叫び声に田沼は顰《しか》め面になった。

「はて、何もふざけてなどおりませぬが」

「そのような奇遇が起きるはずない。お主が仕込んだ罠《わな》だろう！」

「罠であったら何と致します。拷問の末吐かせた訳でもなく、当人らが嬉々として語ったことでござるぞ。上様は乱れを正せと仰せであります。某《それがし》は上様の思いに応えようとしたまで」

将軍の名を持ち出されれば、ぐうの音も出ない。口惜しそうに身を震わせ、負け惜しみの一言を言い放った。

「貴様、上様の覚えがめでたいとあって、少々図に乗っておるのではないか」

「このくらいで図に乗るならば、某もそこまで。まだまだ……でござる」

わなわなと震える幕閣に向け、田沼は見事なまでの作り笑顔を見せた。

二

つい先刻まではちらほら見られた子どもたちの姿もすでに無い。空の茜《あかね》を藍《あい》色が塗り替えようとしている。

「錬三郎……いや、ご子息にそのようなことが……」

「錬三郎でよい」

本人に代わって言うのもおかしいものではあるが、きっとそれこそが平蔵の望みなのだろう。

「田沼様との出逢いにも絡んでいるとは、とんと存じ上げませんでした」

「うむ。果たしてまことに田沼様は御老中になり、儂は火付盗賊改方長官に任じられた」

「その旗本の子息二人はどうなったので？」

「切腹。お家断絶。十九人の歴とした士の証言を覆《くつがえ》すことなど出来ぬ」

田沼は自身が出世するごとに派閥《はばつ》を広げていた。派閥といえばよからぬ印象があるが、田沼の場合は志《こころざし》を同じくする者といったものである。その証拠に他の者であれば自身に役立つ者だけを仲間に引き入れるが、田沼の場合は大身の旗本から微禄の御家人、さらに陪臣までと幅広い。そういう観点で見れば、源吾も知らぬうちに田沼の派閥にいるのかもしれない。

「しかし……なかなか変わらぬものよな。悪は刈っても刈っても、次々に新芽が現れる」

平蔵は軒に吊るされた火の入っていない提灯をそっと撫《な》でた。町々の軒先には祇園祭の間、提灯が掲げられる。山鉾が洛中を巡る前日の六日、宵山《よいやま》とよばれるその日に一斉に火を灯される。駒形《こまがた》提灯と呼ばれる、提灯が無数に連なった山車も出る。その支度が着々と進んでいるのだ。

「火事も同じです。かといって諦める訳には参りません」

「まさしく。一代では叶《かな》わぬ夢だとしても、その意志を紡《つむ》いでいかねばならぬ」

今回の事件を平蔵はなぜ鋏三郎に任せたのか。そしてなぜ江戸から呼び寄せてまで己と組ませたのか。その意図がふと解ったような気がした。

平蔵は当年五十五。まだ壮健であるには違いないが、それでも十年、二十年と生きられる保証はない。それに対して源吾は三十三、鋏三郎は二十九。己の余命を考え、その意志を次の世代に託そうとしている。

「必ず俺たちで止めてみせます」

力を込めて言うと、平蔵はわざとらしい感嘆の声を上げた。

「老兵は去れということか」

「い、いえ……そういう訳では」

「ふん、悪いが死の間際まで生き抜いてみせよう」

当たり前のことを言っているのは、まだおどけているのだと思ったが、その割に平蔵の顔が険しいのが妙に気になった。

祭り支度に追われ、遅めの夕餉に取り掛かっているのだろうか。どこかの家から美味《うま》そうな飯の香りが漂ってくる。このような当然の暮らしを守らねばならないという崇高《すうこう》な考えも過《よぎ》ったが、次の瞬間には江戸に残してきた深雪のことを思い出した。

――手料理を食べたいな。

己にとっての当然の日々から離れていることを実感し、一抹《いちまつ》の寂しさを感じた。

翌二日、取り調べに協力して頂きたいという平蔵の申し出を、佛光寺は快く受けてくれた。万が一に備えて圧力を掛けたいという鋏三郎の気持ちも理解出来るが、名刹《めいさつ》だけあってやはり礼を尽くせば、礼でもって応えてもらえる。もっともそれは、当山の者がそのような悪事に手を染めるはずがないという、確固たる自信があってこそである。明日にも代表者が御役所を訪ねてくることになった。

「少し行きたいところがあるのだけど、構わないかい？」

その日の昼、武蔵が遠慮がちに申し出た。佛光寺の取り調べが済まねばことが進まないが、それでも探索の途中に変わりはない。余程のことなのだろうと思った。

「お前、京に知り合いでもいるのか？」

源吾が問い返すと、武蔵は興奮気味に言った。

「平井利兵衛《ひらいりへえ》を訪ねたいんだ」

「水工《すいこう》、利兵衛か」

源吾は即座に理解したが、流石の星十郎も知らぬようで首を傾げた。

「どなたですか？」

「火消として日が浅いお前は無理ねえが、火消ならば知らねえ者がいねえ絡繰《からく》り師さ」

火消道具を専門に扱う絡繰り師で、代々当主は利兵衛を名乗っている。中でも当代の五代目利兵衛が作る竜吐水《りゆうどすい》や水鉄砲は精巧を極め、日ノ本一の出来栄えだと言われており、「水工」の雷名を轟《とどろ》かせている。その者がここ京に工房を構えていることを思い出した。

「うちでは買える代物《しろもの》じゃねえが、一度この目で見たかったんだ」

利兵衛の拵《こしら》える竜吐水は火消の垂涎《すいぜん》の的《まと》であり、他の二倍の値がついている。台所が火の車の新庄藩では手が出ない。それでも竜吐水の名人である武蔵ならば見たいと思うのも無理はない。

「場所は解るのか?」

「松原富小路西《まつばらとみのこうじにし》に入るところ。京の地理はからっきしだけど、それだけは覚えちまった」

加賀鳶は利兵衛の竜吐水を二機持っている。現場が一緒になって火を鎮《しず》めた後、武蔵は頼みこんで竜吐水をまじまじと見させて貰っていた。そこに所を示した焼き印が押されていたらしい。

「一人で行けるか?」

佛光寺に何か手掛かりがあるとは思っているが、他の線も探り続けねばならず、同行してやる余裕はなかった。

「石川様に訊いて行くさ。勝手言ってすまねえ」

憧れの人に会いにいくのが待ちきれぬといった様子で、武蔵は言うや否や立ち上がった。

「お前が見れば、何かの参考になるかもしれねえ。気にせず行ってこい」

武蔵は傷のある頰をぴしゃりと叩くと、意気揚々《ようよう》と出かけて行った。


「まる、たけ、えびす、に、おし、おいけ……」

武蔵は喜八郎から教えてもらった唄《うた》を歌いながら歩んだ。

京の町は碁盤《ごばん》の目状になっており、通りをこのような唄で覚えるという。これは東西の通りを表すものである。京の治安を担当するのに地理に疎くては話にならぬと、喜八郎も江戸から来てまずこの唄を必死に覚えたらしい。

「あね、さん、ろっかく、たこ、にしき。し、し、し……何だっけな」

喜八郎は紙に書いてやろうと申し出てくれたが、それくらいは覚えられると強がってしまったことを後悔した。

竹とんぼで遊んでいる子どもを見て思い出した。京童は迷子にならぬよう、親から必ずこの唄を諳《そら》んじさせられているらしい。

「おい、ぼうず」

「なにい？」

上方訛りの甘たるい調子が可愛らしい。

「あね、さん、ろっかく、たこ、にしき。その次解るか？」

「おじさん、大人やのに道も分からんのん？」

ちくりと皮肉を言うところが、幼くとも京人らしい。

「悪いな。江戸から来たんだ」

「東《あずま》の人か」

別の男の子が笑った。未だに江戸を東と呼ぶのも京人ならではである。

「そう、東の荒夷《あらえびす》さ。続きを教えてくれ」

「し、あや、ぶっ、たか、まつ、まん……」

「それ！　まつが松原町だよな」

「そうやで。南北は分かる？」

これは馬鹿にしている訳ではなく、親切で心配しているようだ。そう思えば先ほどの皮肉も悪気あってのものではなく、皮肉をうまい具合に会話に混ぜて転がすのがこの地の特徴なのかもしれない。

「頼む！」

武蔵が拝《おが》む真似をすると、子どもたちはにこりと笑った。

「てら、ごこ、ふや、とみ、やなぎ……」

「それだ！」

「やなぎ？」

「ううん。とみ」

知らぬ間に己が同じく子どものようになっていることに気づき苦笑した。

「松原富小路やね。どっちに入るん？」

「西に入る」

「それなら易しいわ。今いるところは、筋屋《すじや》町ね。南に下れば雁金町《かりがねちょう》、夷町《えびすちょう》。次が中之町《なかのちょう》でそこらへん」

「助かった！　そうだ。これで団子でも……」

武蔵が財布を取り出そうとするのを、教えてくれた子どもが制した。

「そんなんええよ。知らん人からお金もうたらあかんて言われてるし」

子どもたちはまた竹とんぼを飛ばし、追いかけて行った。余計な危険に巻き込まれぬためか、それとも施《ほどこ》しは受けぬという誇りか、京人の処世術は子どもに至るまで沁《し》み込んでいる。武蔵はこれを生意気とも、不快とも感じなかった。むしろそのような筋の通ったところに好意を抱き始めている。

教えられたように南へと進むと、

――平井利兵衛工房

という古ぼけた看板が掛かっている家を見つけた。

「お頼みします」

外から呼びかけると、戸がするりと開く。

「え……」

誰も立っていないのである。白昼堂々幽霊が現れて開けたという訳はあるまい。

「どうぞ」

女の声。それもかなり若い。武蔵は恐る恐る中へ足を踏み入れた。

「あ……なるほど」

戸の上と横に滑車《かっしゃ》が設置されており、そこを通した縄を引くと開くようになっている。反対側には重りがぶら下げられて、手を離すと今度は勝手に閉まる仕組みになっていた。

　縄の先へと目をやると女が立っている。肌は程よく日焼けしており、額や頬には大小の傷痕《きずあと》がある。中には負《お》ってからまだ日も浅いであろうものもあった。いわゆる京美人の枠には入るまいが、団栗《どんぐり》のような円《つぶ》らな目が可愛らしい。その目がどことなしか、怯《おび》えているようにも見えた。どこか星十郎を思わせる相貌《そうぼう》である。

「お客さんですね」

「はい……けれど見せて頂きたいだけで……」

「江戸からですか？」

「その通りです。名乗り遅れました。武蔵と申します」

　女は驚かなかった。江戸の火消の数は、他国全ての火消を足したほど多い。利兵衛の火消道具を求める者がひっきりなしに来ているのだろう。

「利兵衛殿の娘御ですか？」

「いいえ。私が利兵衛です」

「嘘だろ……」

　思わず口を衝《つ》いて出てしまい、慌てて手で覆った。女はむっとするでもなく苦笑している。

「皆様そう申されます」

「しかし、五代目平井利兵衛殿は俺が子どもの頃からご活躍のはずでしょう」

「私は六代目平井利兵衛。もっともそれは名跡《みょうせき》を継《つ》いだ名で、近所の方々からは本名の水穂《みずほ》と呼ばれております。今少し中へ……」

水穂は促して縄から手を離す。すると滑車の小気味良い音と共に、自らの意思を持ったように戸が閉まる。

ここまで話して、水穂と名乗ったこの女に京訛りのないことが気に掛かった。不躾《ぶしつけ》に訊くわけにもいかず、ましてやそれ以上に訊かねばならぬ疑問が数多くあった。

「いくつか尋ねてもよろしいですか？」

「ええ」

「いつの間に代替わりを……」

「六代目を受けたのは今年の睦月のこと。それにまだ代替わりはしておりません」

聞けば、水穂は当年十九歳。薄化粧すら施しておらず、褐色の肌が艶々《つやつや》しい。

近寄ると、少し距離を取られた。若い娘だ、仕方もなかろう。

八歳の頃に五代目の内弟子《うちでし》となり、今年女だてらにその名跡を継いだ。五代目はそれに合わせて滝翁《ろうおう》と号すようになったが、まだまだ現役を貫いている。今は近所の火消の竜吐水の点検に出ているという。

「いや、疑ってすまない。しかし驚いた」

武蔵が感心していると、水穂は何故だか怪訝そうにしている。

「お客さんが初めてです」

「どういうことです」

「女が六代目を継いだと聞き、馬鹿になさらなかったのは」

「そういうことですか」

武蔵は微笑んだ。確かに自分もはじめは驚いたが、十一年もの修業を積んだと聞いてすぐに得心している。女だから才に劣《おと》るという考えは最初から持ち合わせていなかったし、何より勘定小町と呼ばれる才女が身近にいるのである。そういう意味では常人より頓着《とんちゃく》がなかろう。

「私が後継ぎと聞き、やんわりと注文を取りやめた御方、中には激高される御方もおられます」

「まあ、おられるでしょうね」

再び水穂はきょとんとした。

「歯に衣《きぬ》着せぬ御方」

「嘘が下手なんで勘弁して下せえ」

ばつが悪くなって項《うなじ》を掻くと、水穂は堰《せき》を切ったように笑い出した。武蔵はその笑顔にはっと息を呑む。嫋《たお》やかさは微塵《みじん》も無い。それでも水穂に強烈な生の香りを感じ、美しいと思ってしまった。

武蔵がじっと見つめていると、水穂は笑いを苦笑に変えた。

「そんなに見つめないで下さい。このような仕事をしているので、曲げた木や竹が跳ね返って、傷を作ってしまいます。まだまだ未熟なもので……」

水穂は一際大きな右頬の傷痕をさすりつつ言った。

「ああ。痛そうだ。早く消えるといいな」

水穂はきょとんとすると、再びくすくすと笑い始めた。

「本当に率直な御方……お客さんに立ち話をさせて申し訳ございません……うちの品をご覧に……ふふふ」

「何か変なことを言ったかい？」

「いえ、お客さんのような男の人もいるんですね」

「へえ……」

　女だてらに絡繰りの道に入ったのだ。馬鹿にする男にいい感情は持っていないのだろう。それにしても余りに水穂が笑うので、武蔵は苦笑してしまった。一頻り笑うと、眼尻の涙を拭いて言った。

「どうぞ、奥に……ふふ」

「そんなに可笑《おか》しいかねえ」

　武蔵はぶつぶつ呟きながら、案内されるままに歩んだ。鰻の寝床などと言われる京の家とは異なり、町家であるのに大層広い。それもそのはず奥には工房が併設されているのである。

「うわっ！　これは七式竜吐水じゃねえか」

「よくご存じで」

「見てもいいかい⁉」

　武蔵は思わず地金の話しぶりが出てしまい、水穂はまた笑いながら頷く。飛びつくように竜吐水の側に寄ると、背伸びして覗き込み、屈《かが》んで見上げ、齧《かじ》り付くように見た。

「七式は威力が段違いだからなあ……」

初代平井利兵衛から竜吐水は改良に改良を重ねられ、その度に式番を重ねている。五代目利兵衛の時に開発された最新の七式は、手で横木を押して水を吐き出す従来の形ではなく、二枚の板を交互に踏むことでより強い圧を生み出し、その威力は格段に上がっている。

「注文を頂き、私が作っている途中です」

「七式まで作っちまうのか。流石六代目だ。どこの家ですか？」

「加賀宰相様です」

「ちぇ……加賀鳶かよ」

江戸でこの七式を配備しているのは、加賀鳶を含め三家ほどしかない。早くも三機目の七式を注文するとは、さすが火消の王ともいわれる加賀鳶である。

「武蔵さんはいずれのお家の御方ですか？　それとも町方の御方？」

「出羽《でわ》新庄藩というお家です」

「出羽……新庄藩……」

記憶を辿っているようだが、水穂には分からないようであった。

「知らなくて当然さ。ここ数年は竜吐水も入れ替えちゃいねえ」

東北の小藩だからという理由を挙げるのはさすがに憚られて、そのように言い回した。

「無学なもので申し訳ございません。勉強しておきます」

「知らなくていいさ」

武蔵は苦笑しながら手を横に振った。出羽新庄藩火消はいかにと江戸の者に問えば、「ぼろ鳶」と答えが返ってくるに決まっている。実際はともかく名だけ聞けばよい印象は受けまい。

「水鉄砲もご覧になりますか？」

水穂は、脇に置いてある水鉄砲を前へ運んだ。

水鉄砲といえば子どもの玩具《おもちゃ》を連想する者が多い。実際のところ構造としてはほぼ同じである。しかし火消用のそれは、玩具を十倍ほどの大きさにしたもので、筒に棒を上から体重をかけて押し込むと、下部に取り付けられた銃口から水が噴き出す構造になっている。竜吐水より勢いに勝るが、単発式であるため補助的に用いられている。

「これもいい品だ……。火消になった頃から俺は水番で、ずっと平井利兵衛の竜吐水に憧れていてよ。だから一度、工房を拝んでおきたかったのさ」

「そうでしたか。ならばごゆっくりとご覧下さい。これは六式ですが、板を極限まで薄くして軽く……」

買う訳でもないのに、水穂は一々丁寧に説明してくれ、その度に武蔵は感嘆の声を上げた。四半刻ほどそのようなことをしていると、外から声が聞こえた。水穂は武蔵に待つように伝え、小走りで入口へと向かう。何やら話し声が聞こえ、戻って来た時には老人を伴っていた。

老人の身丈は五尺一寸（一五三センチ）ほど、長い白髪を総髪に結び、顎にも先が紙縒《こよ》りのようになった白髭《しろひげ》を生やしている。

「御客人、お待たせ致しました。平井滝翁でございます」

「あなたが五代目……」

武蔵は感極まってしまった。子どもの頃から憧れた男、生涯《しょうがい》逢うことはないと諦めていた男がそこに立っているのである。

「娘から聞きました。六代目が女と聞いても逃げ出さへんかったとか」

「娘⁉」

ここに来て何度驚いたか分からない。そのようなことは、一言も言わなかったではないか。武蔵は勢いよく首を振って水穂を見ると、すぐに元に戻して意味もなくこくこくと頷く。

「まさに江戸火消を地でいくように、お忙しいお人や」

滝翁は髭を手でしごきつつ、朗《ほが》らかに笑った。滝翁の京訛りは昨日今日のものではない。その割にやはり水穂に訛りが無いのが気に掛かった。

事情を聞いたのであろう。滝翁は竜吐水を撫でながら続ける。

「ご覧になりましたかな？」

「はい。さすがの逸品です。木組がぴたりと重なり、圧を一切逃さぬ構造になっています」

「それだけでは木が摩耗《まもう》して壊れてしまう。故に顔料に亜麻仁《あまに》油を練り込んだ独自の塗料を重ね、滑りを良くするようにしています」

「なるほど……引く手あまたでしょうな」

武蔵はまた感心して竜吐水を見た。

「昨今では廉価《れんか》なものも出回っております。そちらにお客も流れる一方……火消道具一筋でやって参りましたが、近頃ではその他の絡繰りにも手を出しております」

滝翁は入口の戸を見た。聞けば足の不自由な者でも戸を開けられるようにと考えたものらしい。自らの家に施したのはいわば見本という訳である。他にも暮らしが楽になるような絡繰りを作っているという。もっともそのような相手から大金を受け取る訳にはいかず、儲けは雀の涙ほどだと滝翁は自嘲《じちょう》気味に笑った。

「水穂、いや六代目。あれをご覧頂きなさい」

「しかし、あれは……」

「ええ。この御方は根っからの火消や」

水穂が奥の棚から何やら取り出す。武蔵にはそれが何であるか分からなかった。類するような火消道具はないのである。敢えて似たものを挙げるとすれば、大振りの火縄銃といったところであろう。

「なんでしょうか……これは」

「極蜃舞《きょくしんぶ》と名付けています」

滝翁は掌に字を書きつつ説明してくれた。

『蜃《しん》』とは大陸から日ノ本に来たという妖怪であり、竜の一種とも大蛤《おおはまぐり》だともいう。霧を発生させるのは全てがこの蜃の仕業であると言い伝えられていた。

「霧を生む火消道具です」

「こんな小さな絡繰りで……」

大人が抱えて持たねばならぬほどの大きさはある。それでも竜吐水と比べれば格段に小さいのだ。

「お見せしましょう」

銃に見立てた場合、最後部に人の頭ほどの大きさの突起がある。そこを肩で支えて携《たずさ》えるらしい。その突起の蓋を外し、中に水を注ぎこんだことで水槽になっていると分かった。そこから銃身に向けて革製の管が伸びている。

「右肩で支え、左手で筒を持つのですね」

「そうです。そして噴射します」

「でも、押し込みの棒がないようですが……」

「これを回します」

銃身から取っ手が出ており、旋回《せんかい》する構造になっている。

滝翁が右手でそれを回した時、銃口が極小の水の粒を吐き出した。雨粒より遥かに小さい。まさしく霧といっても過言ではないだろう。

「何ですかこれは！」

武蔵は嬉しくなって子どものような声を上げた。

「これで使った水は湯呑一杯分ほどです。このような小さな水槽でも十発分になります」

「すげえ……」

極蜃舞の構造は大まかには水鉄砲と同様である。筒に目の異なる金網が幾重にも仕込まれており、霧状に噴き出している。しかしそれでは激しい抵抗が生まれ、並の圧では押し出せない。それを可能としたのが旋回式の取っ手で、梃子《てこ》の力により人の力を倍増させているのだ。

「撃つとおのずと次の水が銃身に補充されます」

「銃身と水槽は一続きに見えますが……」

「厳密には僅かに水槽が上です」

上に付けることも考えたらしいが、それでは水槽が顔の横にきて安定性にすこぶる欠ける。そこで水槽そのものを肩に乗せることで収まりを良くした。

「この落差で本当に注ぎ込まれるので？」

「試してみますか」

滝翁から極蜃舞を渡された。なるほど、肩にぴたりと添う構造により確かに収まりが良い。取っ手を前に押し込むように一気に回した。

「嘘じゃねえ。どうなってんだ」

先ほどと同様、いや武蔵の力が勝《まさ》るからか、より一層勢いよく出たように思う。

「サイフォンの原理を使っております」

「さいふぉん……」

どこかで聞いた覚えがあるような気がするが、それがどこであるか思い出せない。

滝翁は自分の代で火消道具の質を高めようとした。今では流石に躰の衰《おとろ》えを感じて長旅はできないが、つい五年前まで度々長崎《ながさき》に足を運び、南蛮人の知識を学んでいた。このサイフォンという構造もそこで得た知識であるらしい。

「火消道具の発展は人々を守るだけやなく、火消の命も守ります」

滝翁は眼尻を下げて言った。極蜃舞は消火の主力になるものではない。しかし一人で携帯出来るため、燃え盛る家屋へ突入する場合など、大いに活躍するに違いない。

武蔵は極蜃舞を肩から下ろし、食い入るように真剣に見た。

「ふふ……武蔵さんは本当に火消を地でいく御方」

没頭していて気づかなかったが、滝翁と水穂が微笑ましげにこちらを見つめている。武蔵ははっとして居住まいを正した。

「買いもしねえのに長居しすぎてしまいやした。滝翁様、水穂さん、お目に掛かれて幸せでした」

「明日から儂が七式を作り出す。暫く京におられるなら、見に来られたらどないですか」

「いやあ……ありがたいお言葉ですが、お役目で来ているんです。やらなきゃならねえことがあります」

滝翁と水穂は意外そうに顔を見合わせた。大名火消組配下の町人が、火消に関すること以外に、京に来てまでしなければならないお役目とは奇異に思うのも無理はない。それを察して武蔵は付け加えた。

「夜番のようなものです」

それで二人の表情がさっと変わるのを見逃さなかった。こういうことがすぐ気になってしまう自分に、時々忌々しくもなる。滝翁は咳《しわぶき》を一つ零すと、低く尋ねた。

「昨今のあの事件……火車に何か関係が？」

「ええ……まあ」

平井利兵衛工房は間接的に京だけでなく、日ノ本の火事を防いでいるといっても過言ではない。この物騒な事件には人一倍注目しているのだろう。

「何か判りましたか」

「いや、そればかりは……」

火車の件で来ていることは認めても、流石にそれ以上は話す訳にいかず言葉を濁した。

「何かお困りのことがあればおいで下さい。水絡繰り師の見地から、お力になれることもあろうかと思います」

「百人力です。ありがとうございます」

武蔵は深く頭を下げて工房を辞した。半刻ほども経っていないのに、空の青さが来る前よりも際立って鮮やかになっている。天に居座る隆々とした入道雲を眺めつつ、武蔵は足取り軽く歩みだした。

「まる、たけ、えびす、に……」

再び通り名唄を口ずさみつつ洛中を行く。幾ら似たような家が連なる京とはいえ、火消であるからには一度通った道は決して忘れはしない。ならば何故、自分は歌っているのか。それも続きが出てこない拙《つたな》い唄を。京にいるという実感を噛みしめるためか、それともどこか浮ついて洒落人《しゃれじん》ぶっているのか。

そのような愚にもつかぬことを考え、武蔵は唄の冒頭を繰り返し歩んだ。

三

「松永殿、お客人ですよ」

武蔵が出て行って間もなく、石川喜八郎が取り次いだ。星十郎の顔に緊張が走る。喜八郎は知る由もないが、源吾たちが京都西町奉行所に併設される平蔵の役宅に滞在していることは、何者も知らないはずである。

「中へ通して頂けるのでしょうか」

「お客人はどこかで酒でもと仰っていますが……」

「名は？」

「久しぶりなので、会って驚かせたいと」

ますます怪しい。源吾は立ち上がると大小を腰へと捻じ込んだ。

京に出立する前日、主君の従兄にして、家老北条六右衛門の名代を務めている御連枝《ごれんし》戸沢正親に呼び出された。これが無くては恰好がつくまいと、手渡されたのは源吾の佩刀《はいとう》である聾《つんぼ》長綱《ながつな》である。流行《はや》り病に苦しむ領民を救うため、火消道具を銭に換えようとする正親に対し、源吾はこれを代わりに差し出した。深雪の父である月元《つきもと》右膳《うぜん》の贈り物であるため躊躇ったが、お分かりになってくれるはずと心中で詫びつつ提供した。

「大切なものだと聞いた。返しておく」

正親はそう言って刀を手渡した。

「しかし……それでは国元に薬が」

「大丸が前金を呉《く》れた故な」

新庄藩は度々起こる冷害により米収が安定しない。そこで六右衛門は青苧《あおそ》、紅花《べにばな》、漆《うるし》などの商品作物、また精巧な工芸品などを積極的に売ることで藩財政を立て直そうとしている。江戸、上方の商人を一堂に集めて、公開買い付けを図ったが、その直前に病に倒れた。病は平癒《へいゆ》したものの、公開買い付けには間に合わず、その代役を務めたのが源吾が妻、深雪であった。

深雪は商人たちと丁々発止《ちょうちょうはっし》の攻防を繰り広げ、最後には京の大店「大丸」が相場の倍の値で買い取ってくれることが決まった。それにより新庄藩は窮地《きゅうち》を逃れたのである。

もっとも当初はいがみあっていた正親だが、火事を通して心が通じ合った今、これが無くとも返してくれるつもりであったように思う。

「私も付いていきましょうか」

星十郎が不安げに問い、現実に引き戻された。

「お前がいても一緒に斬られるだけさ」

源吾は剣術に関しては新之助の足元にも及ばない。しかし星十郎はそれに輪をかけてひ弱である。

物騒な会話に喜八郎が首を捻る。

「町人ですよ？」

「え、そうなのか」

「はい。それも身形《みなり》の洒落た」

記憶を探ったが、やはり京に知人はいない。源吾は眉間に皺を寄せつつ表へ出た。

「ご無沙汰《ぶさた》しております」

「下村殿……人が悪い。つい先日お会いしたばかりではないか。もう京にお戻りで」

下村彦右衛門素休。奉公人五百を超え、十万石の大名にも匹敵《ひってき》する上方きっての豪商大文字屋《だいもんじや》。通称「大丸」の四代目当主であり、新庄藩の公開買い付けで全てを買い取ってくれたその人である。

源吾が京へ発つときには江戸にいたものだから、こうも早く戻るとは思いもよらなかった。

「ええ。松永様が発った翌々日、別の船で戻りました」

源吾が京に向かう船の便宜《べんぎ》を図ってくれたのも彦右衛門であった。一体幾つの船を所有しているのか。やはり凄まじい羽振りのよさである。

「近くで飯でもどうですか？」

「少々お待ち下さいますか」

源吾は一度取って返し事情を告げ、星十郎は胸を撫でおろしつつ送り出してくれた。

暫く世間話をしながら歩む。富商であるから一体どれほどの料亭かと思いきや、彦右衛門が案内してくれたのは庶民が集《つど》う酒場といった佇《たたず》まいの店であった。入口には控えめに「やちよ」と、店の看板が掲げられている。

暖簾《のれん》を潜れば、まだ昼間だというのに、存外広い店は満員御礼で、酔客の笑い声が溢れかえっていた。

「ここのひろうすの炊《た》いたんが、えらいうまいんですわ」

「ひろうすのたいたん？」

まるで異国の言葉である。要領を得ないまま小上がりに座った。

「江戸でいうところの、がんもどきの煮物ですかね」

あるいは飛龍頭《ひりょうず》とも呼ぶらしい。がんもどきのような物も、京の呼び名では雅《みやび》に聞こえてしまうから不思議である。

「彦右衛門さんいらっしゃい。ええあいが入ってますよ」

女将らしき女が奥から出てきた。どうやら彦右衛門はここの馴染《なじ》みであるらしい。

「なら貰おか。酒も頼みます」

彦右衛門は女将の勧めるままに注文する。

「ええあい……」

またもや聞きなれぬ言葉が飛び出し、源吾は反芻《はんすう》した。

「あいとは鮎《あゆ》のことです。つまり良い鮎ですね」

「同じ日ノ本でもこうまで言葉が違うとは、面白いものですな」

「上方はまだましです。薩摩《さつま》や、それこそお国元の出羽言葉など、何を仰っているかとんと分かりませんよ」

「確かに」

彦右衛門は運ばれてきた酒を勧める。その徳利も江戸では鼠《ねずみ》色の陶器であるが、上方ではどれも茶色掛かったものであるらしい。源吾も彦右衛門の盃《さかずき》に酒を注ぐ。盃を宙に軽く浮かし、同時に呑み干した。

「本日は何か？」

わざわざ訪ねてきたということは、何か用件があるのだろうと思っていた。

「松永様が発たれた翌日、お内儀をお訪ねしました」

思わず酒を噴き出してしまい、慌てて畳を袖で拭った。

「えーと……何と」

源吾の声は店の喧騒《けんそう》に掻き消されるほどか細いものであった。実はこの彦右衛門、かつて深雪に惚れ込んで求婚したという過去を持っている。その時の深雪は会うまでもなく袖にしたというが、そのような経緯《いきさつ》を源吾が知ったのも、深雪が思い出したのもつい先日のことであった。

「ありのままお話ししますよ」

「はい……」

彦右衛門は妙に改まった調子で言い、源吾はごくりと生唾を呑み下した。

「この時期、大丸は十日に一度は船を出す。松永様に文をお届けしましょう……と」

源吾は思わずほっと息をついてしまった。彦右衛門はくすりと笑いながら続ける。

「心配無用です。私はふられたと申したでしょう？　それに文を届けられると、飛び上がって喜ぶお内儀の姿を見れば、改めて完敗を悟りました」

「家にいるときは、そのような姿はとんと……」

「夫婦だからこそ、面と向かっては気恥ずかしいものです。数日もすれば届くはず。御役所に届けさせましょう」

話題にのぼっていた「ひろうす」が運ばれてきた。彦右衛門は今日もうまそうだと無邪気に笑う。源吾は勧められてそれを箸で割り、口の中に放り込んだ。

「うまいですな」

京は薄味と聞いていたが、存外しっかりとした味付けである。

「そうでしょう。ここは西陣《にしじん》の旦那衆がよく通っている店なのです」

「西陣といえば織物の？」

「はい。そこの旦那衆は京の中でも一等働き者。激しく動き回るから、江戸のような濃い味を好みます。故に、諸国から京に出てきた者にも人気なのです」

「なるほど」

彦右衛門の言う通り己の口にはこちらのほうが合う。耳を欹《そばだ》てれば、確かに京訛り以外の客も多いことが分かった。その大半が武士である。江戸詰めとは異なり、京詰めには仕事らしい仕事が無く、朝の内に勤めが終わる者も多い。

「実は私もこちらの味が好みなのですよ」

彦右衛門は口に手を添えて囁くとにこりと笑った。唸るほどの金を持ちながら、気取ったところは微塵もないこの男に、少なからず好意を持ち始めている。

一人一匹ずつ鮎の塩焼きが運ばれてくると、それを突《つつ》きながら二人は盃を重ねた。

「火車について何か解りましたか」

彦右衛門は目を細めた。平蔵は今までの奉行以上に京の治安維持に奔走《ほんそう》している。彦右衛門はそれに協力して多額の支援をしていた。

「いいえ。まだ何も……」

「うちは方々と取引きをしております。何か耳に挟んだ時は、すぐに伝えるようにします」

そのような話をしていた時、ふいに陶器の割れる音が店内に響き渡った。

「今、拙者のことを笑ったであろう⁉」

「言いがかりをつけるか！」

訛りはないため互いに京勤めの武士であろう。憤然と立って罵《ののし》り合っている。仕掛けた側は三人、受けた側は二人、他に仲間がおり、瞬く間に集団の喧嘩に発展した。

「どこの家中だ。名乗れ！」

「そちらから名乗れ！」

酔いが回っているのか呂律《ろれつ》も怪しいものである。そこで吹っ掛けたほうが突然殴り飛ばしたものだから、見守っていた客たちも騒然となった。給仕の娘の金切り声がこだまする。

「やりやがった」

源吾は立ち上がって仲裁に向かうが、逃げようとする客たちに阻《はば》まれて思うように進めない。その時には殴られた側の仲間も反撃に出て、店は混乱の坩堝と化した。

江戸ならば他の客も喧嘩を囃し立てるところだが、ここは京である。触らぬ神に祟りなしといったところか、すでに転がるように店から脱出する者もいた。

「酔い過ぎだ。てめえ！」

ようやく辿り着き、手頃な男の鼻柱に頭突きを見舞う。敵の一味と思ったのだろう。他の男の肘を頬に受けて、源吾は大きくよろめいた。

「大丈夫ですか⁉」

慌てて駆け寄った彦右衛門が手を添えて起こした。

「酒癖が悪いやつはこれだから……」

源吾は起きあがり、大声で止めろと連呼するが聞く耳を持たれず、また殴られる始末である。女将や給仕の娘は、難を逃れようと屈んで震えていた。

流石に刀を抜く輩はいなかったが、手あたり次第に投げた物が飛び交う。

その時である。店の入口から軽快な声が飛んできた。

「女将、来たで！　いつもの！」

男が暖簾を潜っている。酩酊《めいてい》しているのか千鳥足で俯いており、この状況が目に入っていない。逃げ出す者はいても、まさかこの修羅場に飛び込んで来る者がいるとは思わないので、皆が一斉に手を止めて注視した。

「げ……なんやこれ」

ようやく気付いたようで、男は素《す》っ頓狂《とんきょう》な声を上げた。月代《さかやき》が些か伸び、口の周りにも無精髭《ぶしょうひげ》を生やし、左手には小ぶりの酒甕《さかがめ》をぶら下げているが、恰好はまさしく武士である。

「蟒蛇《うわばみ》さん……喧嘩が……」

女将は男のことを「蟒蛇」と呼んだ。姓であるならば、何とも変わっている。

「はいはい、止めや。止め――」

男は右手を振って言うが、一時の休息であったかのように喧嘩は再開しており、先ほどよりも一層過熱している。盃や徳利はぽんぽんと飛んで床に散らばり、倒れた者により卓は割れ、投げ飛ばされた者が板場にまで飛ぶ有様である。その板場からは油の入った甕が放り込まれ、これを避けたものの滑って脳天を打つ者までいた。彦右衛門は女将らに覆いかぶさるようにして守り、男らを睨みつけていた。

「やめんかい！　あほんだら」

襟《えり》を摑んで引き離そうとする源吾の頰に、鉄拳が見舞われた。誰かと思いきや、蟒蛇と呼ばれたあの酔いどれである。

「違う！　俺は止めているんだ！」

「え、そうなんかいな」

「あんたも頼む」

「わあった！　や、め、ろ、やー」

蟒蛇は後ろから一人の首を締め上げる。逞《たくま》しい二の腕に息を奪われ、瞬く間に白い泡を吹いた。酔っているのを疑うほどの力である。

「くたばりやがれ……」

はっとして板場に目をやり、源吾は戦慄《せんりつ》した。もはや酔っていたで済まされることではない。竈から取り出したのか、先ほど投げ込まれた男が火の付いた薪《まき》を手にし、わなわなと震えていた。床には油が飛散しており、火を付ければ瞬く間に店は火の海となろう。

「やめろ！　油が――」

源吾が叫ぶが、男はもう我を失っており、振りかぶって燃える薪を投げ飛ばした。いかに勇敢《ゆうかん》であろうとも、酩酊していようとも、人は本能的に火を恐れる。喧嘩に興じていた男たちも咄嗟《とっさ》に飛びのき、女将たちは悲痛な叫び声を上げた。

その本能に抗い、迷わず立ち向かう者がいる。火消である。源吾は薪が地に落ちるより早く受け止めようと身を乗り出した。

しかし薪の落下点に一尺（三〇センチ）足りない。南無三《なむさん》と顔を顰めた時、あり得ない光景を目にした。蟒蛇が薪を受け止めたのである。しかも火の付いた側をむんずと摑んでいる。手の皮が爛《ただ》れる鈍《にぶ》い音、獣の焼かれたような異臭も漂った。そして赤子でも抱きしめるように、諸手《もろて》で抱え込んで消し止めてしまった。

「おい……大丈夫か！」

源吾の呼びかけに応じず、蟒蛇は啞然とする男たちを睨みつけて静かに言った。

「火は玩具《おもちゃ》やないぞ」

男らがこくりと頷いた時、今度は一転して吼《ほ》え散らした。

「奉行所に突き出されとうなかったら、有り金皆置いて去《い》ね‼」

その威勢に弾《はじ》かれたように銘々財布を置いて、脱兎《だっと》のごとく店を飛び出していった。蟒蛇はその財布を一つずつ拾っては中身を検めていく。

「しけとんなあ……足りるか分からんが貰《もろ》うとき」

全てを女将の前に置くと、何事もなかったように小上がりにひょいと飛び乗った。

「女将、酒くれ。懐寂しいし、肴《さかな》は豆腐でええわ」

「蟒蛇さん……ありがとう。お侍さんも、彦さんも……」

女将はほろほろと涙を流した。

「存外、京にはあのような無頼《ぶらい》の武士が多いのです」

各家ともに花形はやはり江戸藩邸勤めである。京にも優秀な武士を配置するが、それはその長たる者だけで、他は左遷《させん》に近い形で送られてくる者もいる。故に憤懣《ふんまん》がたまり荒れている武士も多いのだ。昼から飲んだくれている訳も、そのようなところであろう。

彦右衛門は自身の財布を取り出すと、女将に握らせた。

「何で彦さんが……」

「立て替えるだけです。あいつらがどこの家のもんか調べ上げ、きっちり落とし前つけます」

彦右衛門の目は笑っていなかった。あながち嘘でもあるまい。大丸は多くの大名家に銭を融通しており、店の修理代を出さねば全額引き上げるとでもいえば、縮み上がるに違いない。

「多すぎます！」

女将は財布の中身を覗いて悲鳴を上げた。

「あそこの蟒蛇さんの薬代にでもしてあげて下さい」

「兄ちゃん気前ええな。薬はええから、酒を奢《おご》ってくれ」

蟒蛇がひらひらと手を振った。掌は赤く腫《は》れあがり、早くも痛々しい水膨れが出来ている。源吾は無言で小上がりに上がると、蟒蛇に向き合ってどかりと胡坐《あぐら》を掻いた。

「あんた何者だ」

火を鷲《わし》摑みにするなど只者ではない。

「名乗るほどのもんやない……どや、一回言うてみたかってん」

蟒蛇は悪童のように、にかりと笑った。いでたちはやはり武士である。しかしこの上方訛り、豪放磊落《らいらく》な態度、中身だけが渡世人に入れ替わったのではないかと疑った。

「じゃあ、俺も名乗るのを止めておこう。ありがとよ。助かった」

「ええてことや。呑むか」

「付き合おう。下……いや、あんたもこっちへ来なよ」

源吾は敢えて彦右衛門の名も伏せて手招きした。

「はいはい。何やら梁山泊《りょうざんぱく》に誘われたような心持ちですな」

女将が涙を拭いて酒を用意してくれた。散らかり切ったままの店の中、酒を呑んで熟柿《じゅくし》の吐息を吐く。名はなくていい。男三人ただ酒を酌み交わした。

第三章　湧く焔《ほむら》

一

料理酒屋の「やちよ」でひと悶着《もんちゃく》あった翌日の水無月三日、約束通り京都西町奉行所に佛光寺の代表が訪れた。

上座に平蔵、喜八郎も同席し、源吾と星十郎は役人という態で脇に座る。髷《まげ》一つを取っても見るからに町人の武蔵、問題を起こした張本人の銕三郎は襖の向こうに控えさせてある。

「清峰《せいほう》と申します」

僧は涼しげな笑みを見せてお辞儀をした。代表というからには、老僧が訪ねて来るものと思ったが、清峰は源吾とそう変わらぬほどに若い。剃《そ》り上げた形の良い頭は、若さゆえの脂が光っている。

「御坊、過日は愚息《ぐそく》が申し訳ございませんでした」

平蔵はまず深々と頭を下げて詫びた。

「確かに全ての葬儀を当山が取り仕切りました。ご子息がお疑いになるのも尤《もっと》もなことです」

「早速ですが、お話をお聞かせ願えますか？」

「何なりと」

「まず、何故全ての葬儀を貴山が？」

「当山は多くの檀家様に支えられております。日に数件の葬儀も珍しいことではございません」

「なるほど……」

「しかし此度の五件、全てが檀家様というわけではありませんでした」

「なんですと」

清峰がまるで打ち明けるかのように言うので、平蔵は思わず腰を浮かせた。

「二件目である米屋の『ながも』の主人。三件目、六角の役人である尾賀采女《おがうねめ》様、四件目の八百屋『小松屋《こまつや》』は当家の檀家様です。しかしながら一件目、五件目は違う」

「では……何故葬儀を取り仕切られた」

「それには拙僧だけでなく、当山の者皆が訝しんでいます」

霧の中を行くが如く、話の先が皆目《かいもく》見えない。清峰は姿勢を一切乱さずに続けた。

「一件目の女子は身よりがないとのこと。五件目、錠前師の富平《とみへい》は酒好きで葬儀をする蓄《たくわ》えもなかったとか」

酒で蓄えが無いとはよっぽどである。さすが仏僧だけあって故人を中傷せず、酒好きと表現したが、ようは酒癖が悪かったということだろう。成り行きを見守る中、清峰は鷹揚《おうよう》に語り続けた。

「当山の門の前に文と銭が置かれていました。生前世話になっていたので葬儀を頼みたいと。これが一件目の話です」

「では、錠前師富平は？」

「妻と申す女が訪ねて参りました。葬儀をお願いしたいと布施《ふせ》をして」

確かに富平には妻がいる。しかし蓄えもないのではなかったか。皆が怪訝そうにしているのを察したか、清峰は答えを急いだ。

「当日伺ったのは私でした。そこで分かったことがあります。妻が……」

「別人であったと」

平蔵は成り行きが読めたか先んじて言った。

「その通りでございます」

驚いたのは富平の妻も同様であった。妻いわく、夫が亡くなって枕経もあげられぬと途方に暮れていたところ、佛光寺の僧と名乗る人物が訪ねて来て、富平とは古い仲だから是非とも葬儀を挙げさせてくれと申し出たらしい。渡りに船と頼んだが、当日になって佛光寺側にも妻を名乗る者が現れていたと聞き、互いに困惑したというのだ。

「少しお待ち下さい」

「どなた様で？」

思わず星十郎が口を開き、清峰は首を捻った。

「当家の客人でござる。火の仕組みに詳しいため、調べに加わってもらっています」

平蔵が間を取り持ち、星十郎は疑問を投げかけた。

「我々は全ての家に聞き取りに行きましたが、富平の妻女はそのようなことは一言も申しておりませんでした」

一瞬、困り顔になった清峰だが、覚悟を決めたか一拍空けて話し出した。

「このことは秘そうとお内儀と約束したのです」

まず両者は率直に気味が悪いと思った。双方に謎の人物が現れて、葬儀を実現させたのだから無理もない。それでも御仏の化身が、富平を哀れんだのではないかと言い聞かせて結論を求めなかった。

しかしその葬儀の途中でまたもや遺体が燃え上がった。この事件が五件目であることは洛中の皆が知るところである。余計な嫌疑を受けぬようにと、互いに事の経緯を秘密にしたのだという。

平蔵が話を受け取るように再び話し出す。

「四件も続いたのです。おかしいとは思われませなんだか」

「三件続いたところで、当山に疑いをかけるためと分かりました」

「では何故……」

「たとえ疑いを受けようとも、我らが弔《とむら》わねば誰がやるのですか。我々は疚《やま》しいところは微塵もありません」

認めるところは認め、否定すべきことは否定する。その理路整然とした様子から、佛光寺側が清峰を代表にした訳が分かった気がした。

「富平宅を訪ねた僧の風体は？」

源吾も堪えかねて問いを発する。

「それがよく覚えておらぬそうです。男は転んで傷つけたとかで、頰に膏薬《こうやく》を塗った大振りの布片を貼っていたようで、それしか覚えておらぬと……当山に現れた女も同じく大きな膏薬を左の頰に」

「顔を覚えさせぬための策です」

星十郎が断言する。人というものは大きな特徴があれば、そちらにばかり目が行ってしまい、顔の細かな部分が覚えられない。青坊主事件の時、長介に殺し方を伝授した者もそのようにしていた。黒幕は同一人物の線がより濃くなった。

「だが女の顔は覚えています。応対したのは私です」

「なんと――」

これまでのやり取りから清峰が聡明であることは明らかである。あまりに大袈裟な傷の処置を不審に思い、まじまじと顔を見たらしい。

「ちと色黒の肌。団栗のように円《まる》い眼が目立っていました。京訛りでないことも気掛かりであった一つ……」

銕三郎がまた動き出そうとしたのか、襖の向こうで何やら物音がする。平蔵は襖の向こうにも聞こえるように大きな咳をして窘めた後、間髪容れずに口を開く。

「御坊、最後にお訊きします。何故燃えたか、思い当たる節はございませんか」

「拙僧を含め全ての僧にも聞き取りましたが、誰かが何かを投げ入れる間など無かったと断言します」

「そうですか……お手間を取らせました」

「当山が疑われるのは不本意なこと。それに仏を愚弄《ぐろう》する所業、私も腹に据えかねております。またお尋ねになりたいことがあれば、いつでも訪ねて来て下さい。今度は落ち着いて」

清峰はちらりと襖のほうへ目をやった。やはり相当に頭が切れる。隣に控えている者が銕三郎だと見破っているのだ。清峰は無駄のない所作でゆっくりと頭を下げた。


清峰が帰った後、隣から銕三郎と武蔵を呼び寄せ車座に座った。

「あれは嘘を申しておらんな」

平蔵は配下に持ってこさせた煙草盆を引き寄せた。取り出した煙管は銀で出来ており、唐草《からくさ》の見事な彫刻が入っている。源吾はこれと似た柄のものを、以前平蔵より贈られて愛用していた。

「私もそう感じました。ご本人も仰っていたように、探索を攪乱《かくらん》するため、佛光寺に罪を着せようとしているようです」

星十郎が同意するが、喜八郎は険しい顔で反論した。

「全て佛光寺が弔っているのは事実。全てが作り話ということも考えられます」

「勿論その線も捨てはしません。しかしこの事件にはさらに裏がありそうです」

そのようなやり取りをしている中、源吾の頭の中は下手人が何者かよりも、次の被害者を出さぬことで一杯だった。

「まずは発火の方法だ。それが分かれば次を防げる」

「他の者にも改めて裏を取らねばならねえが、清峰は火種を入れた者はいないと言っていたな」

銕三郎は記憶を手繰《たぐ》るように視線を上げた。

「元から火種があった。そう考えるほかねえ……」

源吾は考えを口にして、膝を拳骨《げんこつ》で打った。

「これなんぞはどうだ。あるいは煙草や艾《もぐさ》」

平蔵が刻みを詰め終え、煙草に火を付けるため、火箸で炭火を挟みながら言った。

「炭火は煙が出にくいですが形があるので気づかれやすい。煙草や艾は敷き詰めれば分かりにくいですが、どうしても煙が立つ。どちらにせよそれだけで火は起きないでしょう」

火消ならば当然の知識である。紙や布に引火させねば炎は起きない。ましてやこの事件では唐突に焔が上がっているのだ。

桶が二重底になっており、そこに油が仕込まれていたのではないか、いやそれだとさすがに重すぎて露見する。死装束《しにしょうぞく》に油をしみ込ませていたのではないか、仮にそうだとしても火種が無くては火がつかぬ。そもそも装束はともかく、口や耳から噴き出した火はどう説明するのだ。

喧々囂々《けんけんごうごう》と推理をぶつけ合うが、一向に明瞭《めいりょう》な答えは出ない。そんな中、源吾は武蔵が一言も発していないのが気に掛かった。

「どうした?」

「いえ、大丈夫です」

「さっきも急に膝を立てるから驚いたぞ」

鋏三郎は渋い顔で武蔵に言った。先ほどの物音は鋏三郎が立てたものだとばかり思っていたが、武蔵が原因であったらしい。

「ちと膝が痺《しび》れちまいまして。すみません」

武蔵は額をぴしゃりと叩いていつもの笑顔を取り戻した。

平蔵の次のお役目の時が迫り、結論が出ないまま解散となった。源吾らは平蔵の役宅に用意されている客間に帰る。武蔵が襖を閉めたところで、源吾は瞑目して耳を澄《す》ました。

屋敷の中に起こる全ての「音」を耳朶に集め、近くにいる者がいないと悟ると口を開いた。

「武蔵、何か心当たりがあるのか」

えっと星十郎が驚き、武蔵は苦い顔になって俯く。間が空いていたとはいえ、武蔵とは古い付き合いである。やはり何か様子がおかしいことに気付いていた。

「隠し事は無しにしようぜ。それで俺はお前を苦しませちまった」

九年前、源吾は飯田町《いいだまち》の定火消、松平隼人《まつだいらはやと》家の火消頭取であり、武蔵は同じく飯田町を管轄にする町火消、万組に属していた。武蔵は憧れの源吾にひどく懐き、非番のたび子犬のようについて回った。

ある時火事が起き、源吾が出動しようとすると、家中で源吾を妬《ねた》む鵜殿平左衛《うどのへいざえ》門《もん》に妨害《ぼうがい》された。武家火消が太鼓を打たねば、町火消は鐘を打てず、火消を繰り出すことも出来ない。町火消がこの掟《おきて》を破って鐘を打つことを「先打ち」と謂い、死罪になることもあるほどの重罪であった。

鵜殿はそのことを知らず源吾を痛めつけ、太鼓を打つことが叶わなかった。気を失った源吾が目を覚ました時、武蔵は覚悟の先打ちを行って出動しており、自らも逃げ遅れた婆様がいる燃え盛る家に突入していた。

源吾は痛む脚を引きずり、昏倒《こんとう》していた婆様と武蔵を助け出した。そして武蔵の仲間たちには口が裂けても己が助けたと言うなと頼み込んだのである。

私事の処し方が悪いゆえにこのような事態を招いた。それでどのような面《つら》で会えよう。火消を辞す覚悟を決めたのもその時であった。

そこから武蔵は源吾のことを、

――太鼓を打たず、人を死なせ、火消から逃げ出した卑怯者。

と、憎み続けた。

溝《みぞ》が埋まったのは、つい二月前のことである。相手を慮って真実を隠したには違いないが、これほど長い間わだかまりが生まれた。以降、源吾は心許した者には、それがいかに辛い真実であろうと、正直に告げる覚悟を決めている。また同様に受け止めるつもりでもいた。

苦悶《くもん》していた武蔵であったが、心を決めたかぽつりと言った。

「清峰様を訪ねた女、知人に容姿が似ているんです……」

「京でどなたかに声を掛けられましたか」

星十郎が重く静かに言った。武蔵は京に知人はいないと言っていた。つまりこの数日間に出逢った者であり、ましてやそれが女となれば、江戸から新庄藩火消が派されたことを知り、意図して近づいてきたのではないか。星十郎はそれを危惧している。

「いや……昨日、平井利兵衛宅を訪ねたでしょう……」

武蔵は途切れ途切れに語りだした。あらましを聞き終えた時、源吾は唸り声を上げた。

「まさか六代目利兵衛が女とはな」

「その水穂という御方、五代目の娘さんなのでしょう？」

星十郎の問いに、武蔵はやや首を捻る。

「それが、お二人の顔が全く似ておらず、それだけならば母方に似たのかとも思えますが……何故か京訛りもありません」

「程よく日焼けし、眼が丸く、京訛りが無い。広い京のことだ、そんな女は幾らでもいるだろうよ。それよりも俺も利兵衛の工房を見てみてえな」

己も根からの火消なのだろう。女のことよりも火消道具のほうに興味がいってしまう。

「御頭の言う通り、それだけで関わりがあると考えるのは早計です」

星十郎が話を引き戻した。しかし武蔵の表情は暗いままであった。

「まだ何か気になるのか？」

「勘違いかもしれねえが、滝翁は火車のことを深く気にされていたように思うのです……」

「知る人ぞ知る火消道具作りの大家、気にもするだろう」

「俺もそう思ったんですが、何かその……」

「勘働きってやつだな」

勘といえば当てずっぽうのように思う者もいよう。しかし火事場では一瞬の判断が生死を分ける故、熟練の火消ほどそれを大切にする。生死の狭間《はざま》に立って取り戻す野性の嗅覚に、長年染み付いた経験を合わせて導き出す。これを勘働きと呼ぶ。

「ただでさえ人の表裏に過敏なお前だ。あながち馬鹿にもできねえか……」

「今一度伺えばいかがですか？」

星十郎がそう言ったことで話は纏《まと》まった。たかが勘働きで余計な憶測を呼びたくないと武蔵が主張し、新庄藩火消の三人のみで訪ねることにした。

武蔵は心落ち着かぬ様子で畳の目を指でなぞっている。これほど心配になる火消の勘働き、あながち間違いでも無いのではないかと、源吾も急に不安が押し寄せてきた。

二

翌日四日、三人で出立の支度を整えていると、屋敷がにわかに騒がしくなった。どたどたと走る音と共に、銕三郎の声も聞こえている。

「松永、火車だ！」

「何――」

怒ったような声に、源吾は襖を勢いよく開け放った。銕三郎もつい先刻、報告を受けたばかりであるという。

「四条河原町《かわらまち》へ急ぐぞ！」

「類焼は⁉」

源吾は刀を捻《ね》じ込みながら訊き返した。

「燃えているのは……人だ！」

「だからどこの葬式だ！」

遺体が突然燃える変異を探索しているのである。恐ろしいことだがもはや当然となりつつあった。

「違う。生身だ！」

「生きている……人か」

銕三郎が苛立《いらだ》ったようにこくりと頷き、手で急ぐように促す。ふと横を見れば武蔵が真っ青な顔でいる。

「武蔵、行け！」

現場にという意味ではない。武蔵はそれだけで意味を悟り、草鞋を履く間も惜しんで裸足《はだし》で飛び出した。

それを見届けると星十郎がいいのか、というように源吾を見る。源吾は頷いて、口を開いた。

「あいつの親父は訳ありでな……。それに重ねているんだろう」

星十郎は侵《おか》し難《がた》いものを感じたか、何も言わなかった。

源吾も外へ出る。門の前で待っていた喜八郎と合流し、四人はひた走って四条河原町を目指した。躰の弱い星十郎はすぐに息が荒くなる。後で追ってこいと言いたいところであるが、この事件を紐解《ひもと》くには星十郎の智嚢《ちのう》が鍵といえる。袖を引くようにして、無理やり脚を速めた。

現場は騒然としており、野次馬の人だかりが出来ている。

「京都西町奉行の番方だ！　道を開けよ！」

喜八郎が先頭に立って衆を掻き分ける。そこには見るも無残な光景が広がっていた。転げ回ったのか火はすでに消えている。しかし衣服は黒焦げで見るからに重傷である。まだ息があるにもかかわらず、野次馬たちは火車の呪いを避けて遠巻きに見守るのみである。

「大丈夫か!?」

「全員、その場を動くな！　動く者は下手人と見て斬る！」

横たわる者に駆け寄る源吾の声と、周囲に睨みを利かせる鉄三郎の声が重なる。

喜八郎は一瞬迷ったように見えたが、銕三郎に同調して腰の刀に手を掛けて動向を見守った。

火に巻かれた者は男であると、側に屈んで初めて気が付いた。意識を呼びさまそうと呼びかける。

「い……た……い」

髪は尺取り虫《しゃくとりむし》のように縮み上がり、肌は赤を通り越して炭のように黒ずんでいる。傍《かたわ》らに来ている星十郎が小さく首を振った。これほどの火傷《やけど》を負えば心の臓が持たず、ほとんどの者がまもなく絶命してしまう。それでも一縷《いちる》の望みがあるではないか。そう己に言い聞かせて源吾は叫んだ。

「誰か水を持ってこい！　躰に浴びせ続けろ！　戸板も頼む……医者に診《み》せるぞ！」

火傷に対しては第一に冷やすことが肝要である。水を掛け続けるだけで一命を取り留めた者も多い。

野次馬たちは誰一人動かなかった。別に銕三郎の恫喝《どうかつ》に従っているという素振りでもない。彼らの目には妖怪火車への恐れ、そして物好きな者をみるかのような嘲り《あざけ》が浮かんでいる。

「くそっ……星十郎、手を貸せ」

源吾は脇に躰を入れようとするが、男は白目を剝《む》いて呻《うめ》き声を上げた。もう動かすことすら危険な状態である。

「水！　よこせ‼」

悲痛な叫びに、星十郎はもはや待ってられぬと水を求めて囲みから出ようとする。代わりに駆け寄ってきたのは鋏三郎で、男に早口で尋ねた。

「下手人は⁉　男か、女か。いかに火を付けられた！」

「そんなことどうでもいいだろうが！」

源吾は掌で鋏三郎を押しやって、男に語りかけ続けた。

「心配するな。間もなく助かる。心を強く持て」

「つま……に」

「ああ。かみさんがいるんだな。なら、猶更《なおさら》良くならなきゃならねえ」

優しく言うと、男が少し微笑んだような気がした。それも火傷による痙攣《けいれん》なのかもしれない。

「みず……」

「ああ。もう少し待てよ。うちの赤髪が取りにいっている」

「しこまれた……もえる」

意識が混濁《こんだく》しているのだ。男はがたがたと身を震わせ手を突き出した。その手をしかと摑みながら、祈るように星十郎の帰りを待った。やがて震えは止まり、何かが空に向けて抜けたように男の手から力が無くなった。

「御頭！」

手桶に水を張って現れた星十郎であったが、状況を悟って呆然としている。

「すまねえな……」

源吾はそっと手を下ろしてやり、ゆらりと立ち上がった。星十郎が息を吞むのが分かった。それほど今の己の顔は恐ろしいものになっているのだろう。

「おい……何故、誰も手を貸さなかった！」

先ほどまでの騒ぎが嘘のように場が静まり返る。そのような中、衆の中から声が聞こえた。

「こっちまで呪われてまうかもしれへん」

「信心深いのを言い訳にするんじゃねえ。俺が止めてやる！」

源吾が喚《わめ》くと、今度は複数の声が向かってくる。

「あほか。徳の高い佛光寺の僧でも止められへんかったんや」

「巷《ちまた》ではその佛光寺が火車を飼《こ》うてるとも噂されとるで」

――これか……。

何故、下手人が執拗《しつよう》に佛光寺を引きずり出したのか解った気がした。誰かに罪を着せるにしても、事件の性質上、世俗の者では取り合わせが悪い。これは妖怪の仕業でないと宣言するようなものである。

妖怪だと思わせたまま、疑いの目を向けさせるには寺社が最も適当ではないか。しかもそれが名刹や大社であれば、信憑性《しんぴょうせい》はより一層高まる。佛光寺はその標的にされたということだろう。

「火車はいねえ。妖怪を装《よそお》った人殺しだ」

源吾が江戸訛りだということに気が付いたのだろう。次々と罵声《ばせい》が飛び交う。

「なんや、がさつや思うたら江戸もんか」

「神さんの罰が当たるで」

「東から何しに来た。確かによう見たら田舎《いなか》臭いもん着とるわ」

喜八郎は慌てて源吾の元に駆け寄り、京雀を刺激するなと懇願する。

「あんたもあんただ……」

源吾は小声で零して、喜八郎を押しのけた。そしてぐるりともう一度野次馬を見渡し、高らかに吼えた。

「火消は人の命を見捨てねえ。最後の最後まで諦めやしねえ！　こちとら、江戸でもぼろ扱いさ。人の目が怖くて火消が出来るか！」

痛罵がぴたりと鳴り止み、野次馬たちは息を吞む。銕三郎、喜八郎も同様である。ただ星十郎が桶を抱えたまま深く頷いていた。

新之助がいれば、馬鹿じゃないですかと京雀に詰め寄っていただろう。彦弥がいれば激高して啖呵《たんか》を切っただろう。寅次郎ならば御頭を守ろうと、一歩踏み出して睨みを利かせたに違いない。

そして深雪ならば、

――旦那様、負けてはなりません。

と、励ましてくれるに違いない。しかし彼らは遠い東の空の下にいる。心細さを感じているのは星十郎も同じなのだろう。もう行きましょうと促した。

源吾は脱《ぬ》いだ羽織を絶命した男にふわりと掛けると、短く手を合わせた。そして星十郎を引き連れ、囲みの外へと歩み出した。未だ固まっていた野次馬が無言で道を開ける。

――絶対、捕まえてやる。

源吾は心の中でそれだけを繰り返し、前を見据えていた。

「水穂さん！」

戸を激しく叩き、応答を待つこともせず戸を開け放った。

「武蔵さん……何事ですか？　裸足……」

「不可解な火事が起きたと聞き、心配で駆け付けたのです」

「不可解な火事……例の火車ですか？」

あまりの血相に水穂のほうが驚いてしまっており、武蔵は杞憂《きゆう》であったかと胸を撫でおろした。が、滝翁の姿が見えない。そこでまた懸念が込み上げてきた。

「はい。滝翁は？」

作業の合間に湯漬けを食っていた最中であったと、滝翁が奥からひょっこり顔を見せた。

「ご無事でなによりです。失礼致しました」

慇懃《いんぎん》に礼をして去ろうとする武蔵を、滝翁は低く呼び止めた。

「武蔵さん、何かお訊きになりたいことがあったのでは？」

「いえ、何も」

武蔵は心配させぬように目一杯の笑顔を作った。ここから四条河原町まで行って帰れば、全力で走っても四半刻は要する。犯行に及んだとすれば、さらに時は掛かってしまう。息一つ切らさずに成しえるはずがなかった。

――よかった……。

御頭の言うように、似たような女は沢山《たくさん》いる。それに加えて決定的だったのは膏薬の位置である。その時は動揺していて気が付かなかったが、清峰は「左頰」に張っていたと言っていた。水穂の一際大きな傷痕は「右頰」である。あれほど鋭い僧ならば、右頰の傷痕にも言及していたに違いない。

武蔵はようやく疑心を捨てることが出来た。安堵《あんど》がそうさせたのであろう。武蔵は思わず他に気に掛かっていたことを口にしてしまった。

「水穂さんは何故京訛りではないので?」

「それは……」

水穂の顔が険しくなり、背後の滝翁に目配せする。

「水穂は儂の養女なのです。元は讃岐《さぬき》の産でして」

「これは……失礼致しました」

己の粗忽《そこつ》さを恥じ、武蔵は慌てて頭《こうべ》を垂れた。

「いえ。よいのです。儂は水絡繰りばかりに没頭し、この歳まで終《つい》ぞ独《ひと》り身」

滝翁は気恥ずかしそうに頭を掻いた。

「五代目は私たちを実の子のように育て、絡繰りを教え込んで下さいました。師ではありますが、私もまことの父と思うております」

水穂も微笑みながら付け加える。暗い記憶を喚起《かんき》してしまったのではないかと、内心唇を嚙んでいたが、二人の話しぶりはまことに穏やかで安心した。

――なんだ……。

ほんの僅か、指に刺《とげ》が刺《さ》さったほどの違和感がある。だがそれが何か解らない。解らないということは、それほど大したことではないのだろう。そう考えて武蔵は頰を緩めた。

「滝翁、水穂さん。また道具を見せて下さい」

「それは勿論。御師匠《おししょう》、よろしいですよね」

「ああ。これほど道具に興味を持つ火消も珍しい。喜んでお見せしましょう」

「では、御頭のところへ戻ります」

武蔵は深くお辞儀をすると勢いよく往来へ飛び出した。疑惑が晴れたことが嬉しかった。甘酸っぱい香りが鼻孔をくすぐり、はにかんだのも束の間、自らの頰を挟むように手で叩き、顔を引き締める。それでもここに来た時よりも数段足が軽いように感じ、武蔵は大きく腕を振った。

三

四条河原町から役宅に戻ったが、とても話をする雰囲気ではない。被害者の身よりも手掛かりを重んじる銕三郎への怒りは収まってはいない。平井利兵衛工房へ行った武蔵もまだ戻らず、場に重苦しいものが漂っている。

「松永殿、先ほどは……」

詫びを入れようとする喜八郎を制して、銕三郎が口を開く。

「喜八郎、謝るな。俺たちは間違っちゃいねえ」

銕三郎はかっと目を見開いた。

「まだ解らねえか！」

源吾が思わず叫ぶが、銕三郎も負けじと激しい剣幕で罵った。

「素人《しろうと》が見ても助かりそうになかった」

「それを診るのは医者だ。俺たちじゃねえ！」

「あの男の無念を晴らすためにも、せめて下手人のことを聞き出すべきだったんだよ！」

二人が立ち上がって睨み合うものだから、喜八郎、星十郎が間に入って止めようとする。しかし互いに熱は冷めるどころか、さらに過熱していく。

「助かったかも知れねえんだぞ！　見殺しにしやがって……」

「犠牲になったものは仕方ねえ。それを次に生かすのが俺たちの役目だ！」

「それは本気で言ってんのか……」

意図したわけではないが、声が殊更《ことさら》に低くなった。

「ああ。本気さ。一人が犠牲になっても、十人を救えばいいだけだ」

「てめえ！」

源吾が大きく拳を振りかぶったその時、銕三郎は大きく仰《の》け反《ぞ》った。何と喜八郎がいち早く銕三郎を殴ったのである。

「喜八郎！」

「頭を冷やされよ！　そのようなこと、昔の若ならば口が裂けても仰いませんでしたぞ！　だからこそ拙者は……」

初めは叫んだ喜八郎であったが、最後は消え入るような声になった。

鋏三郎の声も虫のすだきの如く小さくなる。

「あの男も誰かの大切な者であったはずです」

「死んだ者は帰ってこねえ。だから無念を晴らすんだ」

鋏三郎はそう言い残すと、身を翻《ひるがえ》して部屋から出て行った。温厚な喜八郎が激高したことで、源吾を始め皆が驚いて固まっている。

「石川殿、申し訳ない」

「いいえ、よいのです。一つだけご理解頂きたい。真はお優しい方。ただ悪人のことになると人が変わられる」

「お梅……のことですな」

「ご存知でしたか」

喜八郎は深い溜め息をつき、掠《かす》れた声で話した。

「お梅を守れず、自分一人では仇《あだ》討ちも出来なかった。そのことを今も後悔されているのでしょう。それは私も同じです……」

「石川殿も？」

何故、喜八郎も同じなのか。源吾は眉間に皺を寄せた。

「お梅が首を括ったところに、駆け付けた与力がいたのはお聞きになられましたか」

「確か……必ず下手人を挙げると、銕三郎の暴挙を押しとどめた……」

「それは私なのです」

「なんと――」

想定外の返答に吃驚《びっくり》して声を失った。

「痛ましい事件でした……そして抜《ぬ》け殻《がら》のようになっている若を見て、必ず下手人を捕まえようと心に決めたのです」

喜八郎は寝食を忘れて奔走《ほんそう》し下手人を突き止めた。だが、そこで奉行から呼び出された。一応証を付けて目付に届けるが、証拠が足りぬと無罪放免にする筋書きである。お主も我が身が可愛ければ余計なことを吹聴《ふいちょう》するな。そう釘を刺されたらしい。喜八郎は思い出すのも口惜しそうに続けた。

「決して珍しいことではありません。このような悪が堂々と罷《まか》り通ることに、私は己がいかに無力かと諦めていました。しかし……若は諦めなかった」

下手人が誰かと日参して迫る銕三郎に、喜八郎はついに口を割ってしまった。

深々と礼をして辞す銕三郎の目に殺意が宿っていることを感じ、面識も無い平蔵を訪ねてことの真相を告げた。あとは平蔵から聞いたように、御側御用取次である田沼の協力を得て下手人は罪に服したという訳である。

そして七年後、平蔵が火付盗賊改方になったとき、真っ先に石川喜八郎を己の与力にと望んだという。平蔵は過日の礼を述べた上で、

「真っ当に生きる者が笑える世を作る。途方もない夢だ。だが誰かが始めねば道は出来ん。手伝ってくれぬか」

そう言って頭を垂れた。喜八郎はその様に心打たれ、その見果てぬ夢に向かう覚悟を決めたという。そのような過去があるからこそ、喜八郎の鋏三郎への思いは強いものなのだろう。

「追わなくていいのかい？」

幾分落ち着きを取り戻して尋ねたが、喜八郎はゆっくりと首を横に振った。

「若は分かっておられます。松永様に自分の失ったものを見て苛立っておられるのでしょう」

どのような感情も、募《つの》り過ぎれば人の正気を奪う。それが正義からくるものであっても同じである。度が過ぎれば、悪を滅ぼすために己も悪事をする。そのような例はごまんとあった。

「確かに早く火車を捕まえなくちゃならねえのも事実さ」

源吾は忌々しくなって舌打ちした。

駆け付けた奉行所の者たちと合流し、喜八郎が遺体を引き取った。殺された男の身元はまだ判らないらしく、手分けして方々に訊いて回っている最中である。丁度武蔵が帰って来て襖を開けた。皆が立っているのを見て何事かと訝しんでいるので、先刻までのことを告げ、再び皆で腰を降ろした。

「どこに行っていたのですか？」

喜八郎が尋ねたので、源吾はごまかそうとしたが、武蔵は首を小さく振った。

「水穂さんは工房におられました。滝翁も」

そこで武蔵は、喜八郎にこれまで危惧していたことを告げた。犯行時に家にいたということで疑惑が晴れて話す気になったのであろう。下手人の候補から外れたということならば、さして取り上げられることもなく話が流れていった。

下手人への手掛かりは皆無《かいむ》である。ならばあの奇妙な発火から今一度考えねばなるまい。目撃した者の証言を集めるとこうである。

往来で突然男が奇声を上げた。皆が驚いて注目した時、袴《はかま》の裾《すそ》に火がついていたらしい。季節柄燃えやすい麻地であったため、炎は瞬く間に駆け上がり、全身を包んだ。男は地を転がって火を消そうとしたが、なかなか消えなかった。誰かが火車の仕業だと叫んだのが不幸であった。己にも累が及ぶことを恐れ、皆指を咥《くわ》えて見ているだけだったという。

「星十郎、何か解ったか」

星十郎は髪をいじる考え込む時の癖が出ている。

「私は腐乱《ふらん》瓦斯《がす》に関係するのではと考えていましたが……そうではないようです」

「がす？」

源吾以外が思わず問い返す。南蛮の学問では瓦斯というものがすでに認識されており、様々な条件下で発生すると言われている。このような暑い夏場、遺体が腐る過程でも瓦斯は発生するという。

源吾が驚かなかったのは、かつて秀助がこれを用いた火付けをした時、星十郎に解説を受けていたからである。

「仮に瓦斯を用いたとしても、火種がいることには変わりありません。正直なところ……」

「解らねえか」

「申し訳ございません」

博識の星十郎に解らなければ、他の誰も解らないであろう。原因の追及は続けつつ、万が一の時には被害を最小限に抑えねばならない。

「長谷川様にお願いし、京の火消を集めてもらう」

源吾が宣言すると、喜八郎が同調した。

「生きた人だけでなく、今後も遺体の発火もあるかもしれない。室内での発火となれば、また火事に発展しうる。そういうことですね」

「それもあるが……まさか生きた人の袴に火を付けられるとなれば、もっと酷い火事になるかもしれねえ」

火消の性《さが》であろう。この事件が引き起こす最悪の事態が見えてしまっている。

「そういうことか……」

武蔵も気が付いたらしく臍《ほぞ》を噬《か》むように言った。

「どうやって火を付けたかは解らねえが、家の柱、板壁、垣根、瓦……数百に一斉に付けられれば京は壊滅する」

「宵山……」

喜八郎の一言に皆がぎょっとした。

明後日の宵山には、あちこちの軒先に掲げられた提灯に一斉に火が灯る。加えて提灯の群れともいえる駒形提灯が町々を練り進み、多くの見物客が往来を埋める。そのようなところに火付けをされれば、火が火を呼び、想像するのも恐ろしいことになる。

「京は焼け野原だ」

源吾は拳を震わせながらぽつんと言った。

もう酉の刻（午後六時）を回っているというのに外は明るい。悠長に進む陽を喜ぶように蟬《せみ》は鳴き、軒先に吊るされた風鈴の音が夏を際立たせていた。

京都町奉行は近江《おうみ》国大津の奉行まで兼ねており、早朝に出かけていた平蔵が戻ったのは夜も更けた亥の刻（午後十時）のことであった。

今日起こった新たな怪異のこと、そして下手人が宵山に仕掛けてくるかもしれないことを告げた。思えば今回の事件は、その時に向けての仕込みであったのかもしれない。

平蔵は事態が逼迫《ひっぱく》していることを理解した。

「まず我らは警戒を強める」

平蔵は山積のお役目を一旦止め、自らが陣頭指揮に立つと宣言した。続いて喜八郎ら番方だけでなく、闕所方、証文方、新家方、目付、勘定方、公事方、川方を総動員して警備にあたるというのである。これで京都西町奉行所の機能は実質停止することになる。平蔵でなくては成しえない英断である。

次は万が一のための火消である。京の火消を参集することは、平蔵をもってすれば容易いことだと思っていたが、ことのほか難しいらしい。

「京の火消は四家のみ。全てが京都所司代の管轄だ」

平蔵は渋い顔になった。

京都の火消の始まりは今より約百十年前の元禄三年（一六九〇）、畿内近国諸藩で務める京都火消御番に遡《さかのぼ》る。この時点では江戸における「八丁火消」のように、自身の家の周囲を守る程度のものであったらしい。

その後、禁裏御所方火消を担っていた亀山《かめやま》、淀《よど》、膳所《ぜぜ》、大和郡山《やまとこおりやま》の四藩が、享保《きょうほう》七年（一七二二）に「京都常火消《じょうびけし》」に任命された。江戸における「定火消」と「方角火消」を足したような役割で、東西南北に縄張りを持っている。一応月毎《つきごと》に輪番で二藩が当番にあたっているが、他家の縄張りでの火事には手を抜くなどの問題が度々起こっているという。

他にも江戸の町火消にあたる町方火消が各町にいるにはいるが、どれも比べ物にならぬほど規模が小さく、常火消の補助的役割であった。

「所司代は何と」

「京都常火消の第一のお役目は禁裏の守護。不用意に動かすことは罷りならんと」

京都所司代は京都町奉行の上に位置しており、平蔵でも動かし切れないらしい。

「それでは火車の動きに、とてもじゃないが応じられない」

源吾が帯同しているのは星十郎と武蔵だけで、これでは流石に火を止めることは出来ない。

「ぼろ鳶の面々がいれば心強いのだが」

平蔵は遠くを見つめた。

「とても間に合いません」

明後日までに江戸から手勢を呼び寄せるのはどだい無理な話である。

「夜分に急であるが、各家十名だけでも割《さ》いて頂けぬかと、直に頼んだが梨の礫《つぶて》よ」

「明日、私が各家を一つずつ訪ねて回ります」

江戸ではそれなりに効果のある火喰鳥の威名も、この京では通じまい。果たして所司代の命を無視してまで応じてくれる家があろうか。宵山は明後日。もう一両日しかないのだ。一縷《いちる》の望みにかけるほかなかった。

平蔵が真剣な面持ちになり、頭を下げた。

「儂がこれ以上火車に勝手な真似はさせん。だが万が一取り逃がした時は、お主に託す。必ずや消し止めてくれい」

平蔵と出逢った日、一言半句違わず同じことを言われたのを思い出した。敢えてもう一度再現したのであろう。違いがあるとすれば、あの時は下手人が「狐火」であったこと。そして「松永殿」と敬称を付けていたことである。

あの日は頷くだけに止《とど》まった。だが三年の時を経た今、多くの者に支えられ、己は真の火消に立ち戻ることが出来た。もう二度と戻るまいと、源吾は心の迷いを拭い去った。

「お任せ下さい」

第四章　宵《よい》山《やま》

一

宵山の前日である五日、源吾は星十郎、武蔵を引き連れて町へと繰り出した。京に四家ある常火消を説得するためである。平蔵は勿論、番方の喜八郎も京都の治安維持に奔走してくれている。嫡子である銕三郎も当然に手伝うものと思っていたが、忽然《こつぜん》と姿が消えていたらしい。

「あの馬鹿者が……」

平蔵は怒りをあらわにしていたが、その消息を追う余裕もなく、せわしなく屋敷を後にした。

源吾らはまず初めに丹波《たんば》亀山藩の門を叩いた。

「新庄藩火消頭取、松永源吾。京家老殿にお取次ぎ願えぬか」

「新庄藩……」

東北の小藩である。ただでさえ無名に近いのに、京で何のお役目も担っていないので知らぬでもおかしくはない。

「京都西町奉行、長谷川平蔵様の要請を受け、火消介添《かいぞ》えを務めております」

源吾は一枚の証文を掲げた。そこには平蔵の一筆と花押《かおう》が書かれている。身分を証明するためにと渡されたものである。平蔵の意向であれば致し方なしと思ったか、中に通された。暫く待っていると京家老と名乗る男が現れた。渋々といった様子で、その顔には明らかに困惑の色が浮かんでいる。

「と、いう次第でございます」

源吾はこれまでの経緯を全て詳《つまび》らかに話した。

「明日の宵山にまことに火車が現れるので？」

「それは……」

確かに必ず現れるという確固たる根拠は無い。しかしこの日に現れれば、京は壊滅的な被害を受けることになる。もし現れずに何事もなければそれに越したことはない。火消ならば当然の考えも、並みの武士には通じはしない。確実に現れるならまだしも、所司代の厳命を無視して杞憂に終わったとあれば、責を負わねばならないことを恐れている。

「常火消は禁裏の守護が第一、次いで二条城《にじょう》、各御役所、六角獄舎の順に守ると定められております」

「祭りで大火が起こり、人々が火に呑まれても、それらさえ守れればよいと申されますか」

「そこまでは申していません。が、不測の事態に備えねばならぬということです」

これ以上の押し問答は無用と見て、源吾は丹波亀山藩京屋敷を辞した。他にも三家ある。新庄藩の北条六右衛門のように、保身の心などなく、民を想う男がいるかもしれない。

その淡い期待は見事に裏切られた。次いで訪ねた膳所藩では家老不在につき判断が出来かねると、大和郡山藩では国元の裁可を仰ぐ必要があると言われ、最低でも五日の猶予《ゆうよ》は欲しいとゆるりと断られた。

最後の望みを託した淀藩では、藩主が病気でそれどころではないと、あからさまな嘘を吐かれ、取り次いでも貰えなかった。しかしもうここしかない。

「せめて、せめて国元にお取次ぎを……」

源吾は土下座せんばかりに懇願した。淀藩の領地は京から馬を飛ばせば半日も掛からない。この藩を逃せば他に頼るところはないのだ。

向こうも最後まで嘘を吐き通すつもりか、反対に拝み倒すように、断る者も泣き顔になっていた。そのようなやり取りが藩邸前で行われたからか、何事かと野次馬まで集まる騒ぎになっている。

「御頭、もう……」

星十郎が耳打ちするが、源吾は頭を振った。

「まだだ。何卒、国元まで……」

野次馬に聞かれぬように配慮したか、取次ぎの侍は顔を寄せて囁いた。

「まことに殿様は重篤《じゆうとく》な病なのです。流行《はや》り病をご存知であろう」

確かに今年の卯月《うづき》（四月）から日ノ本中に病が流行しており、命を落とす者も後を絶たない。新庄藩江戸家老の六右衛門も今では平癒したものの、その病に罹《かか》って国元で倒れていた。

嘘だとしてもこれ以上縋《すが》る訳にいかず、源吾は深々と頭を下げてその場を後にした。

「あいつ何者《なにもん》や」

「新庄藩の火消らしいのですが、西町奉行所の長谷川様に……」

背後でそのような会話がされているのが耳に届いた。大方騒ぎを聞きつけた藩士が、取次ぎの者に事情を訊いているのだろう。己らの姿が見えなくなれば、悪口の一つや二つを言って馬鹿にするに違いない。そのようなことは江戸でも幾度となくあった。

陽は中天を通り過ぎ、傾きを見せ始めている。空は青い。道々には明日を楽しみに、嬉々《きき》として支度をしている人々が溢れていた。

「星十郎、武蔵」

「はい」

配下二人の声が重なる。

「俺たちだけでも止めるぞ」

「当たり前だ。御頭が死ぬことがあるなら、魁武蔵は一足先にあの世だよ」

武蔵は愚問といったように言い放った。

「三人で止める方法……難問ですね」

いかなる可能性も追究する学者肌のこの男らしく、星十郎は後《おく》れ毛をかき上げ大真面目で悩んでいる。

いかなる難局にも決して諦めてはならないと教えてきた。ここで心を折っては配下に顔向け出来ない。年に三百を超す火事が起こる江戸である。新之助、寅次郎、彦弥、百を超える鳶たちは、今この時も炎と闘っているかもしれない。

――俺は諦めねえぞ。

江戸にいる妻と配下に告げるように心で念じた。


宵山の朝を迎えると、一目見て判るほど町は様変わりしていた。まず人々の活気が違う。祇園祭は三十日にわたって行われるが、宵山からが本番といっても過言ではない。

朝だというのに、この蒸し風呂のような気候も何のその、行き交う人々の表情はどれも嬉々としたものである。いや、この気候も含めて千年以上心を寄せてきた祭りなのだろう。

厚着であることも相まって、額にはいくら拭っても汗が浮いてくる。今日は平装ではない。江戸から持参した火消装束をすでに着込んでおり、肩に火消羽織を引っかけている。

「長い戦いになるな」

源吾は屋敷の外に出て往来を見渡し、誰に言うでもなく呟いた。枝に停まる雀は、それを哀れんで応じたかのように細やかに鳴く。

宵山に仕掛けてくるとは限らない。明日の山鉾巡行の時も考えられる。いや、もっと先かもしれない。祭りが終わるまであと十五日。そのいずれに火を付けられたとしても、日常よりも被害が大きくなる。

「御頭、卯の刻（午前六時）にようやく全て整いました」

振り返ると星十郎が立っていた。

「何とか間に合ったか」

他の火消を頼りに出来ない以上、三人で出来得る限界を模索した。昨日、四家の火消に断られた脚で平蔵のもとへ行き、あることを願い出ていたのである。

──京中の手桶を買い占める。

と、いうことである。桶屋の在庫は当然ながら、出来得る限り町々から集めさせるように頼んだ。平蔵は即決で奉行所の銭をかき集め、警備にあたる配下に買い集めさせた。

「下手人が狙うならばやはり駒形提灯の通る行程。その道に五間（約九メートル）毎に水を張った手桶を配置しました」

要はどこに火がついたとしても、火種のうちにすかさず消火する。火消がその場に居合わせずとも、桶の水を浴びせる者はいよう。

急なことで洛中全てを埋め尽くす桶は手に入らない。それは星十郎も想定しており、もっとも危険かつ敵の標的になりやすいであろう道に優先的に配した。

「武蔵さんは？」

源吾が目を覚ました時、武蔵はすでに支度を終えていた。何事にも一番乗りを決める武蔵に遅刻という概念はない。

「一っ走り見回るとさ。噂をすればほら」

目で確認するより早く、源吾の耳は武蔵の跫音《あしおと》を捉えている。

「御頭、京の連中ってのは恐ろしさを感じないのですかね」

武蔵は駆け込んでくると、半ば呆れた調子で言った。

「どういうことだ？」

「いやね、奉行所総出で見張っているんだ。ただ事じゃねえってことは分かるはずだろう？　なのに嬉々として祭りの支度を進めてやがる」

確かにこれ程の物々しさならば中止を申し出てもよさそうである。江戸ならば仮に民から申し出ずとも、お上から中止のお達しが出てもおかしくない。

「戦国の動乱の中でも止めなかった祭り。京の方々には、我々には想像しがたい想いがあるようです。余所者の奉行所の連中如きには、決して止めさせはせぬといったところでしょうか」

星十郎が歴史を紐解いて解説し、源吾は妙に納得してしまった。祭りとは即ち神事である。江戸でも神仏を崇《あが》める者は多いが、京では日々の暮らしの中に完全に溶け込んでいるように思う。だからこそ今回のような事件も、火車の仕業としてすんなり得心してしまうという訳である。

「実は俺たちより強いのかもしれねえな……」

源吾は独り言を零した。京の人々は地震、雷、そして火事のような天災も神の仕業として受け入れてきた。それは憎むことを止め、前を見据えて生き抜く術《すべ》でもあるのかもしれない。そう付け加えると、二人も納得したようである。

「だが、江戸の男。ましてや火消はそれほど出来ちゃいねえ」

「深雪さんがいれば、女もですって怒られちまいやすぜ」

武蔵は尖《とが》った八重歯の隙間から息を漏らした。

「そうだな。火の神様に思い知らせて下さい。そう言い放つ女だからな」

星十郎もその時の光景を思い出したのか、にこりと微笑んだ。

「さあ、行くぞ。三人で喰い尽くしてやろうぜ」

源吾は肩に掛けていた羽織を手に取った。裏地に繡《ぬいとり》されたもう一羽の仲間が、俺を忘れるなと呼び掛けてきているような気がする。

「わかっているさ」

羽織を宙に大きく旋回させ、鳳凰《ほうおう》は源吾の背を押すように降りていった。

二

申の下刻（午後五時）を過ぎても何事も起こらなかった。事件らしいものといえば、ごろつき同士が肩が当たったただのという理由で諍いになっただけである。怒号が聞こえるや否や、奉行所の者たちが駆け付け、あっという間に包囲してしまったので、当事者たちも肝を潰していたらしい。

「これほど警戒しているんだ。現れねえんじゃねえか」

そう言う武蔵であるが、怪しい者は逃さんと目は休みなく動き続けている。

「火車の目的が何か解れば、日を絞り込みやすいんだがな」

何もなければそれでいい。そう思い始めていた時である。

「え、え……どうなってんねん！」

人込みの中から困惑と驚愕《きょうがく》が混じったような声が上がった。すわまた喧嘩かと声の方へと目をやるが、あまりの人の多さに誰なのかすぐには特定出来ない。

「また喧嘩かな」

武蔵も同じことを考えたらしく、首を振って辺りを見渡す。喧嘩ならば人波に揺れが生じるはずだが、そのような箇所は見受けられない。絹を裂くような女の悲鳴が上がり、男の喚き声がそれを追う。源吾はそれで事態を呑み込んだ。火車が現れたのである。

水面に波紋が広がるが如く、ある地点を中心に人がどっと外へ広がった。生まれた空白では犬矢来《いぬやらい》（軒下の防護柵）が燃えている。

「どけ！　火消だ！」

源吾は人の濁流《だくりゅう》を掻き分けて進んだ。星十郎、武蔵もその後を必死に追う。

「道を開けろ！」

「御頭、あれは——」

星十郎が声を引きつらせて後ろから呼びかける。

「どうなってやがる……」

犬矢来に付いた火が横に走り、みるみる炎の帯へと変化する。近くにいたようで男の袖に火が燃え移っている。はためかせて消そうとするが、麻地の衣服の燃えやすさは尋常ではない。あっという間に炎に抱かれるようになり、男は橙に呑み込まれた。

「武蔵！　水っ！」

「分かっています！」

武蔵は道端に置かれた水の張った手桶をすでに掴んできている。あと四間（約七・二メートル）ほどの距離まで迫っているのに、人の流れに阻まれて思うように進めない。

「誰か、そこの桶を……男に浴びせろ！」

源吾の悲痛な叫びも飛び交う声に虚《むな》しく掻き消される。火車が来た。幕府の治世に怒っている。そのようなことを大真面目に喚きながら逃げ惑っている者もいる。そのような者たちを見ていると、沸々《ふつふつ》と怒りが込み上げて来て一気に爆《は》ぜた。

「どけ！」

手荒であるが逃亡者、あるいは傍観者の胸を突き飛ばし、肘で払った。後ろに手を伸ばして手桶を受け取ると、零さぬように両手を掲げる。そして、悶える男に向けて懸命に吼えた。

「こっちだ!」

大きく振りかぶって水を撒いた。いや、中の水を固まりのまま飛ばしたと表現したほうがよい。狙った場所にどのように水を撃つか、これも熟練の火消ならば出来て当然の技である。水塊が男に直撃し、見事に肩と腰にまとわりつく火を一撃で消し止めた。

「流石御頭――」

武蔵が喜色を浮かべたのも束の間、今度は背後から絶叫が起こる。

「くそっ!」

「これは……」

星十郎は絶句した。恐れたことが真になった。瓦、生垣、挙句《あげく》の果てには何ら燃える要素のない溝、板壁ではなく漆喰《しっくい》壁に至るまで、あちらこちらで火の手が上がっている。自然の中に決して多くはない赤という色が、その他の色に反乱を起こした。そのような光景である。

どこから唐突に火が湧き上がるのかも分からず、老若男女問わず、あちらこちらで衣服に燃え移っている。

「手が足りねえ！」

武蔵が再び脇の手桶を拾いにいくが、その間にも新たに燃える箇所、炎の奇襲を受ける者が後を絶たない。まるで目に見えぬ火車が次々に触れ、火を付けて回っているかのように見えた。

――どこだ……。

源吾は火車が近くにいると感じた。

先ほど漆喰の壁から火が噴く瞬間を目の当たりにした。直に火を付けた訳ではないことは確かである。つまりすでに何らかの仕掛けを施しているとみるべきであった。

ならば猶更現場にいないと考えるのが普通であろう。しかし火消だけは経験則でそうでないことを知っている。火車が快楽を目的とした火付けの場合、必ずや己が生んだ「作品」を見にくる。炎の魔力に憑《つ》かれた者はおもしろい程に同じ行動を取る。

千羽一家のように、他の目的のために攪乱《かくらん》として火を付けているならばどうか。これも見に来ると断言してもよい。真の目的にこの火付けが必要ならば、それが機能したことを確かめねば始まらない。そもそも仕掛けた当人でも、正確な時刻に発火させられないのではないか。ほぼ時は同じであるが、火が付くのに早い遅いがあるのがその証左に思う。

今では数町先からも声が聞こえてくるが、間違いなくこの界隈《かいわい》に一番に火が付いた。そこから導かれる答えはただ一つである。

「火車は近くにいる！」

そう言っている間にも手足を止めず、源吾は新たに髪を焦がす女に水を浴びせた。

「そうでしょうね！」

「なるほど……確かに」

今回ばかりは武蔵のほうが星十郎より理解が僅かに早かった。火消独自の思考を武蔵は心得ている。

「周りを見ろ。おかしな動きをしているやつだ！」

武蔵は桶の半分で子どもの裾に付いた火を消し、残り半分を犬矢来に飛散させる。星十郎は人の群れに押しつぶされそうになりながら、抱えた手桶を死守していた。

近くにいた奉行所の役人たちも鎮火しようとする。しかしそこは玄人《くろうと》との差が出て、一撃で仕留められず再び手桶を求める者も多い。

もう燃えている箇所は一つや二つではない。数町に亘ってあちらこちらで炎が産声《うぶごえ》を上げている。その予測不能の炎に人々は襲われており、阿鼻叫喚《あびきょうかん》の様となっている。

「まずいぞ……」

水が間に合わず、火達磨《ひだるま》になって家屋に飛び込む者を目の端に捉えた。家というものは外からの炎ではそう簡単に炎上しない。しかし中からとなると酷く脆《もろ》く燃え上がってしまう。

武蔵、星十郎は鬼の形相で炎を狩り、役人たちも懸命に手伝う。恐れずに手助けする町人も僅かにいるが、己も火車に燃やされては適《かな》わぬという心理が働き、多くの者が何もせずに遁走《とんそう》している。

「火消を……武蔵、応援を呼べ！　一家でも動かすんだ！」

「禁裏まで急いでも四半刻。この混乱ではそれ以上。とても間に合いません！」

星十郎が悲痛な声で制止した。ではどうすればいいのか。さすがの星十郎も答えが出ないようで、唇を強く嚙み締めていた。

火車の襲撃は止むことが無く、北へ北へと被害が拡大していく。水を掛けて救うのが精いっぱいで、火車の猛進に追いつくことが出来ないでいた。素人が扱うため手桶も不足し始めている。

――あいつらがいれば……。

新庄藩火消百十名。数々の修羅場を潜って来た配下がここにいれば、一人の死人も出さず、この界隈を封鎖して火車を閉じ込められただろう。今は目の前の人々を救うので手一杯。源吾は火車を諦めようとした。

「来たで！　火消や」

誰かがそう言い、源吾は髪に火が移った娘に水を浴びせて振り返った。確かに辻を折れ、道を開けろと叫びながら向かってくる一団が見えた。手には漏れなく手桶が握られている。人々は囀《さえず》るかのように口々に話し出す。

「どこや？」

「淀藩や！」

淀藩稲葉《いなば》家。主君が病に臥《ふ》せっていると断られた藩である。所司代の命を無視して駆け付けてきてくれたというのか。俄《にわ》かには信じられなかった。

「蟒蛇弾馬《うわばみだんま》や！」

誰かが安堵交じりに声を上げると、それまで逃げることで必死だった者も歓声を上げて迎える。

——蟒蛇……。

どこかで聞いた。脳裏《のうり》を過《よぎ》った次の瞬間、答えは明らかになった。先頭で指揮用の鳶口を掲げた男、先日「やちよ」という料理酒屋で共に喧嘩を止め、酒を酌み交わしたあの蟒蛇である。

「淀藩常火消、突っ込めや！」

蟒蛇が無精髭を歪めて咆哮すると、常火消の士分、鳶がばっと散開した。火に喰われつつある人を救い出し、すでに小火《ぼや》が起こっている家を取り壊し始めた。

「新庄！」

蟒蛇は源吾を見つけるとそう呼びながら寄って来た。互いに名さえ知らぬ仲である。しかし新庄藩の者だということは何故か知っているらしい。

「お前……どうしてここに」

「うちの藩邸を訪ねたやろ。お前が丁度帰った時に戻ったんや。後ろから呼びかけたのに、気付かんとずんずん行きよってからに」

背後であれは何者かなどという会話がされていたのを思い出した。気が高ぶっており、不覚にもそれが蟒蛇の声であるとは気付かなかった。

「所司代は出るなと……」

蟒蛇は面倒くさそうに手を振って答えた。今日も酒を呑んでいるのか、息の中に微かな酒気が臭った。

「いつものこっちゃ。後でお灸《きゅう》据えられとくわ」

これが武士なのか。勇壮な火消装束に身を固めていてもまだ信じられずにいた。蟒蛇は仰ぐ配下に的確に指示を与えた後、源吾に向かって言い放った。

「まだ近くにおるんやな」

現場に到着して僅かな間に、すでに見抜いている。それだけ優秀な火消であることが判る。

「ああ。だが助けるだけで手一杯だ」

「捜せ。ここは任せとけ」

「恩に着る」

火消ならではの短い会話を交わした時、人に押されてよろめきながら星十郎が叫んだ。

「御頭！　あの行李です！」

指は一町ほど先を指していた。男が一人、子どもならばすっぽりと収まりそうな大きな行李を背負《せお》っている。混乱を極める往来の中央を行く。通常ならば右往左往するはずが、急ぐでもなく慌てるでもなく、その歩みには一切の迷いがない。まるで両側から火が噴き出すのを知っているかのようである。

膂力《りょりょく》には自信がない己を知り、辺りを俯瞰《ふかん》で見ることに専念していた星十郎の手柄である。

「武蔵、行くぞ！」

鈍足《どんそく》の星十郎は残していくことを決め、武蔵だけを呼び寄せた。蟒蛇は水を浴びせて回れ、あちらの家は念のために壊せ、駒形提灯は一旦下げさせろ、など次々に明快な指示を放っている。

武蔵と北に足を向けて走り出した時、源吾ははっとして振り返った。

「方角火消新庄藩火消頭取、松永源吾だ。この恩は忘れねえ」

蟒蛇は鳶口をくるりと宙に回し、にかりと笑う。

「常火消淀藩火消頭取、野条《のじょう》弾馬や。忘れてええで」

己も武士というにはあまりに粗野過ぎる。弾馬に同じ香りを感じ、このような時にありながら思わず口を綻ばせた。

三

源吾と武蔵は混乱に躍る町を掻き分け、北へと突き進んだ。行く先々でも方々から火の手が上がり、人々を脅かしている。これを一々消していては追いつけぬと、弾馬は淀藩常火消から一組二十五名を割いて付けてくれた。火を蒙《こうむ》った者がいる度、救い出すために一人ずつ切り離していく。

「随分と距離を縮めましたな」

淀藩の組頭が声を掛けてきた。

「もうすぐ追いつく。助かった」

「礼ならば御頭に」

悠長な会話を繰り広げていても、火の付いた者を見かけると、指示を出さずとも阿吽《あうん》の呼吸で一人ずつ組から離れていく。よく統制がとれている証拠である。

「変わった男だ」

「私たちも初めはそう思い、嫌っておりました」

組頭が苦笑する。意味が理解できず首を傾げる源吾に、組頭はさらに続けた。

「淀藩に招かれて二年。御頭は新参者なのです」

淀藩を治めるのは、譜代の中でも老中を輩出したこともある名門稲葉家である。石高も十万二千石と大大名の部類に入る。しかしながらある特殊な事情により、内実はかなり困窮を極めていた。その所領が本国である山城《やましろ》のほかに、摂津《せっつ》、河内、近江、遠くは下総《しもうさ》、越後《えちご》と実に六ヶ国に跨っているのである。城のある山城は二万石しかないということなので、その分散ぶりは異常であった。方々に所領があるということは、それぞれに代官を置かねばならない。その維持や、米の輸送だけでもかなりの費えになる。また目の届かぬところであるため、代官が不正を働くことも多かった。

「垣根に移るぞ。二人残れ！」

組頭は説明する間も、難しい状況と見ればすかさず指示を出す。武蔵は何もこちらから言うことはないと片笑んでいた。

「殿は当年二十七。二年前に六代藩主として家督を継がれたばかりです」

二年前といえば明和八年。源吾がすでに新庄藩に仕官した後であるから、つい最近のことである。当代は稲葉正弘《まさひろ》と謂う。

「殿が二年前、いの一番に手を付けたのが火消改革でした」

組頭は脚を緩めず語り続けた。

火消というのは金が掛かる。新庄藩が拝命している方角火消でも相当な費えを要する。通常では四、五年で交代であるが、これをすでに十年務めている新庄藩ではかなり財政を圧迫していた。

だがそれでもまだましなのかもしれない。何と常火消の任期は、

――家の続く限り。

という厄介《やっかい》なものなので、ただでさえ厳しい稲葉家の財政に重くのしかかっていた。

鳶が氾濫《はんらん》する江戸と異なり、京ではその数が少ない。それゆえ鳶の売り手市場となっており、頭数を揃えるには莫大《ばくだい》な額の費用が掛かる。それで鳶が優秀ならば良いのだが、その程度も低く、いざ火事となっては逃亡する軟弱者までいた。それを率《ひき》いる士分も京の商人から賄賂を受け取り、その多寡《たか》によって消火の順を決めていることも分かった。上下ともに堕落《だらく》しきっていたのである。

「殿は常火消を一から創り直さんとなされた」

領内で冷や飯を食っている百姓《ひやくしよう》の次男三男始め、これまで鳶を経験したことのない者を迎えいれ、士分に関しても下士の部屋住み、足軽など立身の夢を諦め

た者を登用した。

「じゃあ、あんたも……」

「下総国代官所の下役人の三男です」

　確かに奇異に感じていた。淀藩の火消たちの訛りが銘々違うのである。この組頭など京訛りの片鱗《へんりん》もない。

「では野条殿も」

「元は京のやくざ者ですよ」

「な……」

「厳密には三代続く貧乏浪人。食い詰めて店火消をしていました。腕は滅法いいが、日々飲んだくれては喧嘩ばかり。京で評判のごろつきでした」

　店火消とは富商が自らの財産を守るために雇う火消である。江戸の大店はこれを揃えることを義務とされていた。京ではその限りではないが、やはり守るべき財産のある店では雇う傾向にある。

「そんな頭のもとへ殿は自ら足をお運びになった」

　それが二年前のことであるという。酒を出す掛け茶屋で飲んだくれ、女の尻を目で追いかけていた弾馬のもとに、正弘は突然現れて横に座った。そして自らの正体を明かし、淀藩の火消頭取として迎えたいと言い放ったという。

「あんたがほんまに稲葉の殿様やっていうなら、稲葉は正気やないな」

豪放な弾馬でもそう思ったのだから、他の者ならばそれ以上の衝撃であろう。

「正気では国を立て直せぬ。そのためならばいかなる誹《そし》りも受けよう」

正弘の返答に、弾馬はちびりちびりと酒を嘗めつつ答えた。

「祖父《じい》さんはやってもない罪をかぶって浪人となった。家の再興を願った親父も四年前に死んだ。物心のついた頃から浪人の俺や。仕官なんて堅苦しいのは真っ平ごめんですわ」

二本の刀を捨てないのは父へのせめてもの供養《くよう》であるだけで、このまま気儘《きまま》な店火消を続けていくつもりだという。

「ならば堅苦しくせんでやろう」

「決まった時刻にお勤めなんか寒気がする」

弾馬は大袈裟な身振りを交え軽口で返す。

「よし。お主の好きにせよ」

「いつも酒を呑んでへんかったら、俺は調子が出えへん」

今度は盃を呷りつつ言い放った。

「わかった。昼間からでも呑むことを許す」

「弱い者《もん》を虐《しいた》げるやつがおれば、喧嘩してまうかもしれへんで？」

どすの利いた声で凄んでみたが、正弘はにこやかに笑っていた。

「真っ当な訳があるならば、当家も合力《ごうりき》してやる」

「あんた……どっかおかしいんやないか？」

弾馬は顔を引き攣《つ》らせて再び尋ねた。

「そのかわり当家の火消を頼む。貧しいが……京を、帝《みかど》を、そこに生きる者を守っている。その矜持《きょうじ》を支えに当家を立て直したい。やはり正気ではないかな？」

正弘は悪戯《いたずら》っぽく笑い、こめかみを掻いた。弾馬は無言で盃を渡すと、酒を注ぎこんだ。正弘は一気に干すと、空の盃を返し、ゆっくりと酒を注いだ。

「お流れ頂戴致す」

頭で天を衝《つ》くように飲み干し、たんと小気味よい音を立てて盃を置く。そして、正弘に向け、弾馬は虚《うつ》けたように言った。

「山州《さんしゅう》浪人、野条弾馬。稲葉の親分のもとで草鞋を脱がせて頂きます」

野条弾馬は稲葉家に仕官して常火消頭取を拝命した。全てが素人ばかり、一人前に鍛《きた》え上げるまでにはそれは苦労したという。しかし一年経った頃には、新生淀藩常火消を他の三家も舌を巻くほどに成長させた。

——どこかで聞いた話だ。

源吾は思わず苦笑してしまった。己が新庄藩に迎えられた経緯とあまりに酷似している。思えば出逢った瞬間から弾馬にはそこはかとない親近感を抱いていたが、納得出来るというものである。

溝から這い出るように現れた火が、武家の子女の裾を摑む。地獄絵図のような光景、妖《あやかし》の仕業と思うのも無理はない。

「あの女子《おなご》を救え！」

組頭が叫び、八人まで目減りした火消の一人が向かう。

「御頭、近い！」

一歩先を行く武蔵が振り返って喚起する。もう男まで十間（約十八メートル）を切った。大振りな行李を揺らしつつ、いくら端が空いていようとも中央を歩いている。

行李の中身は何なのか。手掛かりはないかと手を添えて耳を欹てた。

雑音。そう十把一絡《じっぱひとから》げに言うが、それを紐解けば人々の生《せい》の音の集合である。無数の音の中から異物を追い求める。

木の擦れるような音が聞こえてくる。そのさらに奥の音を求める。

――ちゃぽん。

水音《みなおと》であった。いや、水よりほんの僅かであるが重みを感じる音である。

「油か……」

行李に油を入れて持ち歩くなど尋常ではない。男の歩調に合わせて例の音が聞こえる。武蔵が逆走する人々に遮られ、結果源吾が先頭へと躍り出た。男まではもう僅か、もはや迷っている間は無かった。

「おい！」

源吾は手を伸ばして行李に掛けられた縄を摑んだ。男は振り払おうとする。通常ならば火車が現れたかと恐れおののくか、そうでなくとも単純に吃驚《びっくり》するだろう。男の行動には何ら迷いなく、ただ逃げるという一点に専心している。そこで源吾はこれが火車の正体だと確信した。

「火車――」

「火車だ‼」

源吾が叫ぶより早く男が周囲に喚き散らした。恐怖に怯える人々の心に新たな火種が放り込まれ、恐慌を通り越して狂騒へと発展する。中には源吾を火車と思い、殴りつけてくる者もいる。それでも源吾は指が切れても離さんと右手を引いた。

男は尻を突き出すような恰好で前屈すると、行李が上にぶんと跳ね上がり、梃子の要領で手が弾かれた。

「武蔵、逃がすな！」

「任せろ！」

いち早く武蔵が走り出し、源吾も周囲に俺は火消、あいつこそ火車だと怒鳴りつけて追う。

男は人込みから抜け出すと、小路を左に折れる。武蔵が猟犬のように追い縋り、源吾も足をもつれさせながら折れた。男は右へ左へと猫道のようなところまで入っていく。

連なった三人の中で武蔵の脚が僅かに速い。男との距離を詰め、源吾と離れていく恰好となった。

――何で行李を捨てねえ。

身を捩るような路《みち》を行くのに、行李を後生大事に背負っている意味が解らない。行李の中に発火の秘密があるのか。それとも別の訳が存在するのか。

男は道脇に山積みされた材木を駆け上がり、器用に塀に上った。

武蔵が崩れた材木の隙間に足をとられてもたついた一瞬、男は何を思ったか足を止めた。このままではいつか追いつかれると思ったのか、顔を見られる覚悟で何かを仕掛けるつもりである。

遂に振り向いて、行李を背から前へと回した。

見たことのない男である。どのような悪人面かと思ったが、存外子どものように可愛らしい。丸顔に二重の目。大きな鼻がちょこんと中央に居座っている。七福神の大黒様を彷彿《ほうふつ》とさせる穏やかな顔である。

しかし、武蔵を見下ろすその目には憤怒が籠っている。そして源吾にはもう一つ、ある感情が入り混じっているような気がした。迷いである。この目をした男を過去に一人知っている。

――秀助に似ている……。

男は蓋を捨て、中から何かを取り出すと、行李を武蔵に向けて蹴り飛ばす。

「武蔵！　退け！」

男が手に持っているもの。それは源吾には火縄銃の化物のように見えた。

「極蜃舞……」

武蔵が聞き覚えのない言葉を呟くと、男は明らかに動揺した。しかしそれを振り払うように、横に突き出た取っ手を力強く回した。竹べらを弾くようなぱちんという音、続いて何かが噛みあうがちんという音がした次の瞬間、銃口から紅蓮《ぐれん》の炎が飛び出した。

「炎⁉」

武蔵は目の前で腕を交差させ、材木の山の中腹から後ろに飛んだ。伸びる魔の手と一寸の距離を取りつつ、宙を舞った武蔵は、背を強《したた》かに地に打ち付けて落ちた。

「くそ……どうなって……」

「武蔵、まだだ！」

呻く武蔵を狙って、男は取っ手を一回転させる。あの奇怪な音が再び鳴ると、第二の焔が噴き出した。武蔵は転がって避けるが、男は回転を止めずに第三、第四と撒き散らしていく。

このままでは武蔵が火達磨になる。彦弥のように一飛びで塀へ上がることも、新之助のように気配を消して近づき、脚を薙《な》ぐことも出来ない。源吾は咄嗟《とっさ》に脇差の鞘を払った。達人が扱うように刺さるとは思えない。それでも投げれば怯《ひる》ませることは出来るのではないか。

「こっちだ！」

源吾は狙いを定めて脇差を放った。真っすぐ矢のように飛べばよいが、そこは素人、重心の定まらぬ車輪のように不安定に旋回して男へ向かった。

「ぐ……」

あまりに不規則な回転をしていたことが幸いしたか、脇差は男の肩を掠めた。

「うおおお！」

源吾はありったけの声を振り絞って男へ向かう。炎への恐れはなかった。もう二度と武蔵を傷つけない。その一心だけで突き進んだ。源吾の形相に怯んだか、それとも声で仲間が集まるのを恐れたか、男はさっと表情を変えて逃げ出した。男は細い塀の上を行く。上って追いかけてももはや間に合わないだろう。

「御頭……」

「大丈夫か！」

武蔵はどこかが痛むのか、顔を歪めて悶絶していた。

「追わなきゃならねえ……」

「もう間に合わねえ。あんなでけえ得物を持って、洛中をうろつけば必ず誰かの目に留まる」

「あいつは走りながらばらし……後で回収するために部品ごとに隠す……」

武蔵には何か思い当たる節があるらしい。頭も強く打ったのか、武蔵は己の膝の上に嘔吐した。背を摩《さす》ってやるが、船酔いの時にも増して頗《すこぶ》る顔色が悪い。

「動くな。寝そべっていろ」

ここまで来て逃がすことは痛恨の極みであった。だがそれ以上に武蔵の躰のほうが心配である。万が一男が戻って来ることを危惧し、源吾は大声で助けを呼び続けた。通り掛かった職人であろう。何事かと辻からこちらを覗き込んだ。

「奉行所の者か、淀藩の火消を頼む！」

職人はこくこくと頷き走り去る。武蔵は再びえずき、首を横に曲げて吐いた。激しい怒りを抑え込みながら、源吾はそっと横に寄り添い、火車の逃げていった方角を睨み据えた。

四

宵山の夜が更けていった。

夜になっても息が詰まるほど蒸し暑く、たまに吹くわずかな風も、重く湿り気を帯びている。

あれほどの怪異であったにもかかわらず、幸いにも死人は出なかった。大小の火傷を負った者は数多くいたものの、いずれも命に係わるほどではないという。建物の被害においても小火《ぼや》を起こした家と、その両隣の三軒を壊すのみに留まった。この程度で済んだ理由は三つある。

一つは発火したのが全て家の外壁《がいへき》であり、火の手が回るまでにはいかなかったこと。これは予《あらかじ》め準備していた手桶の水で大いに対処出来た。

二つ目は火車が生み出した炎は、生まれた時こそ轟然と燃え盛るものの、暫くすれば嘘のように小さく変じるからである。その点、紙の燃え方に似ていた。

最後にして最も大きな理由は淀藩常火消の活躍である。その手並みのよさは源吾も舌を巻くほどで、加賀鳶のような華麗さはないが、泥臭く火を追い詰めていく。その点も新庄藩火消に似ていた。

野条弾馬といえば京では一種の有名人らしく、人々も弾馬のいうことを聞けば間違いないと落ち着きを取り戻した。弾馬は道の両端から離れて身を寄せ合うように指示し、皆もその指示をすんなり受け入れる。日々の信頼があってこそ火消は活躍出来ることを改めて思い知らされた。

「武蔵は？」

襖を開けた星十郎に尋ねた。

「まだ目を覚ましません」

武蔵は駆け付けた奉行所の者に運ばれている途中に意識を失い、今も布団で眠り続けている。平蔵が手配してくれた医師の見立てによると、一時的なもので大事はないらしい。

今日一日で何度も驚いた源吾だが、本日最後に驚いたことは、このような凄惨な事件が起こってもなお、京の人々が祇園祭を取りやめようとせず強行するということである。一見物腰が柔らかく見える京の者だが、その腹に秘めたる反骨の執念に一種の恐ろしさも感じる。

平蔵は未だ市中を警戒し、喜八郎も戻ってこない。銕三郎の行方も杳《よう》として知れず、平蔵の家人も駆り出され、役宅は静まり返っている。

源吾と星十郎は武蔵が目を覚ますのを待ちつつ、今日の出来事の整理を始めた。

「見当がついたようだな」

星十郎が髪を弄らない。つまりは火車の手口はすでに解明したということだろう。

「燃えた壁に油膜が残っていました。そしてこれも」

星十郎は袱紗《ふくさ》を取り出して開いた。中には黒い滓《かす》のようなものが収まっていた。源吾は指で摘んで目の前に翳す。

「綿……か？」

「はい。殆《ほとん》ど燃えて無くなっていますが僅かに」

「これが火種だとするならば、どうやって火を付けた」

星十郎は細く息を吐いた後、囁くように静かに言った。

「いえ、自然に燃えます」

「どういうことだ？」

「亜麻仁油です」

亜麻仁油はその名の通り「亜麻」と呼ばれる草の種から抽出《ちゅうしゅつ》される。これが条件さえそろえば綿を燃やすのだという。この油、乾く過程で凄まじい高温になっていく性質をもっている。特に夏場はそれが顕著《けんちょ》で、綿や紙ならば勿論、衣服であろうとも燃やすというのだ。

「油が綿を火種に変える。火種は周囲の亜麻仁油に引火し炎となる。これが火車の手口です」

「そうか！　遺体の口や耳から火が噴いたのも……」

「生前の相貌を保つため遺体に詰める綿。それが亜麻仁油に浸されたものだったとすれば……一度火が付けば、酷暑で傷《いた》んだ遺体からの瓦斯が焔へと成長させる」

星十郎の智嚢には毎度驚かされる。そこで気付いたことだが、下手人はどこでその知識を得たかということである。星十郎は初めて髪を指に巻きつつ考え込んだ。

「亜麻仁油は顔料と混ぜれば、防腐、防水に長けた塗料になります。その道の者ならば杜撰《ずさん》に扱えば発火することを知っているはず」

「塗料……大工、左官、職人といったところか」

時刻は丑の刻を越えたか。日中の疲れが躰に堪えたか、思わずあくびをしてしまった。星十郎が少し寝てはと勧めてくれた時、僅か二人残る下男の一人が、襖の向こうから伺いを立ててきた。

「松永様、お客人です」

「下村殿か?」

京で知り合いといえばそれしか思い当たる節はない。

「いえ、淀藩の野条様と仰る……」

「蟒蛇か」

中へ通すように頼み、ほどなくして弾馬が現れた。今日もまた、片手に酒甕をぶら下げている。

「陣中見舞いや。お前の配下は……」

「無事だ。まだ眠っているが」

「心配だが、まずはよかった」

弾馬は座ってもよいかと目配せで了承を得ると、どかりと畳の上に胡坐を掻いた。

「今日は助かった」

源吾は膝の上に手をついて頭を下げ、星十郎もそれに倣《なら》う。

「遅くなって悪かった。殿がおられれば即断即決やったんやけど……上の頭が固《かと》うてな。殿ならば迷わず命じられると啖呵切って飛び出してもたわ」

「まことに良く似ておられますね」

ずっと張りつめていた星十郎にも久しぶりに笑みが浮かんだ。

すでに弾馬が玄関で頼んでいたのであろう。中の様子を窺いつつ下男が茶碗を三つ運んで来た。弾馬は愛想よくそれを受け取ると、畳に直に三つ並べた。

「呑むか」

「ああ。こいつは控えめにな」

星十郎は酒に弱く嗜《たしな》む程度である。三人でまずは茶碗を空にすると、源吾は膝をにじらせて尋ねた。

「稲葉様はまことにご病気なのか」

「ほんまのことや。長くはない。俺だけにとそう仰った」

弾馬の顔に翳が差し、振り払うかのように手酌で酒を呷る。

一月前、稲葉正弘は枕元に弾馬を呼び寄せてそう伝えたらしい。藩主の一存で迎え入れられ、このような厚遇を受ける弾馬のことを、淀藩の連中も最初は煙たがったという。それでも付き合うにつれ、この男に出世欲の欠片《かけら》もなく、無邪気に年下の殿に懐いているだけと知り、今ではその粗暴さを咎めつつも好ましく見ていた。

弾馬が家中に認められたのはそのためだけではない。半年で淀藩常火消を再構築し、恐れを知らぬ配下を率いて洛中の火を潰しまくっている。二年経った今では常火消四家の中でも、民に最も頼られているという。

「もう別れは済ました。俺は京を守り続けるだけや」

弾馬はぽつりと言った。正弘は火車の出現を重く見て、

——弾馬、洛中から離れるな。さらばだ。

と、こけた頬を緩めて別れを告げたという。

やはりこの男は己に似ていると確信した。仕官からの経緯だけではない。火消として最も大事な、人を守るという想いがひしひしと伝わってき、胸襟《きようきん》を全て開くつもりになっている。

「火車の件、力になってくれ」

源吾は火車を発見したこと、声を聞き、顔を見たこと、見たこともない得物で反撃してきたこと、そして己が取り逃がしたことを包み隠さず話した。

「その得物、もう少し詳しく聞かせてんか」

弾馬は茶碗を置き、真剣な眼差《まなざ》しになった。合流してすぐ源吾から伝えられた星十郎は、構造こそ分からないが油を極小の粒にし、それに火を付けているのではないかと言っていた。源吾は改めて見たままの形状を、出来得る限り正確に弾

馬に説明した。

「それ……極蜃舞やないか？」

「確か武蔵もそのようなことを……」

武蔵がそう呟いて、火車が激しく動揺したことを思い出した。

「それはいかなるもので」

星十郎も前のめりになって弾馬に迫った。

「まだ試作中の火消道具で、どこの火消も持ってへん代物や。出来上がった暁《あかつき》には、うちでも是非買い付けたいと考えていたが……」

弾馬はそこまで言って、何か疑問が浮かんだか首を傾けた。

「どうした」

「爺さん、火消では俺にしかまだ見せてへんて言うてたんやけどな。何で江戸から来たばかりの新庄の火消が知ってるんや」

「弾馬！」

「お、どうした源吾」

興奮のあまり名を呼び捨ててしまったが、弾馬はむしろ嬉しそうに返した。

「その爺さんの名は……」

「五代目平井利兵衛。今は滝翁と号している。おもろい爺さんや」

「星十郎――」

「竜吐水には亜麻仁油の塗料が使われております」

星十郎は立ち上がると、足早に武蔵のもとへと向かった。弾馬は話が見えぬか訝しんでいる。武蔵から聞き取るためではない。それこそ源吾の勘働きは別の事態を告げていた。

「御頭……武蔵さんが――」

戻って来た星十郎は愕然とした顔のままであった。

「やはり……」

横臥《おうが》していたはずの布団から、武蔵の姿が忽然《こつぜん》と消えていたという。

「まさか火車に連れ去られたなんてこと……」

「違う。弾馬、平井利兵衛工房へ案内してくれ！」

「解った」

未だ状況を理解していないだろう。それでも火消らしく問答も交わさず即座に立ち上がった。先ほどまで襲ってきていた睡魔はどこかへ飛んでいっている。そのまま駆け出そうとして、ふと刀を忘れていることに気が付いた。普段ならば気にもせずに走っていただろう。源吾は手早く佩刀《はいとう》である長綱を腰に捩じ入れ、反対に急《せ》かす弾馬の後を追った。

第五章　あの日の竜吐水《りゅうどすい》

一

「夜分に失礼しやす」

二度三度呼びかけたところで、中から物音がした。

「どなた様ですか」

水穂の声である。

「武蔵です」

「こんな夜分に……何か火急の用でも……」

「違います」

「では、明日に改めて下さいませんか。師匠も眠っております」

「失礼は承知です。何卒、お話を」

暫し無言の時があったが、戸が開いた。此度は前々回訪ねたときと同様、絡繰りをもって開かれている。流石に警戒されているということか。

「提灯も持たずに……」

今宵は繊月《せんげつ》、決して明るくはない。水穂は驚きつつ行燈《あんどん》を引き寄せた。

「急いでいましたので。今も時がありません」

この夜更《よふ》け、火を絶やしているのは当然である。振り向かずに火打石を打つ水穂の背に、怯えのようなものを感じた。

「どうなされたのですか」

「火車と見《まみ》えました」

「そうですか」

京の者たちは妖だと噂して恐れているが、水穂にはそのような素振りは微塵も無かった。

「極楽舞を。正しく言えば、極楽舞に似た得物で襲われました」

「お怪我は⁉」

水穂は手を止めると勢いよく振り返った。

「頭と背を強かに打ちましたが、骨は折れていないようです」

「火傷は――」

「やはりご存知なのですね。あの得物のことも……火車のことも」

水穂は何も答えず、俯き加減になって背を向けると、再び火打石を打った。

「貸して下せえ」

武蔵は近づいていくと、水穂から火打石を受け取る。微かであるが手が触れ、温もりと震えが肌に伝わる。滝翁が目を覚まさぬようにと、武蔵は小さく打って附木《つけぎ》に火を付けると、すかさず行燈に移した。

「消し方を知るためには、付け方も知らねえと」

「はい」

「火車……あれは誰だい。以前訪ねた時、引っ掛かっていたことが分かったんだ。水穂さんは、五代目は『私たち』を実の子のように育てたと言った。他にも滝翁が育てた者がいるんだろう？」

俯いたままの水穂に、武蔵は柔らかく訊いた。

「私の兄、嘉兵衛《かへえ》です」

「その兄も……」

「お察しの通り、先代が迎えた養子。私とも血の繋がりはありません」

腹を括ったように水穂は包み隠さず話し始めた。

嘉兵衛は水穂よりも八つ年上の二十七歳。齢《よわい》僅か五歳で滝翁に拾われ、水穂が八歳でここに来た時にはすでに内弟子であった。

温厚な人柄だったが、その技術は水穂の比ではないという。二十歳の時には滝翁をして、すでに儂を越えたとまで言わしめるほどの絡繰り師になった。

「極蜃舞。あれを初めに作ったのは兄です」

「それほどの腕前か。いつここを出ていったのです」

「昨年の暮れに」

「それからも会っているね」

水穂はそれ以降も会っていると武蔵は考えている。

「大凡《おおよそ》数日前、それまで一切の連絡を絶っていた兄に、町で突然呼び止められ……」

どこにいるのか、戻って来てほしいと懇願する水穂に対し、嘉兵衛はあることだけを重ねて繰り返した。

「もうすぐ終わる……と」

縋《すが》る水穂を振り払い、嘉兵衛は人混みに溶けていったという。

「それ以降は？」

「いえ、それが最後です」

「水穂さん、あの化物のような道具は何だい?」

水穂は先刻、火傷を心配した。つまりあれの正体を知っているということだ。

「魃《ひでりがみ》……極蜃舞の兄弟ともいうべき道具です」

魃とは手足一本ずつの獣で、旱魃《かんばつ》を引き起こす大陸の妖《あやかし》である。極蜃舞を作る過程で、嘉兵衛はこれを思いついた。火消道具の対《つい》をなすものと解りながら、絡繰り師としての好奇心を抑えきれず図面を引いた。しかし滝翁に咎《とが》められ、図面は死蔵になっているらしい。

最後に、武蔵にはどうしても訊かねばならぬことがあった。

「嘉兵衛の目的は何です」

「それは……」

これまで何事も話してくれた水穂だが、急に歯切れが悪くなったことを不思議に感じた。

「お引き取り下さい」

二人は同時に首《こうべ》を回《めぐ》らせた。そこには寝間着姿の滝翁が立っている。目を覚ましたのか。いや、一部始終を隠れて聞いていたと感じた。

「五代目」

「武蔵さん、嘉兵衛は儂の一番弟子や。それは認めます」

「一番弟子や……か。『だった』とは言わねえんですね」

滝翁は息を吐きつつ細い髭をしごいた。

「ようお気付きになる御方や」

人の機微に関しては星十郎以上に気付く野郎だ。御頭にそう言われたのを思い出した。別に気付きたくて気付いている訳ではないが、どうしても引っ掛かってしまう。

「五代目、嘉兵衛は何故……」

矛先《ほこさき》を変えて尋ねるが、滝翁はすぐに凜然《りんぜん》と言い返した。

「これ以上は口が裂けても言えません」

「嘉兵衛を庇《かば》うおつもりですか」

「そう取って頂いても結構」

ちらりと横眼で見ると、水穂は肩を震わせて先ほどよりも深く俯いている。それで朧気《おぼろげ》ながら言えない訳がどこにあるか分かった気がした。暫しの間無言の時が流れた。己の中から掛ける言葉を丁寧に探したが、何も見つからない。ようやく絞り出すように言った。

「嘉兵衛は全てを終えたら死ぬ気ですな」

想像する真実が正しければそうなる。

滝翁は顔を背《そむ》け、水穂に至ってはついに顔を覆って号泣してしまった。そうでなくとも奉行所に捕まっても火炙《ひあぶ》りの刑は免《まぬか》れない。これほどの罪人ならば養父とはいえ、滝翁も連座することになるかもしれない。

かといっていくら滝翁と水穂の大切な男で、どんな訳があろうとも、火消として見逃す訳にもいかなかった。

迷っている刻は残されていない。御頭の直感と、先生の智謀をもってすれば己がどこへいったかなどすぐに分かる。間もなくここに駆け付けるであろう。

「間もなく御頭が気付いてここに来ます。嘉兵衛のことを話して下さい。ただし何故、火を付けているかを問われても、知らぬ存ぜぬを決め込むように」

「武蔵さんは……」

水穂が顔を上げる。その頰にきらりと光るものがあり、薄暗い部屋の中に浮かんでいるように見えた。

「嘉兵衛を止めます。妖のまま死なせる訳にはいかない」

出した結論は至極明快なものであった。嘉兵衛は温厚で心優しい男であったという。許しがたい怒りが彼を火車へ変貌させたのだろう。武蔵は直接会ったことはないが、御頭が捕まえた明和の大火の火付け実行犯「狐火」も、そのように闇に落ちたと聞く。

嘉兵衛の運命は定まっている。捕まれば刑死。その前に斬られるかもしれぬし、自害して果てるやもしれぬ。どちらにせよもう長く生きられぬのは確かである。

せめてかつての嘉兵衛に戻し、あわよくば滝翁や水穂とひと目会わせてやれぬか。そう思った。関係ない者ならば甘いと罵《ののし》るに違いない。

しかし、武蔵はこの苦しみを知っている。大切な人が罪を犯し、会えぬままに永遠の別れとなることを。己に向けてくれたあの優しい笑みを信じればよいのか。それとも世間が鬼のように語る像を信じればよいのか。世の人々が幾ら蔑《さげす》むとも、美しい思い出は幾年たってもそのままであった。心のどこかで会いたいと慕《した》っている己がおかしいのではないか。そう思ったことも一度や二度ではない。

「何故ですか……」

水穂の声に現実に引き戻された。武蔵はこれまでと何ら変わらぬ調子で答える。

「火消が火事を止める。それに訳がいりますか」

「そうではありません。何故お一人で」

「いいじゃねえか。そんなこと」

武蔵はからりと笑った。水穂ははらはらと涙を落とす。やはり嘉兵衛が悪に手を染める理由は水穂に関係していると確信した。武蔵は滝翁へ向き直ると静かに言った。

「一つだけお願いがあります」

「はい」

「極蜃舞をお貸しください」

滝翁はこくりと頷き、暗がりの中から極蜃舞を取り出して行李へと詰め込んだ。武蔵は水穂に気を配りつつ、手伝う素振りで近くに寄ると、低く抑えた声で囁いた。

（残るは何人ですか）

滝翁の肩がぴくんと動く。やはり滝翁もちらりと水穂を見て、同じように囁き返した。

（一人。だが別件ですでに牢に……娑婆《しゃば》にはいません）

（それでも嘉兵衛はやる）

武蔵は行李を背負って立ち上がった。前回の説明で大凡の使い方は解ってい
る。ゆっくりと聞く間も残されていない。武蔵は戸口で振り返り、やはり笑っ
た。

「嘉兵衛を取り戻しに行きます」

武蔵は会釈《えしゃく》すると往来へと飛び出した。数間ほど行くと後ろから滝翁の呼ぶ声
がして振り返る。

「武蔵さん、嘉兵衛は水穂の――」

そう言いながら近づいてくる滝翁に向け、武蔵は掌を向けた。

「江戸っ子は野暮《やぼ》なことは訊かねえもんです」

女が、その父が、死んでも秘匿《ひとく》したいことといえば相場は決まっている。兄妹
として育った嘉兵衛が狂気に陥《おちい》ったのも納得出来た。

「会ったばかりの儂らに何故そこまで」

「平井利兵衛の竜吐水はかっこいい」

「え……」

あまりにも意外だったのだろう。ふいの言葉に滝翁は声を詰まらせた。武蔵は少し気恥ずかしくなり、鼻を親指で弾いて笑った。

「それが使いたくて火消になりやした」

「たったそれだけで……」

「御袋が先に逝《い》き、貧乏下駄職人の親父と二人暮らし。縁日にも連れていけねえ親父が、唯一連れていってくれたのが火事場でさ。野次馬ですよ」

武蔵は星に彩《いろど》られた空を見上げて続けた。貧乏人でも唯一見物に行けるのが火事場である。故に父親はかなりの火消通であった。

「普段にこりともしねえ親父が火消を指さして、あれが万組、あれが松平家中って教えてくれました。かっこいいだろう武蔵、火消が江戸を守ってくれてるんだぜって、嬉しそうでね」

江戸は娯楽が溢れている。しかしそれは裕福でなくては謳歌《おうか》出来ぬものであった。今でも専《もっぱ》ら外飯食いなのも、団子一つ食えなかった反動かもしれない。武蔵は行李を背負い直してなおも語った。

「五代目平井利兵衛。先にも後にも出ねえ名工中の名工。そう言っていた親父がもしここにいたら、きっと泣いて喜ぶに違いねえです」

「いけねえ。もうすぐ御頭が来る。あの人は半里先でも盗み聞きしてそうだしよ」

「そうですか……」

「俺が十二の時に」

「御父上は」

武蔵は話を打ち切ると、まだ何か言おうとする滝翁を置き去りに走り出した。

明日は山鉾が練《ね》り歩く。祭りの夢を見て眠る子どももきっといることだろう。そのようなことを茫《ぼう》と考えながら、武蔵は跫音だけが響く、静謐《せいひつ》に染まった京の町を駆け抜けてゆく。

二

平井利兵衛工房。年季の入った看板が月明かりに照らされている。源吾は名を告げながら激しく戸を叩いた。応答が無く焦れ始めていた時、跫音が近づいてきて戸が開いた。そこに立っていたのは細い髭を蓄えた老人であった。

「夜分に失礼致します。拙者は新庄藩火消頭取、松永源吾と申す者です」

源吾は改めて名を告げた。

「血相を変えて何事でしょうか。火消というのも疑わしいもんや……」

「爺さん、俺が保証する。こいつはほんまに新庄の火消や」

ここまで案内してくれた弾馬が背後から手を振る。

「蟒蛇。お前も一緒か。騒がしいはずや……申し遅れました。平井滝翁でございます」

老人は半ば呆れた調子で名乗った。

「平井殿、お訊きしたい儀がございます」

源吾は滝翁の背後に目を凝《こ》らしたが、武蔵の姿は確認出来なかった。

「何でしょうか」

「拙者の配下、武蔵と申す者が先刻来ませんでしたか」

「ええ、来られた」

押し問答の一つや二つは予想していたが、滝翁がいとも簡単に認めたので些か拍子抜けした。

「何がありました」

この工房で作られた極蜃舞に下手人の用いた得物が似ていること、疑わしきは元弟子の嘉兵衛で既に破門にしていること、調べに必要だとその極層舞を貸し出したこと、滝翁は淀みなくすらすらと話した。

「なるほど。して武蔵はどこへ」

「お戻りでは？　てっきり奉行所の命を受けて来られたと思っていました」

「まことにそれだけで……？」

源吾は声低く尋ねた。しかし滝翁が動じる素振りはない。

「ええ……」

「中を改めさせて頂けますかな」

「どうぞご勝手に」

滝翁が身を開き、源吾、星十郎、最後に弾馬の順で中に入る。

「起きておられたので？」

燭台《しょくだい》に火が灯っているのを見逃さなかった。

「武蔵さんがお見えになったので」

やはり滝翁は何一つ嘘をつく気はないようだ。だがこの微《かす》かな違和感は何であろうか。

「六代目……確か娘御がおられたはず」

「躰の調子が悪く、奥で寝ております」

「お目に掛かっても？」

「それは……」

初めて滝翁が狼狽《うろた》えたので、これが手掛かりかと思った次の瞬間、艶のある声が奥から聞こえた。

「私が六代目利兵衛、水穂でございます」

——なんだ、これは。

頭が混乱してくる。下手人らしき男は元弟子の嘉兵衛。娘が拐かされたのかと思ったがそれも違う。ならば武蔵は何故報せてこないのか。

穏やかに話しているが、滝翁からは梃子でも動かぬといった意志が垣間見えた。一体何故か。そこでこれまで黙っていた星十郎がふいに言った。

「平井殿、我らが来ることをご存知でありましたな」

「はて、先ほども申しました通り、武蔵さんは戻られると思っていましたので意外でした」

「入口の戸、絡繰り仕掛けになっており、遠くから開けられるようになっていますな」

「はい。よくお分かりで」

「何故、絡繰りを使わず直に開けられた。夜分の来訪者、怪しいとは思わなかったのでしょうか」

「それは、あなた様方が火消と名乗られた故……」

星十郎の眉がぴくりと動き、すうと前髪を指でなぞった。

「いやあり得ません。少なくとも今の京では」

何か根拠があるようだが、源吾にも解らない。首を傾げる滝翁、水穂に向けて星十郎は畳みかけるように続けた。

「千羽一家です」

「あっ――」

その場にいた全ての者が声を上げた。千羽一家とは町に火を放ち、火消の恰好で押し込みを働いていた盗賊集団である。三月前、京に跋扈《ばっこ》しており、大坂へ移ったところで平蔵に追い詰められて江戸へと逃げた。そこで源吾らによってその手口が明るみに出た。それは幕府を通じて平蔵にも達しており、京では念を入れて、相手が火消と名乗っても、不用意に開けないように奉行所よりお達しが出ている。

「理由は分かりませんが、武蔵さんは我々が来ることを伝えた上で、一人でどこかへ消えた……」

星十郎の推理は的を射ているのだろう。滝翁は薄暗い中でもはきと分かるほど顔色が悪い。水穂に至っては急に吐き気を催したようにえずき、肩をぶるぶると震わせ、滝翁に背を摩ってもらっていた。

奔放《ほんぽう》に見えるが、一手の頭を務めていた武蔵は規律にも厳しい。単独で動くとはよっぽどのことがあるに違いない。そこまでの思考と、目の前の光景とがぴしゃりと繋がり、源吾の脳裏に光が迸《ほとばし》った。

「元弟子の嘉兵衛とやらは何故このような悪事をしているのです」

「それは私どもにもとんと」

「隠さないで下さい。大事なことです」

「ですから何度訊かれても……」

「お願いです……武蔵は死ぬ覚悟です」

えっと滝翁は驚き、水穂も荒い息をしながら顔を上げた。弾馬も眉を開いて詰め寄った。

「どういうことや。説明せえ」

「捕縛ではなく、出頭させるのが目的。故に一人で動いているのでしょう。己が嘉兵衛に敗れて死ぬことも考えた上で」

「何故そのようなことを……」

星十郎も冷静でいられず取り乱した。

「恐らくだが……」

そう前置きした上で語り始めた。武蔵が新庄藩に仕えて間もなく、明和の大火の結末を訊いてきたことがあった。源吾は狐火の正体、動機、対決、そしてその後の全てを語った。今も中帯に括りつけている鈴を見せた時、

――どちらの顔を信じればいいんでしょうね。

武蔵が物悲しそうに呟いたのが印象的であった。

「武蔵は自分の父親のことを何か言っていませんでしたか」

「火消通でよく野次馬をしていたと。手前の竜吐水をお褒め頂いていたとか……」

「他には？」

「いいえ」

武蔵の過去を知っているのは己だけである。誰にも言うまいと心に決めてい

た。しかし真実を聞き出すためには、どうしても語らねばなるまいと感じていた。

「あいつの親父、岩治《がんじ》は……罪人です。人を殺して死罪になっています」

「なんですと……」

星十郎も驚愕の事実に息を詰まらせ、弾馬はむうと唸って腕組みした。

「岩治が頻繁《ひんぱん》に火事場に来るものだから、定火消の頭取であった俺の親父も顔を覚えましてね。知らぬ仲では無かったのです。俺がようやく前髪が取れた頃の話です」

武蔵の父はその日、頼まれていた下駄を納めに出掛けた。行き先は小石川《こいしかわ》の武家であったというが、何故かさらに遠く、駒込《こまごめ》の富士《ふじ》神社で事件は起こった。岩治が侍を刺殺したのである。得物はその侍の脇差。揉み合っているうちに腰から抜いて使ったと思われた。そのような曖昧《あいまい》なことしか判っていないのには訳がある。捕らえられた岩治はお白洲に掛けられることも、小伝馬町《こでんまちょう》の牢獄に繋がれることもなく、翌日には斬首に処せられたのである。

源吾の声に応じるかのように行燈の火が揺れる。

「錯乱《さくらん》して凶行に及んだ。正気を保っておらぬため取り調べは無用。町人が武士を殺すなど言語道断。故に即座に首を落とした……それが奉行所の言い分さ」

当時十二歳の武蔵は父の帰りを一人家で待った。下駄の具合が気に入ったとかで、珍しく大量の発注を受けていたのを納めにいったのである。振る舞い酒があるかもしれねえと岩治は嬉しそうであった。それで遅くなっているものと信じて疑わなかったのである。

いつの間にか微睡《まど》み、朝目を覚ましても岩治は帰っていない。さすがにおかしいと思い始めた時、隣家の女房が血相を変えて家に飛び込んで来た。昨日岩治が侍を殺め、間もなく小塚原《こづかつぱら》で首を落とされるというのだ。

武蔵は悪い夢を見ているのかと呆然としたのも束の間、裸足で駆け出した。小石を踏んで足の裏が裂け、転んで砂塗《すなまみ》れになりながら、歯を食いしばってただ駆けた。

ようやく辿り着いて野次馬の間に身を揉みながら、最前列に出た時、周囲から悲鳴とも感嘆ともつかぬ声が湧き上がった。武蔵の眼前で父は首を落とされたのである。

「あいつは一人で食っていくため、まだ半人前の下駄職人を辞め、頼み込んで万組に入れて貰ったのさ」

　ここまで話した時、水穂の目の色が変わっていることに気が付いた。小諸屋《こもろや》のお鈴《すず》、勘九郎の娘お琳《りん》、そして妻の深雪。これまで幾度となく見てきた女が腹を括った時に見せるあの目である。

「松永様、お話があります」

「水穂！」

　滝翁が縋るように止めようとするが、水穂は迷いなく首を横に振った。

「兄は……嘉兵衛が火車となったのは私のせいです」

　滝翁は顔を背け、乾いた唇を嚙みしめた。水穂は真っすぐとこちらを見つめて続ける。

「昨年、私は男たちから辱《はずかし》めを受けました」

「そういうことでしたか……」

　水穂は途切れ途切れに話しだした。滝翁ももはや観念したかのように項垂《うなだ》れる。水穂は目に見えぬものに抗っているようにぎゅっと裾を握っている。

　昨年の秋、水穂は乙訓《おとくに》郡の村にある竜吐水の修理に出た。生憎《あいにく》滝翁、嘉兵衛ともに別の仕事が入っており、水穂しか行く者がいなかったらしい。

　その帰り、京に入った十　条《じゅうじょう》で突如三人の暴漢に襲われ、空き家の中に連れ込まれた。

水穂が帰ったのは予定の夕刻を遥《はる》かに過ぎた子の刻のことであった。髪が乱れ、衣服が汚れている水穂を見て、心配して捜していた二人は何が起こったのかをすぐに悟った。

「心配せんでええ。何もなかった。儂がそばにいる」

慟哭する水穂に対し、滝翁は力いっぱい抱きしめて繰り返した。一方の嘉兵衛は鬼の形相で歯を砕《くだ》かんばかりに嚙みしめていたという。

一月ほど経ち、水穂もようやく外に出られるようになったが、やはり一人ではまだ難しく、いつも滝翁か嘉兵衛が寄り添っていた。

その日は嘉兵衛と二人で、注文された竜吐水を納めに町に出た。往来を過ぎる人々の中に見覚えある顔を見つけ、水穂は息が止まるかと思った。実の兄妹のように育ってきた嘉兵衛が、それを見逃すはずはない。

「あいつか」

こくりと頷く水穂を隠しつつ、嘉兵衛は射るような視線で睨みつけていた。そして一人跡を尾《つ》け、それが米屋「ながも」の主人であると知れた。

すぐさま嘉兵衛は奉行所に駆け込んだ。平蔵が京都西町奉行に就任する少し前のことである。女に暴行を働く輩を見つけた。すぐに捕らえて欲しい。そう唾を飛ばす嘉兵衛に対し、奉行所の与力は冷ややかであった。

「随分と前のこと故、証拠もなければ裁くことは難しかろう。そもそも何だ……お主の妹が誘ったかも知れぬぞ」

嘉兵衛は殴りかからんとし、同心にその場で取り押さえられた。

それから暫くして、水穂がゆきずりの男を誘惑しているという噂が立った。人の口に戸は立てられぬというが、お役目で知りえたことを口外するとは何事か。嘉兵衛は額を土間に打ち付けて怒り狂い、滝翁が襟を引いて止めたという。

絡繰り一筋、酒もろくに嗜まぬ嘉兵衛が、度々家を空けるようになったのはその頃からである。水穂はというと毎夜身を壊すほどの悪夢に苛《さいな》まれ、泣き顔になった嘉兵衛に揺り起こされた。

「水穂、大丈夫か！」

「兄さん……」

「心配するな。あいつらは姿形無く消える。悪人には必ず罰が当たる。いや、消えるだけでは足りぬ……京の人々から呪われた家と指弾《しだん》されねばならん」

嘉兵衛が忽然と姿を消したのはその数日後のことだった。

「米屋の他の男は何故分かったのです」

源吾の問いに対し、それには滝翁が答えた。

「嘉兵衛は奉行所に訴え出た後、米屋の付き合いを徹底的に探ったのです。そこで、度々つるんでいる二人の男がいることを知りました」

星十郎が眉間に皺を寄せて髪を弄り始めた。源吾もこの話のおかしさに気付き始めている。滝翁らが嘘をついているということではない。数が合わないのである。

「遺体が燃えたのは米屋、八百屋、役人、錠前師……そして初めの事件、長介の妾。どの者が水穂さんに……」

星十郎は心苦しそうに尋ねた。

「米屋と八百屋が三人のうちの二人。役人は口外した奉行所の与力です」

「錠前師ではないならば、三人目は……」

「鍬太郎《くわたろう》というやくざ者……」

「豆鍬《まめくわ》か。あの悪党め」

滝翁が苦々しく言うと、弾馬が吐き捨てるように言った。鍬太郎は随分前に他国より流れ着き、京に居座ってしのいでいる無頼漢であるらしい。店火消時代、弾馬も呑む、打つ、買うの三拍子で、褒められた暮らしをしていた訳ではない。なので賭場の常連で度々目にしていたが、何事にも仁義が無く仲間内からも嫌われていたという。小兵であることから豆鍬と侮られているとも付け加えた。

「その豆鍬ってやつはどこにいる。すぐに押さえるぞ」

弾馬は駆け出そうとする源吾を手で制して首を横に振った。

「あかん」

「庇うって訳じゃねえだろうな⁉」

「ちゃうわ。お前が捕まってまう」

「どういうことだ……」

「あいつは今、六角獄舎に囚《とら》われている」

四月《よつき》程前、豆鍬は盗みで捕まった。火事場泥棒である。洛中で火事が頻発していたことで思いついたのだという。それらの火事は全て千羽一家の付け火であった。悪は悪を誘発するよい例である。平蔵が厳戒態勢を布《し》いているとも思わず、豆鍬は盗みの途中にあえなく捕縛され、六角獄舎に放り込まれた。調べると余罪が溢れるほど出てきて、調べが終わるには少なくとも一年は要するという。

「一年も待てねえ。嘉兵衛は……」

そこまで言いかけて口を噤《つぐ》んだ。公儀の探索は甘くはなく、犯行に及んだ今、一年も洛中を逃げ回れるはずがない。ましてや指揮を執るのは、江戸で雷名を轟かせた鬼の平蔵である。一月も逃げおおせればよいほうだろう。

「数日前、久しぶりに会った兄は間もなく終わる。そう申していました……」

火車に焼かれた者のうち、己へ乱暴を働いた者が含まれていることに、水穂は兄と会った後に初めて気づいたという。しかし無関係な者も含まれていることから、本当に天罰が下ったのではないかと言い聞かせてきた。

星十郎がぽつりと言った。

「やるつもりですね……」

「火車にやられた錠前師は滅法腕が良くて、獄舎の錠前も全てその男の作や」

すかさず弾馬も同意する。源吾は沈痛な面持ちの二人を交互に見て、出来得る限り落ち着いた声で言った。

「嘉兵衛は牢破りをする」

三

山鉾が行く七日である。平蔵はここが本番と洛中に出張っていたが、源吾の——のっぴきならぬことが出来《しゅったい》した。

という報せに、番方を率いる喜八郎に警戒を託して役宅へと戻ってきた。こちらも星十郎に武蔵の消息を追わせている。

「と、いう訳でございます」

源吾が昨夜起こった全てを語っている間、平蔵は腕を組んで瞑目していた。

「その嘉兵衛で間違いなかろう。六角が狙いというのも納得がゆく」

「はい。急ぎ六角獄舎に人を」

「そう上手くもゆかん」

平蔵は険しい顔のまま片目だけ開いた。

「確かに祭りの線が消えた訳ではありません。しかしせめて半数だけでも……」

平蔵は煙管を盆から取って掌に打ち付けた。

「そうではない。六角が受け入れぬであろう」

六角獄舎は奉行所ではなく、京都所司代の管轄である。だがそれだけが理由ではない。六角獄舎は牢獄という性質上、独立自治の精神が旺盛《おうせい》で、外からの干渉を酷く嫌う。それは江戸の小伝馬町牢屋敷もそうであるが、千年の京に蔓延《はびこ》る魑魅魍魎《ちみもうりょう》を封じているという自負か、六角獄舎はそれ以上であるという。

「せめて六角に通ずる道に」

「うむ、そうしよう。武蔵はどうだ？」

「いえ……まだ行方《ゆくえ》知れず」

「倅《せがれ》といい、皆勝手をするものよな。この事件には人を惑わす何かがあるようだ」

「悪とは何か……ということですな」

水穂を手籠めにした連中、お役目で知り得たことを面白おかしく言い触らした役人、それらを殺すだけで飽き足らず、一族郎党を呪いの家に落とさんとする嘉兵衛。誰もが悪には違いない。このうちの誰か一人だけでも思い止まればこのような連鎖は断ち切られた。

「そして、それにいかに向き合うかということだ」

悪に純粋なまでの憎悪を燃やす錸三郎。水穂の一件は未だ知らぬが、知ったところで嘉兵衛を赦すことはあるまい。知れば手籠めにした連中も殺さんばかりに憎むだけであろう。

武蔵が考えていることは大凡《おおよそ》解る。嘉兵衛を赦すつもりはないだろう。自ら出頭させ、事の真相を語らせるつもりなのだ。出来のよい弟子、優しい兄であった嘉兵衛。その嘉兵衛と恐ろしい火車との矛盾に、滝翁と水穂はこれからの人生、ずっと苦しむことになる。甘いとは思う反面、秀助に情けを掛けた己が偉そうに言えた筋合いではない。

平蔵は欄間《らんま》へと目をやり、煙管に刻《きざ》みを詰めつつ続けた。

「この世に生まれ落ちた時は、皆が善人だと儂は思っておる。生きていくうちに汚いものを見、知らぬうちに汚れていく。それでも多くの者は人の優しさに触れ、清らかさを取り戻すのだ」

優しさに触れられなかった孤独な者が、悪事に手を染めやすいというのは理解出来る。が、それだけではないだろう。

「嘉兵衛には滝翁殿も、水穂さんもいました。秀助も……」

腰のあたりをそっと摩ると、籠った鈴の音が聴こえた。

「これが人の厄介なところよ。優しさをくれた者が傷つけられた時、瞬時に悪に染まることも出来る。得てしてこのような者のほうが手強《てごわ》い。正義と悪の境が濁って見えておる故な」

平蔵は火箸で炭を挟むと煙管に近づけた。平蔵の煙草は薩摩産の国分《こくぶ》である。歴史が古く、十匁《もんめ》三十文もする最高級品である。源吾の嗜好《しこう》する水府《すいふ》が十二文であるから、実に倍以上の価格を誇っている。

「国分であろうが、舞留《まいどめ》、服部《はっとり》、大鹿《おおしか》、生坂《いくさか》、お主の水府。とどの詰まり煙に化ける」

「は……」

突然のことに源吾は低く相槌を打った。

「人も同じ、身分は違えども煙草の銘柄ほどのもの。最後は煙に変じて灰になる。雁首《がんくび》で燃え、吸い口で消える。この羅宇《らう》をどのように潜って生きるか。詰まるところ人生とはそのようなものではないか」

平蔵は吸い口をじっと見つめた。ちろりと煙が零れ、筋になって昇って消えた。その姿がいつになく儚《はかな》げで、源吾は妙な胸騒ぎを覚えた。

「長谷川様……」

「松永、お主の子はどのように育つであろうな」

「まだ男か女かも判りませんので何とも……」

「母親はあの綱殿だ。まさか鬼にはなるまい。立派に育て上げるであろうよ」

平蔵は呵々《かか》と大笑した。しかしそれでも胸に掛かった靄《もや》は晴れず、源吾は愛想笑いを浮かべた。


翌日の八日、しとしとと雨が降り出し、風も強くなってきた。星十郎の見立てでは野分《のわけ》が近づいているという。嘉兵衛がいかにして牢を破るつもりかは解らないが、恐らく火を用いた方法を取るであろう。ならば火の天敵である雷雨を避けるに違いなく、僅かな小康を得たことになる。

それでも平蔵は、源吾の訴えを取り入れ、六角通を始めとする獄舎に通ずる全ての道に人を配してくれた。特に獄舎の北方には二条城があり、殊更に厳しく警戒を命じた。

京都所司代はというと未だ腰が重い。故にその指揮下にある常火消も同様であった。

――二条城に危難が及ぶかもしれません。

という平蔵の注進が効いたか、申し訳程度、各家十人の火消を近隣に配することを命じただけである。

その命を無視した家があった。淀藩稲葉家である。火消を繰り出さなかったのではなく、むしろその反対で百に近い火消を六角界隈に展開させた。常火消の具体的な定員は決まっていないが、各家二百から三百ほどである。実にその半数近い人数を割いてくれたことになる。

「半数もいいのか？」

源吾が問うと、弾馬は顎髭を撫でながら片眉を上げた。この泰平のご時世、豪気の象徴である髭を蓄《たくわ》えている者は少ない。弾馬のそれは蓄えているというより、鼻の下、顎を無精で放っているといったものである。

「うちの百は他家の千にも負けへん」

野性味ある髭と対照的に、笑うと目元に出来る細かい皺が妙に可愛らしい。

「京ではお前が頼りだ」

「一斗は奢って貰わな割に合わんなあ」

弾馬は豪快に笑いつつ、最後まで軽口を飛ばしていた。

昨夜、武蔵は遂に戻らなかった。

武蔵はつい最近まで万組の頭を務め、今でも他の鳶の倍の給金が支給されている。ましてや独り身で、自由になる金は幾分ある。一月《ひとつき》や二月《ふたつき》、安宿に逗留《とうりゅう》するだけの銭は持ってきているに違いない。

——俺を頼れってんだ。

源吾は心の中で愚痴《ぐち》を零した。そんなに頼り甲斐《がい》がない頭なのか。かつての組が、辰一にそうであったように依存しろとは思わないが、それにしても水臭いと思う。

十日には星十郎の言った通りとなった。甲高《かんだか》い風切り音、地を殴りつけるような雨、まさしく野分である。水が土を抉《えぐ》る、独特の丸みを帯びた香りが洛中に漂う。

星十郎はここのところ絵図を睨みつけ、嘉兵衛の侵入経路、牢破りの法、全ての可能性を模索している。そのまま続けるように言い、源吾は蓑《みの》を借りて六角界隈の見回りに出た。流石の暴風雨に人々も祭りを諦めて戸を閉ざしている。もっともこれが宵山であったならば、強行していたかもしれない。京の者のこの祭りに掛ける想いは、他国人から見ればそれほど常軌を逸していることを今は知っている。

「長谷川様！」

野分が猛威を振るう中でも、平蔵率いる西町奉行所の面々は交代で見張りを続けている。平蔵も雨風に晒されながら獄舎の近くを見回っていた。

「松永、何しに来た！　流石に今日に火付けはあるまい。休める時に休んでおれ！」

「長谷川様が出張っておられるのに、安穏《あんのん》としておれません！」

「何だと!?　行燈が欲しいのか？」

「安穏でございます！」

突風が重なり声を掻き消してしまう。聴力の優れた己ならばともかく、常人では会話すら怪しい。雨風を手で避けながら平蔵に近づいた。

「嘉兵衛の手口は火付けと決まった訳ではない。捕方はこのような日こそ油断出来ぬ」

「しかし、長谷川様自らとは……」

「お主も一手の大将ならば解るはずだ」

このような日なのに、いや、このような日だからこそ最前線に出る。平蔵はそのような男である。故に奉行所の面々も頗《すこぶ》る士気が高い。丁度、喜八郎が奉行所からの繋ぎの者から話を聞いており、こちらに向けて風に負けじと大声で叫んだ。

「若が戻られた御様子！」

「何だと」

平蔵と源吾の声が重なり、どちらからともなく頷き合った。

現場を任せ、一度二人で連れだって役宅へと戻った。勝手口から入り、土間で蓑についた水を払う。もっともこの豪雨の中では、蓑も用をなさず衣服までぐっしょりと濡れていた。

「銕は？」

「中でお待ちです……」

平蔵の声色が重かったからか、下男は肩を窄めて答えた。濡れた着物を替えることもなく、平蔵はずんずんと屋敷の中を行く。戻りを待っていたのだろう星十郎が顔を覗かせ、源吾と二人でその後を追った。平蔵も濡れ鼠のようになっており、滴《したた》り落ちた水が畳に痕《あと》を残していた。

「どこへいっておった‼」

「は……申し訳ございません」

叱られることを覚悟していたのであろう。常に鼻息の荒い銕三郎も今回ばかりは大人しい。

「少しは成長したと思っておったが……儂の間違いであったか。何をしておった」

「火車の正体を摑みました」

「愚か者。すでに松永らが尻尾《しっぽ》を摑んでおる」

「先刻、屋敷の者から聞きました。平井利兵衛工房の嘉兵衛でございますな。ですが、真の下手人がいます」

「何だと」

鋉三郎の意外な言葉に、平蔵も眉間に深い皺を刻んでいる。

「例の男の身元が分かりました」

四条河原町の往来で生きたまま燃やされた男のことである。二本差しであったからすぐに身元は知れると思った。しかしどの家からも問い合わせはなく、こちらから聞き込んでも行方知れずになった者はいないと口を揃えて言う。

源吾は男が最後に妻を呼んだのを聞いた。夫が数日も姿を消して捜さぬ妻など果たしているだろうか。また最初に遺体を燃やされた長介の妾同様、この男も嘉兵衛に狙われる理由が見つからない。そのことが謎に拍車をかけていたが、答えは出ずにいた。

「名を阿曾《あそ》大炊少允《おおいのしょうじょう》と謂います」

銕三郎が名を告げると、源吾は眉を顰《ひそ》めた。

「源平《げんぺい》合戦みたいな大袈裟な名だな。百官名かい」

官位など大名か大旗本しか得ることが出来ない。そのため武士が官位に似せて付ける名を百官名、あるいは東百官などという。周りでは新庄藩御城使の「左門」などもそれに該当する。

銕三郎の口元に嘲りが浮かぶ。知ったような口を利く。そう顔に書いてあるようであった。

「正真正銘の従七位下。青侍《あおざむらい》だ」

「青侍……」

聞きなれない言葉であったが、星十郎が口を開く。

「公家付きの侍です」

公家の世話をする侍をそのように呼ぶらしい。内実は困窮していても官位だけは高い公家である。家人までが立派な官位を得ているらしい。銕三郎は源吾へ向き直って確かめた。

「妻がいる。そう申していたな」

「ああ。殺された男は今際《いまわ》の際《きわ》にそう呟いていた」

源吾だけが死んだ阿曾という男の側にいて言葉を聞いていた。それは皆にすでに伝えてある。

「父上が再建した今の西町奉行所ならば、身元くらいすぐに分かる。それなのに事件から六日、身元が分からないことこそおかしかった。つまりは奉行所が介入できない地に住まう者だと私は考えました」

銕三郎は早口で説明する。江戸では町奉行は寺社には踏み入ることができないが、京都町奉行は寺社奉行の役割りも兼ねているため、手続きを踏めばこれをも吟味出来る。しかし、その京都町奉行でも立ち入れない領域がある。禁裏、公家の邸宅である。銕三郎はここが怪しいと目算を立てたらしい。

平蔵は未だ不機嫌そうであるが、まずは事件を最優先に考えたか銕三郎に訊いた。

「しかし妻が名乗り出ぬのはどういうことだ」

妻がいるならば心配して届け出があってもおかしくないが、そのような申し出はなかった。

「阿曾殿は事件の十日前に離縁しています」

「どういうことだ」

誰にも話が見えてこず、源吾は必死に思考を巡らせた。

「妻の実家は西陣の商家。そこまで行って話を聞いてきた。阿曾殿は『火車を止める。お主に難が及ばぬように離縁する』と申されていたらしい」

「阿曾殿は火車の正体が嘉兵衛だと知っていたということか」

「何者かは妻には語らなかったらしいが、面識はあったようだ。恐ろしい計画が練られている。それを止めねばならぬと語っていたという」

「恐ろしい計画……」

これまでの事件のことか、それともさらに恐ろしいことが起こるというのか。源吾は喉を鳴らして話の続きを待った。

「全て終われば必ず迎えに来る。近々主家を出奔し、京で唯一信用出来る男に頼るとも言っていたらしい。故に夫が死んだことも知らず、阿曾殿の妻女は健気《けなげ》に待っていた……。そして、その男が……父上だったというのです」

平蔵は嘆息を漏らした。阿曾が火車にやられたのは、もしかすると己に会いに来ようとする途中だったのかもしれない。源吾と同じことを、平蔵もまた考えているのだろう。

——流石親子だ。

一方で源吾は感心もしている。目の付け所といい、たった五、六日でここまで調べ上げることといい、父平蔵を思わせる手腕である。

「して、真の下手人とは」

平蔵は話の続きを求めた。

「というより裏で糸を引いている。そう申したほうがよいかもしれません」

何事も単刀直入な銕三郎にしては妙にもったいぶる。

「厄介な相手ということだな」

平蔵だけが意図を察し、銕三郎は大きく頷く。やはり親子、先ほどまでの険悪さはすっかりなくなり、共に事件のことだけに集中している。

「阿曾殿の主家、土御門《つちみかど》家です」

「何だと！」

源吾が唐突に大声を上げたので、銕三郎も驚いて仰け反った。それは平蔵も同じで、何事かと目を大きくしている。星十郎の顔からみるみる血の気が引き、紙のように白く変じた。

「どうしたというのだ」

二人は星十郎にとって土御門がいかなる意味を持つ姓なのか知らない。

「星十郎。大丈夫か？」

「ええ……まさかここで土御門の名が出るとは」

「きな臭いな」

「はい。権謀術数にかけては一橋にも引けをとらない者です」

星十郎は普段は一橋を呼び捨てにするのを憚るが、その余裕もないほどに動揺していた。

「俺から話します」

源吾は了承を取ると、星十郎と土御門家の因縁《いんねん》を語り始めた。

風がより一層強く吹き始めた。それは鬼の慟哭かと思うほど大きく、雨戸は意思が宿ったか如く揺れている。このような立派な屋敷にも隙間があるのか、蠟燭の灯りが風に吹かれて妖《あや》しく揺れていた。悪もこのように人の心の隙間を狙ってくるのかもしれない。そのようなことが脳裏に浮かんでは消えた。

四

昨日は朝方まで四人で話し合った。星十郎と土御門家の因縁を、親子は良く似た神妙な顔で聴いていた。そこで平蔵が出した結論は、

「青坊主、火車、共に土御門の仕業ではないか」

と、いうことである。

そもそも平蔵はこの件とは別に土御門家に目を付けていたらしい。

「二月前、土御門家から所司代にある申し出があった」

「何と……」

星十郎は間髪容れずに食いついた。

「諸事手が足りぬ故、新たに数名召し抱えるといった内容であった」

公家の台所事情はどこも苦しい。新たに人を募《つの》るなどただごとではない。

「わざわざ告げてきたので？」

星十郎は髪を指で挟みつつ訊いた。

「人の出入りがあれば目立つ。余計な詮索をさせぬためであろう」

「所司代はまさか許したので？」

源吾の問いに、平蔵は苦々しい表情で頷いた。

「そのまさかよ」

幕府は禁中並公家諸法度《はっと》において、公家の言動を厳しく規制しており、このような要求のほとんどが所司代により却下《きやっか》される。しかし土御門家だけは少し勝手が違った。暦《こよみ》の編纂《へんさん》という切り札を持っているのである。

たかが暦と馬鹿には出来ない。暦をわざとずらすことで、作付けから刈り取りの時期までも変わってくる。意図的に不作になるように仕向け、飢饉を引き起こすことも不可能ではない。まさかそこまでの大それたことはすまいが、このような理由で幕府も必要以上に刺激することを恐れていた。

長年、幕府と朝廷は暦の主導権をどちらが握るかで激しく争っている。暦は代々、朝廷の陰陽寮《おんみようりよう》が編《あ》んでいた。それを束《たば》ねる家こそ安倍晴明《あべのせいめい》の血を引く土御門家である。当代は泰邦《やすくに》と謂い、すっかり牙を抜かれた朝廷にあって、幕府に激しい対抗心を持っていた。権謀術数に長け、齢六十三を重ねた今でもなお生臭いまでの闘志を剝き出しにしている。

その暦であるが、時を経るごとに誤差が激しくなり、各地の作付けにも影響が出るようになっていった。

しかしそれでも幕府に殆どの利権を奪われ、唯一残った権益ともいってよい暦の編纂だけは泰邦も易々と手放そうとしない。そこで幕府は泰邦の父・泰福《やすとみ》の門下であった渋川春海《しぶかわはるみ》と謂う天文の偉才を引き抜いた。春海は暦を人に役立てねばならぬという考えの持ち主で、政争の道具として扱う土御門家に怒りを感じ始めていたのだ。

春海は従来の暦の矛盾点《むじゅんてん》を突き、ついに朝廷から編纂権を奪い取り、正しい暦を世に広めた。しかし春海亡き後、土御門家の執拗《しつよう》な逆襲により再度その権益は奪われ、幕府は再々奪取に臨むことになっていた。

その幕府側の責任者の一人が、今では源吾も知遇《ちぐう》を得ている山路連貝軒である。山路は己だけでは土御門を破れぬと考え、一人の天才天文学者を招聘《しょうへい》しようとした。それが三代目天文方・渋川敬尹《ひろただ》の庶長子、加持孫一《まごいち》である。

孫一は己の天文学を世の役に立てたいと考え、野に下って火消になるという、他の学者から見れば酔狂ともいえる行動を取っていた。そして加わった先が当時の源吾率いる定火消松平隼人家だったのである。

孫一は風読みとして大いに源吾を助けたが、人の営《いとな》みを守る暦を取り返すためという山路の想いを受け、火消を辞して京に向かうことを決意する。しかし孫一は京に辿り着くことはなかった。

道中、中山道守山宿《なかせんどうもりやましゆく》で火災に巻き込まれ、逃げ遅れた人々を救うため単身で火の海と化した宿場に戻って散ったのである。

そのたった一人の忘れ形見こそ加持星十郎であり、新庄藩火消となった今も父の悲願は達したいと願っている。

晴天の下、二人は六角界隈を見回った。奉行所、火消と厳戒態勢が布かれ、行き交う人々は何故これほどまでに出張っているのかと怪訝そうに振り返る。獄舎に近いからか、誰か脱獄したのではないかと敏《さと》く訊いてくる者までいた。

「仮に土御門が黒幕、あるいは支援しているとすれば、やつらに何か利があることと。暦に関係するのでしょうか……」

星十郎は前髪をくるりと捻って言った。

「前回京に来た時はどうだった？」

今年の睦月、星十郎は山路の要請を受けて一度京に来ている。平蔵の抱えていた青坊主事件を手伝ったのは、いわばそのついでであった。

「その時は、箒星《ほうきぼし》の論争でした」

「箒星ってのは、若い頃に見たあれか?」

長い尾を引いて天を横断する星をそのように呼ぶ。数十年に一度現れるとあって、その時々に生きる人々を騒がせてきた。

「そう。前回は十四年前の宝暦《ほうれき》九年(一七五九)。翌々年に前《さき》の将軍が身罷《みまか》られたことで、これが凶事を呼び込んだと信じている者も少なからずいます」

星十郎は少し溜め息交じりに言った。この稀代の天文学者から言わせれば、箒星はただの天体現象であって、それ以上でもそれ以下でも無いという。

「それを土御門は何だって」

源吾は喧騒《けんそう》の中に不審な音が無いか、耳を傾けつつ訊いた。

「泰邦は来年にも再び箒星が近づく。それが因《もと》で疫病《えきびょう》が蔓延《まんえん》、国中が混乱の坩堝と化す。恩赦《おんしゃ》を出せばそれを免れると言い触らしていました」

泰邦とて天文学者の端くれで、箒星と凶事に相関関係がないことは百も承知である。それでもそのように主張するのは、朝廷唯一ともいえる権利の乱用、幕府への嫌がらせであろう。すでに門下を使い世間に吹聴《ふいちょう》しており、何も知らぬ民は恐々としていた。

山路は真っ向から否定した。箒星は天の現象の一つであり、人の世に吉凶をもたらさないこと。そもそも前回からまだ十四年で、次は当分先であるということ。

「ならば山路殿は幾年幾月後と見らっしゃる」

泰邦は寒気が走るほどの猫撫で声で答えを求めた。

「それは……おおよそ七十五年毎でござる」

山路は少し詰まりながら答えたが、泰邦は厚い化粧《けしょう》を施した頰を歪めて笑った。

「山路殿は耳が遠いのか。幾年、幾月。そう訊いておるのじゃ」

底意地悪く難題を出す泰邦に追い詰められ、山路は猶予を願って一度引き下がった。十日ほど時を欲しいと申し出たが、それも僅か三日にまで縮められた。

星十郎は土御門との論争の場に同席できる身分ではない。山路は宿にて待たせていた星十郎に援《たす》けを求めた。

「舐《な》めやがって」

星十郎は嘲りを含んだ笑みを見せた。

「お主、そのように口汚かったか」

山路も思わず苦笑してしまっている。いかなることにも平静を保つ星十郎であるが、こと土御門絡みとなれば感情を上手く御しきれない。

「これでも粗暴な鳶ですので」

山路は忘れていたといったようにぽんと手を叩く。

「儂は死んだ」

「え……」

唐突な一言に、流石の星十郎も意味を解しかねた。

「公儀にはもう二度と『負け』は許されぬ」

山路の表情が険しくなった。遡れば、暦を土御門に奪われて以来、幕府は連戦連敗を重ねている。此度も土御門はいかなる謀略を仕掛けてくるか分からない。また負けることがあろうものならば、土御門はここぞとばかりに自らの勝ちを吹聴するだろう。万が一そうなった時、幕府は、

――山路はすでに死にましたが、夢でも見られたか。

と、嘯《うそぶ》くことになっているというのだ。

「面子のために、公儀は山路様にそのようなことまで……」

星十郎は公儀に憤ったが、山路はゆっくりと首を横に振った。

「心得違いをしておる。儂が自ら願い出たのだ」

「何故……」

「儂の幕臣としての誇りよ。これ以上公儀の顔に泥を塗る訳にはいかぬ」

星十郎とて一時期御徒士《おかち》であったが、そのような考えは少しもなかった。山路は不役の小普請《こぶしん》組を経て幕府天文方に取り立てられた。その恩義を強く感じているのだろう。

「まさか己の葬儀を取り仕切るとは思わなんだがな」

山路は苦笑しつつこめかみを指で掻いた。

「負けられませんな」

星十郎が強く言うと、山路は二度三度頷いてみせた。

「話を戻そう」

「山路様は次の箒星出現はいつとお思いか」

顎に手を添え、山路は俯き加減で考えた。

「おおよそ七十五年毎とは判る。しかし細かい数字となると……」

「アレクシス・クロード・クレローという仏国の天文学者がおり、その者の教本を近頃手に入れました。そこから計算するに今より丸六十三年と九月ほど先と見ます。理論を書き記しますので論争の場にお持ち下さい」

星十郎は紙に筆を走らせ、夜を徹して山路に説明した。それにより泰邦は完膚《かんぷ》無き迄《まで》に論破され、苦虫を嚙み潰したような顔で押し黙ったという。

「ざまあねえな」

源吾は顎を指で掻きながら吐き捨てた。

「ええ」

「しかし、その土御門が一枚嚙んでくるとはな」

「土御門家の天文は、幕府のものより劣《おと》ります。しかし盤外の謀略により暦を取り戻されました」

土御門は論争で勝てぬと見るや、あの手この手で相手を貶《おとし》めてくる。かつて渋川家の正統な後継者であった星十郎の叔父も、年単位での持久戦に持ち込まれ、精神が病むまでに追い込まれた。

「青坊主、火車……洛中を不安にさせてどうする気だ」

源吾の言葉に応答は無かった。横を見ると星十郎がはっとして髪を鷲摑みにし、ぶつぶつと独り言を零している。

「そうか……何故今まで気づかなかったか。御頭と話していて奴らの狙いが判りました……」

激しく思考が回転しているのだろう。源吾は無用に相槌を打たずに続きを待った。

「恩赦……いや、囚人の解放が土御門の狙いです」

箒星論争の時も土御門が求めたのは恩赦であった。六十年以上も先に現れる箒星を、来年にも来ると予言するなど、いくら土御門といえども無理筋だと思っていた。それが簡単に打ち破られ、土御門は別の方法で恩赦を成し遂《と》げようとしている。世情の不安を煽るということである。そこで遺体が燃えるという怪異を引き起こしたのだろう。

これがあながち馬鹿には出来ない。つい最近も明和の大火による世情不安を払拭《ふっしょく》するため、安永に改元されて恩赦が出されたのである。これにより江戸払いであった辰一も、罪を減じられて舞い戻ることが出来た。

とはいえ、恩赦を引き出すのは簡単ではない。遺体発火だけではまだ弱いとみて、京の人々の心の拠り所である祇園祭、それも最も華やぐ宵山を狙ったという訳だ。

そこまで聞いて源吾にも疑問が持ち上がった。つい最近恩赦が出たばかりであるのに、何故今一度求めるかということである。それに対しても星十郎は推理を終えていた。

「安永元年以降に罪を犯し、恩赦を受けられなかった者。無理筋を通してまで恩赦を急がねばならぬ者。あるいは元年以前から牢におり、罪一等を減じられても未だ相当な罪の者」

「つまり……」

「殺し、押し込み、火付け……一等凶悪な者ということです」

昨日までの雨風が嘘のように燦々《さんさん》と陽が降り注いでいる。襦袢《じゆばん》に汗が染みている己と違い、星十郎の顔には汗の珠《たま》一つ浮かんでいない。その目を見てはっとする。初めて会った時のような、底が見えぬほどの冷たい目をしていた。この事件、やはり人を惑わす何かがある。そう思わずにはいられなかった。

銕三郎が大量の会赦帳を抱えて入ってきた。ここ十年、大罪を犯した者の記録、罪人を洗い出すことを平蔵に命じられたのである。

「これで全てだ」

どさりと畳の上に置くと、憮然《ぶぜん》とした態度で言った。

「すっかり気落ちしているもんだと思っていたぜ」

「うるせえ」

鋏三郎自身も音を立てて座る。

鋏三郎はあの後もこっぴどく平蔵に叱られた。しかし厳密にいえば平蔵の配下ではないため、表立っての罰は受けていない。あくまで奉行の若様が独自に事件を探っていただけである。それにこれほどの緊急事態、平蔵は猫の手も借りたいのが本音であろう。

「それにしてもよく土御門の青侍だと判ったな」

「ふん」

鼻息を荒く吐きながら、鋏三郎はそっぽを向いて呟いた。

「六百九」

「ん？」

「六百九人に訊き込んだ」

鋏三郎は文書《もんじょ》を広げつつ言った。

「一人でか？」

「ああ」

五日ということを考えれば、恐るべき数といえよう。それ以上に、鋏三郎がそのような地道な探索をすることに驚きを隠せない。

「へえ……」

「探索はまずは足で。父上の持論だ」

奔放な鉄三郎であるが、父平蔵に対してだけは畏敬《いけい》の念を抱いていることが見てとれる。源吾、星十郎も加わり三人で文書に目を通し始める。紙面に視線を落としつつ鉄三郎が言った。

「絡繰り師の女が襲われたことが発端《ほったん》らしいな」

「ああ、そうだ」

「憤怒する嘉兵衛を、土御門が目敏《めざと》く見つけ、罪人の解き放ちに利用しているということか」

これに対しては星十郎が淀みなく答える。

「高価な亜麻仁油を大量に使っていること。町の方々にそれを仕込めたこと。そのどちらも嘉兵衛一人では難しい」

確かにあれだけ広範囲の仕掛けを、嘉兵衛のみで成し遂げたのは不自然である。星十郎は紙を捲る調子に合わせたかのように、さらに語り続ける。

「遺体を燃やそうと思ったのも、その家が呪われていると思わせるだけではないのかもしれません」

「と、言うと？」

源吾は手を止めて顔を覗き込んだ。

「長谷川様は腑分けを探索に用いられる」

人を解剖する腑分け。これを禁忌とする風潮が強い中、平蔵は重要な手掛かりを得られると、ここぞというときには用いる。その第一人者の小浜藩の杉田玄白などは、平蔵の良き協力者であるらしい。

「『ながも』や『小松屋』の主たちは病だと思われていましたが、恐らく毒を用いて殺されたと見るべきです」

星十郎が断言すると、鋏三郎も顔を上げた。

「腑分けは葬儀の前に行う。葬儀で燃やして証拠を滅しても意味がないだろう？」

「遺体が燃えたことに意識を奪われ、他殺など誰も考えませんでした。これが狙いだと思います。さらに後に気付いたとて、墓を掘り起こしても骨しかありません」

なるほどと鋏三郎も感心している。しかし源吾は星十郎の声が無機質であることのほうが気になっていた。
二刻（四時間）に亘って念入りに文書を調べ終えた。
「特筆すべき大悪人で、今獄舎にいる者は四人」
銕三郎は書き写した紙を三人の中央にひらりと置いた。

菓子職人六兵衛《ろくべえ》。越前《えちぜん》の産。齢三十一。自らが奉公する菓子屋「伊佐《いさ》」の主人に恨みを持ち、売り物の菓子に毒を混ぜる。十一人が死に、七人が寝たきりになる。安永元年神無月《かんなづき》に入獄。

鼬《いたち》の万吉《まんきち》。山城の産。齢四十五。火付け押し込みを行う千羽一家の嘗役《なめ》。万吉を捕縛するも、千羽一家は大坂へ逃れる。安永二年如月《きさらぎ》に入獄。

首狩り京史郎《きょうしろう》。名は檜谷《ひのきや》京史郎。江戸の産。齢二十六。元丹波篠山《ささやま》藩江戸詰め。明和七年から安永元年にかけて江戸、東海道、洛中で十九人を辻斬り。安永元年霜月《しもつき》に入獄。

「どいつもこいつも極悪人さ」

銕三郎は吐き捨てるように言ったが、源吾の意識は最後の男に奪われている。

「こいつは……まさか……」

「野狂《やきょう》か」

銕三郎が目を通した文書にあったので、今初めて気が付いた。


　野狂惟兼《これかね》。本名、鷹司《たかつかさ》惟兼。齢八十一。前《さき》の関白、鷹司兼熙《かねひろ》の庶子。自らを小野篁《おののたかむら》の生まれ変わりと称し「野狂」を名乗る。宝永《ほうえい》五年（一七〇八）に火付け。


「宝永の大火だと……俺のひい爺さんの頃だ」

絶句する源吾に、銕三郎も苦々しく答える。

「父上も京に来て初めて知った。奴が獄舎にいることを市井《しせい》の誰も知らぬ」

「当たり前だ。もう六十……」

「六十五年前の話です」

星十郎が横から正確に答えた。

宝永五年弥生《やよい》（三月）、京の油小路《あぶらのこうじ》通三条《さんじょう》上るところにあった両替屋伊勢谷《いせや》市兵衛《いちべえ》宅より火が出た。火は瞬く間に風に煽られて禁裏御所、仙洞《せんとう》御所、女院《にょいん》御所、東宮《とうぐう》御所、九条《くじょう》家、鷹司家などの公家屋敷を呑み込み、さらに進撃を続けた。

火勢は止まることなく、油小路通、今出川《いまでがわ》通、河原町通、錦小路《にしきこうじ》に囲まれた四百十七町、一万三百五十一軒、佛光寺、下鴨《しもがも》神社などの諸寺社が悉く《ことごと》灰燼と化した。

火消をしていて知らぬ者のない大火であるが、この火事の後に奇妙なことがあった。

見渡せば京も田舎となりにけり芦《あし》の仮屋の春の夕暮

と、書かれた落首が市中のあちこちに貼られたという。これを京の人々は妖の仕業と噂したと聞いている。

「これがこの惟兼の仕業……」

「当時は十六。四年後の正徳《しょうとく》二年（一七一二）に自ら出頭した」

記録に依れば、惟兼は供もつれず、昼下がりに散歩でもするかのようにふらりと奉行所を訪ねてきた。そして、己が火を付けて京を焼いたと自供した。その自供内容は下手人しか知らぬものが多数含まれており、慌てて捕まえた、というわけだ。

「四年後に急に出頭したのも不可思議ですが、六十一年もの間、なぜ刑が執行されないのです」

星十郎の言う通りである。取り調べに難航したとしても大概は二、三年のうちに刑は定まる。火付けの刑と言えば、火炙りと相場が決まっていた。

「野狂は人の心を見透《みす》かして嗤《わら》う。それはまるで覚《さとり》の如く正確。その不気味さに取り調べた与力、同心、果ては奉行まで、心を病んでしまうほどであったらしい」

覚とは飛驒《ひだ》の山奥に住まうと伝わる妖怪で、人の心を覗くことが出来るとの言い伝えがある。

「とはいえ、それだけで刑を免れるか？」

源吾は食い下がったが、銕三郎は首を振る。

「それだけではない。鷹司家から申し出があった」

惟兼は己の血族である鷹司家まで焼き払っている。その鷹司家から助命されるとはどういう訳か。

「刑を下せば、他の公家、ひいては帝にも露見する。と、いう訳ですか」

星十郎の予想に銕三郎は頷いた。

鷹司家は関白になりうる家格。庶子とはいえ惟兼が禁裏を焼いたと分かれば、出世は未来永劫《えいごう》望めず、例こそまだ無いものの、公家の身分を剝奪《はくだつ》されてもおかしくない。鷹司家は毎年相応の金品を奉行に送ること。そして他の公家の動向を逐一幕府に報じることを条件に、惟兼を闇に葬《ほうむ》って欲しいと頼み込んだ。

小野篁は地獄と現世を行き来したということで野狂と呼ばれた。その生まれ変わりを自称する惟兼は、己を斬ればすぐに地獄から迎えがくると嘯《うそぶ》く。

頼まれた奉行としても、怪人の惟兼を斬ることを恐れた。数年もすれば新しい奉行が来るので、棚上げしてそちらに託した。託された奉行もまた己に厄災《やくさい》が降ることを恐れ、次へとまた託す。これが実に六十一年にも亘って繰り返されてきたというのだ。

「父上はこの負の連鎖を止めるべく、自分が任にある内に野狂を斬る決断をされていた」

源吾は背筋に冷たいものを感じて身震いした。野狂惟兼の不気味さだけではない。どこかをつつけば、鬼や蛇が出《い》で来る、この千年の京の伏魔殿《ふくまでん》ぶりに慄《おのの》いていた。それを振り払うように源吾は仕切り直す。

「話を戻そう……土御門が誰を欲しているか解らねえ。それ以外の者かもしれねえし、あるいは全員ということも考えられる。どちらにせよ特にその連中は逃がしちゃならねえ」

「嘉兵衛が来る前に斬ってしまうべきだ」

銕三郎は唇を嚙みしめた。その凶悪な者たちだけでなく、水穂を犯したという豆鍬も含めてただちに斬首すべきであると、ここに来る前に平蔵に進言したらしい。しかし平蔵は、

「それだけはならぬ」

と一蹴し、取りつく島も無かったという。

源吾もそれは同じ思いである。それが罷り通ってしまえば、悪を為す者と同じに落ちてしまう。ただ世の人にどちらが正しいかと問えば、銕三郎を支持する者のほうが多いのではないか。そのようにも思えるのだ。

日々を真面目に生きている者にとって、突然不幸を振りまく悪人らは、火事や

地震の天災と等しいものなのかもしれない。ただ違うことがあるとすれば、身に降りかかったのちに憎む対象がはきとしていることだろう。故に憤り、苦しみ、惑わされる。武蔵も銕三郎も、また嘉兵衛もそうなのだ。そう考えれば己の考えが正しいと胸を張れるほどの自信は無かった。

五

失跡から三日経ち、五日経っても武蔵は戻らなかった。万が一のことはあるまいが、すでに嘉兵衛に接触して、敗れたのではあるまいかと、源吾も心配になり始めた。

武蔵の安否を意外なところから聞いた。

「武蔵さん、商いでも始めはったんですか？」

江戸の深雪からの手紙を、自らわざわざ届けてくれた彦右衛門の第一声がそれであった。

「武蔵を見たのですか⁉」

源吾が血相を変えたので、彦右衛門もただごとではないとすぐに悟ったようだ。

「私が見た訳やなく、うちの丁稚《でっち》が今出川ですれ違ったと。大きな行李を背負ってはったようです」

「身形は？」

「おかしいと思って詳しく訊いといてよかった」

彦右衛門は何か奇異なものを感じ、予《あらかじ》め丁稚から詳しく様子を聞いていた。月代や髭も手入れされており、衣服も整っていた。つまり野宿している訳ではなく、どこかに逗留しているのだろう。それだけでも軽く安堵した。

「何がありました」

彦右衛門が声を落として尋ねてきて、源吾はこれまでの経緯を話した。

「俺を頼って、力を貸してくれと言えばいいものを……」

源吾の愚痴に対し、彦右衛門は少し首を捻った。

「新庄藩と松永様の今のお立場を慮ったのでは？」

「どういうことで……？」

「憚りながら……新庄藩は幕府の覚えがめでたいとは言えません。田沼様一人が贔屓《ひいき》にしておられるという状況です。下手人を捕らえて出頭を促し、万が一取り逃がしたとあれば、ここぞとばかりに咎められる」

彦右衛門は飛ぶ鳥を落とす勢いの大店の主人らしく、鋭い洞察力を持っている。彦右衛門は目を細めつつ続けた。

「ましてや松永様は新参で、一度狐火に情けを掛けておられる。あの時は出頭にも近い幕引きで事なきを得ましたが、此度も同じようになる保証はございません」

まさしくその通りである。それは己も感じていたことであり、

――田沼様にも長谷川様にも迷惑を掛けちまう。御家老もそうです。今は昔のような勝手気儘は出来ねえ。

と、武蔵の目の前で発言していたことを思い出した。武蔵は己を頼らないのではなく、新庄藩の立場を想って頼りたくとも頼れないのだ。

――俺はどうすればいい……。

そう考えた次の瞬間、彦右衛門はにこりと笑って袱紗から文を取り出した。

「ここに答えがあるのでは？」

「何故……」

「勿論、勝手に読むような無粋《ぶすい》な真似はしていません。しかしそんな気がするん

ですわ」

深雪からの文である。文を書くと息巻いていたと聞くわりに、存外薄いことに気が付いた。

「俺は……」

煮え切らぬ態度と見たか、彦右衛門は顔を引き締めた。

「松永様、何眠たい面《つら》してるんや。しっかりしい」

初めて見る彦右衛門の厳しい表情と言葉に、源吾は何も返せなかった。

「京が伏魔殿なら、そこに首突っ込んでちまちましてるような、繊細な御人やないやろ」

「確かに」

苦笑すると、再び彦右衛門は穏やかな顔つきになった。

「全部ぶち壊してやって下さいな」

「ありがとうございます」

源吾は頭を下げつつ文を受け取った。武士が町人に頭を垂れる。借金をしていても不遜《ふそん》な者が多い中、傍から見れば珍妙な光景であろう。

「あんたは私を負かした御方や。そうやなくては納得出来ひん。ああ、羨《うらや》まし」

彦右衛門はぺろりと舌を出しながら一揖《いちゆう》すると、身を翻して帰っていく。友禅《ゆうぜん》の紬《つむぎ》に西陣の帯。よく見れば豪華なものであるはずなのに、それをさりげなくしてしまう洒落人ぶりであった。

手に握られた文を開く。そこには見慣れた優しい水茎《みずぐき》が並んでいた。

旦那様、お変わりありませんか。私は達者で過ごしております。小屋で商いを再開した小谷屋《こたにや》の干《ほ》し芋《いも》を、一度に十九切れも食べるほど達者です。

新之助さんは、旦那様がいないと大変だ、京が羨ましいと愚痴を零しに毎日訪ねて来て迷惑しています。あれはあれで独り居の私を気遣ってくれているのだと、言い聞かせて我慢《がまん》しておりますが、そのうちに追い払ってやろうと思案しています。

寅次郎さんは真面目。辰一さんに一本取られたのが悔しかったようで、日々さらに修練に精を出しておられます。

反対に彦弥さんは、茶道、華道、剣道というのだから、女道があってもいいんじゃねえか。などと馬鹿なことを口走っており、たっぷりとお説教をしておきました。

折下様も御連枝様を支えて、お役目が大層お忙しいご様子。それでも三日に一度は顔を見に来て下さいます。将来新庄藩を背負ってたつ御方。このあたり塩梅《あんばい》を心得ておられるところが、新之助さんと違うところなのだと改めて思います。

京では慣れぬことも多く、お役目にご苦労されていると思います。しかし旦那様はいかなる地でも、いかなる人にも、ありのままの自分でおられればよいのです。そのような旦那様が必要だから、長谷川様もお招き下さったはずです。

さて、旦那様は今心細いのではありませんか。きっとそのはず。ほら、そうと認めてしまいなさい。私も心細いですが、折下様、寅次郎さん、彦弥さん、鳶の皆さま、小谷屋の干し芋、新之助さんに支えられて、日々を過ごしています。

旦那様も星十郎さん、武蔵さんを頼りにし、お役目を全うなさって下さい。私はいつも旦那様の無事を祈っております。悪い奴らをみんな呑み込んで下さい。また便りを送ります。

「へ……新之助は干し芋より下かよ」

源吾は苦笑しながら文を折り畳んだ。彦右衛門の言う通りであった。深雪は今の状況を少しも知らない。それなのに遠く離れていても、見事なほど己の心を見透かしている。しかもこの文は五日以上前に書かれたもののはずであった。

気丈に振る舞うかと思いきや、深雪は心細いと言う。同じように思う己を慮ったものか、それとも仲間がいるということを強調したいのか、ともかくそう言ってくれたほうが今の源吾は救われた。

「喰ってやる」

源吾は文を懐に捻じ込むと、東の方角を見つめた。東山《ひがしやま》と呼ぶらしい山々が、天を遮らんと聳《そび》えているかのように見えた。それでもどこまでも青い夏空は、それらを物ともせず遥か先へと延びていた。ぷかりと浮かんだ雲が二つ。源吾は幾ら小さくとも、三つめがないかと目を凝らした。

第六章　京都怪炎

一

今日か、それとも明日か。そのような緊迫した日々が流れた。平蔵をはじめとする奉行所の面々、弾馬率いる淀藩常火消、そして武蔵のこともある源吾らは疲れを感じ始めていた。

火付けを含む悪事というものは、仕掛ける側が有利で、それがいつか来ると分かっていても守る側が圧倒的に不利である。一日一日を緊迫して過ごさねばならぬし、下手人が取りうる可能性のある無数の方策に備えなくてはならない。対処すればするほど、新たな穴を見つけて埋める。時がたてば疲弊《ひへい》し、気にも緩みが生じて来る。下手人はその頃を狙うと見て、再び気合いを入れ直すが、いつまでも士気を保つのは至難の業であった。この繰り返しが十日以上続いた。

水無月二十二日、一月《ひとつき》に亘って行われていた祇園祭が終わりを告げた。事態が動いたのは、祭りの香りがまだ残る戌の刻（午後八時）のことであった。町方火消の鐘が鳴り響いたのである。

「来たか」

眠れずに目を瞑っていた源吾はすぐさま布団から飛び起きた。毎日、火消装束のまま床《とこ》についており、羽織を着るだけで即座に出ることが出来る。同じく眠れなかったのだろう。星十郎もすぐさま起き上がって、羽織の袖に腕を通した。

六角へ向かう間、星十郎は息を弾ませながら言った。

「やはり六角ではないですね」

特別耳が良いわけではない星十郎でも気付いている。

今宵、源吾の聴覚は冴《さ》えわたっていた。薄く作られているのだろうか、江戸の半鐘に比べ京の鐘はやや音が高いことまで把握出来ている。

「東に一里。お前の言う通りだな」

「こう来るしか方法はありません」

星十郎はこれを先読みしていた。嘉兵衛の狙いはあくまで六角獄舎。そしてそこに囚われている豆鍬というやくざ者である。奉行所と火消に固められていては襲撃もままならず、まずはそれを排除しに来ると予想した。

嘉兵衛の脅威は二つ。極蜃舞を改造した火を噴く得物、そして亜麻仁油による自然発火。後者で京のあちこちに小火を起こし、六角近辺から守りを剝がしにくると見ていた。

「これは……」

「思いのほか多い」

尋常ではない。洛中のあちこちから一つ、また一つと半鐘が鳴り始め、十、二十を超えても増え続けている。京の町が半鐘の音に包まれたといっても過言ではない。こうなれば人々はどの半鐘に耳を傾けてよいのかも解らず、逃げる方向も定まらないだろう。

「亜麻仁油の発火は、初動で叩けば楽に消えることは先日の通り。淀藩に期待しましょう」

弾馬は淀藩常火消の半数を獄舎に張り付け、残る百名を二人一組にして洛中の辻々に配置してくれている。皆が手桶を準備しており、最も近い者が小火を叩くという訳である。

「松永！」

道を馬で疾駆する平蔵の姿が目に飛び込んできた。交代で休むと決めながらも、平蔵は暇さえあれば近隣を見回っている。

「思ったよりも多いです。獄舎は？」

「そのようだ。石川、銕三郎が周囲を固めている」

六角獄舎の半里四方を固めている。平蔵は獄舎に人を入れられるように所司代に申し出たが、やはり却下《きゃっか》された。そのような事態ならば、与力同心の中に手引きする者がいるとも限らないと言うのである。我が配下にそのような輩はいないと平蔵は熱弁を振るったが、所司代の対応は終始けんもほろろであった。

「次の一手は解ったか」

「いえ……」

源吾の問いに、星十郎は息を切らしつつ首を振った。警護を分散させるように仕掛けてくることは読めたが、その先となると選択肢は無数にあり、星十郎でも今日まで絞り込めずにいた。

「この数相手に一人で突入してくるほど愚かではあるまい」

平蔵は手綱を締めて周囲を見渡す。あちらこちらで奉行所の者が見回っている。獄舎に続く道には夜は逆茂木《さかもぎ》も設置しており、臨時の関所の態を成していた。獄舎は三町（約三三〇メートル）先、ここまでしか陣を布くことを許されていない。

その奉行所の陣に一人の獄吏《ごくり》の姿があった。獄吏は平蔵を見つけると大声で尋ねた。

「いよいよでございますか」

「洛中のあちこちで火が出ておる。獄舎に入れよ」

「それはなりませぬ。まだ当方で火が出た訳ではございません」

獄吏は問いに来ただけでなく、監視と牽制を言い含められているのだろう。

「何を悠長な……」

平蔵の顔に怒気が走った。その時である。源吾の耳は、人ならぬものの声を捉えた。

「朝と間違ったか」

「朝？」

源吾の呟きに平蔵が首を捻る。

「獄舎で鶏が喚いています。朝が来たと勘違いしているのでしょう」

洛中で起こった小火は、一つ一つは小さくともその数は多い。方々で茫と闇を払い、天をも薄っすらと染めている。

「まさか……」

星十郎が顔を青くした。

「獄舎は鶏や犬を飼うもの。何もおかしくはありません」

侵入、あるいは脱獄の妨《さまた》げになると、獄舎では鶏や犬が多数飼育されている。

そう、獄吏は即座に弁明をした。

「違います！　鶏の餌《えさ》はどこから⁉」

「餌……それは……出入りの商人から……」

「近く変わったことは⁉」

「そう言えば……今日はいつもの男が病とかで違う者が……」

鳴き声は増える一方で、もはや源吾以外の耳にも届いており、周囲にいる与力や同心も一様に獄舎へと視線を送っている。声は鶏だけではない。中には人の怒号も混じっていることが分かった。

「餌に亜麻仁油を」

「胃の腑で燃えるのか⁉」

源吾は吃驚して星十郎に迫った。

「解《ほぐ》した綿に亜麻仁油を染み込ませ、さらに硫黄《いおう》などを混ぜ丸薬のように。それを啄《ついば》ませたに違いありません」

星十郎が言い切るが、尚も獄吏は食い下がった。

「餌は受け取るだけ。鶏舎には鍵が掛かっています！」

「奴らは錠前師を殺しておる……」

平蔵はぼそりと言うと、続いて大きく息を吸った。

「獄舎へ向かうぞ！　続け！」

高らかに吼えると、馬腹を蹴って六角獄舎へと馬を駆った。配下の誰もが迷いなく平蔵に続いて走り出す。

「長谷川様！　所司代が！」

獄吏の呼びかけに、平蔵は振り返ることなく答えた。

「儂が責を負う！」

平蔵の指示は瞬く間に伝播《でんぱ》していき、獄舎の四方八方に満ち溢れていた与力、同心、火消が一斉に動き出す。天から見下ろしたならば、無数の黒点が一所《ひとところ》に吸い込まれるように見えるであろう。源吾は離されんと平蔵の後を追う。鈍足の星十郎も歯を食いしばって何とか追い縋った。

二つの辻を折れたところで、同じく獄舎へ向かう弾馬と鉢合わせた。

「源吾！」

「弾馬！」

　いつの間にか弾馬は名で呼ぶ。こちらも自然とそう呼ぶ。共に火消だからか、それとも境遇が似ているからか、ただそれだけで互いの意思が通じ合った。小難しいことは我らにはどうでもよい。ただ、

——火を消す。

という一点で獄舎を目指す。

獄舎の正門に辿り着くと、丁度駆け付けた銕三郎と喜八郎も合流した。

「父上！」

銕三郎の呼びかけに答えず、平蔵は馬から降りると、正門に立ちはだかる獄吏の前に進み出た。獄吏は二、三人ではない。このような事態を想定してか十数名が六尺棒を持って警護に当たっていた。平蔵の背後に控える与力同心、火消たち、そして源吾と星十郎。阻まんとする獄吏たち。睨み合う恰好となった。

「京都西町奉行、長谷川平蔵。のっぴきならぬ事態とお見受けする。合力《ごうりき》致す！」

「なりませんぞ！　何人《なんぴと》たりとも入れてはならぬと所司代様からお達しを受けて

います！」

「この期《ご》に及んで何を……あれが見えぬか！」

平蔵はぐるりと獄舎を囲む塀の上を指揮棒で指した。鶏が羽ばたいて一瞬視界に入り、また塀の下へと消えていく。これが一羽でなく、間断なく繰り返し見えた。どの鶏も断末魔の喘《あえ》ぎを発し、躰を炎に包んでいる。まるで火の玉が獄舎で遊んでいるかのようである。先ほどの獄吏がようやく追いつき、平蔵らと同輩らの間に躰を捩じ込んでくる。

「門を固めるが我らが使命」

獄吏は身を震わせている。皆が地に根を張っているように動こうとしなかった。幕府には数多くの役人がおり、お役目に従順な者も多い。獄吏はその最たるものである。いかなる誘惑や脅しにも屈してはならぬと叩きこまれている。

「皆焼け死ぬぞ！」

平蔵の悲痛な訴えに、別の獄吏が口走った。

「そうはなりません」

「切り放ってくれるか⁉」

切り放ちとは火事の時に囚人を一時解放することをいう。鎮火後三日の内に戻れば罪を減じるが、戻らねばいかなる軽微な罪の者でも斬首するというものである。ただこれは江戸の場合だけで、京ではこの慣習はない。

「もはや持ち堪えられぬという時は……囚人を悉く斬れとの命を所司代様より受けております」

「なっ――馬鹿な！」

「ふざけんな！」

平蔵の驚きの声と、思わず出てしまった源吾の咆哮《ほうこう》が重なった。ただ鋏三郎だけはさもありなんと得心した顔つきに見える。平蔵は獄吏たちを舐め回すように見て続けた。

「囚人の中には死罪に値せぬ者がおろう！　まだ刑が決まっておらぬ者もいる。それを斬るとは所司代も血迷ったか！」

このようなやりとりをしている最中も、火球と化した鶏が飛び回り、抜け落ちた羽が火片となって降り注いでいる。色めき立つ獄吏の中から、一際年嵩《としかさ》の者が進み出てきた。

「長谷川様はどうなさりたいのでしょうか」

「囚人を全て救い出す」

「逃げ出す者がおるかもしれません」

「それをさせぬのが、幕臣としての務めだ」

「ならばわざわざ……」

言葉を濁す獄吏に対し、平蔵は幾分言葉を和《やわ》らげて語った。

「お主ら子はおるか？　子がおらぬならば、妻でも父や母でもよい」

「は……」

「罪人にもいる。罪を贖《あがな》って帰ってくることを心待ちにする者が。同時に死罪の決まった凶悪な者は、その時が来るまで生きて全てを明らかにする責がある。悔い改める責がある。罪人というだけで十把一絡げに殺してもよいなど、お主らの子に向かって申せるのか！」

雷撃に打たれたように棒立ちとなる獄吏たちに、平蔵はさらに凛然と言い放った。

「儂は父を辞めよ、人を辞めよと命じられるならば、幕臣などはこちらから願い下げだ！」

平蔵は獄吏の中へと一歩踏み出すが、誰一人として止めようとする者はいなかった。

「しかし長谷川様が罪を……」

唯一先ほどの年嵩の者が心配そうに言う。

「腹、切ってやらあ」

平蔵はそう微笑むと門に手を掛けた。随分若やいだ口調である。銕三郎が目を見開く。ひょっとするとこちらが元々の話しぶりで、歳を経《へ》、子を生《な》し、出世を重ねる中で腹の内に収めていったものなのかもしれない。

「俺には後がいる」

平蔵が小さく呟くのを、源吾だけは聞き逃さなかった。

門が開く。そこに凄まじい光景が広がっていた。鶏は身から湧き出す火を消す術を持たずに飛び回り、取り押さえようとする人がそれに追い縋る。人の仕業と解るのか、火に包みこまれながら襲ってくる鶏もおり、衣服が燃え上がる者もいた。上を見上げれば軒に乗った鶏がそこで果て、桟に転がって火を移している。まるで閻魔《えんま》が人々に畜生道《ちくしょうどう》を見せているかのような凄惨《せいさん》さである。

「我らは囚人を救う！」

平蔵の号令に与力同心が散開する。すかさず弾馬が振り返って喊声《かんせい》を上げた。

「淀藩常火消、狩り倒せ！」

常火消の連中は鳶口、玄蕃桶《げんばおけ》を手に門に吸い込まれていく。源吾も中へと足を踏み入れ、平蔵の側に駆け寄った。

「嘉兵衛が来るやもしれません」

「そちらも気を配らねばならぬな。特に豆鍬には複数を付けるように命じた」

「弾馬に合力を……」

そう言いかけた時、こちらに近づいて来る男がいた。先ほどの年嵩の獄吏である。

「長谷川様、六角には獄吏しか知らぬ隠し牢があります」

「そのようなものが……」

「はい。大罪を犯した者の独房の奥に隠し戸が……」

「野狂か」

獄吏は知っていたかという風にこくりと頷く。

「手が足りぬ」

平蔵は唇を噛みしめた。獄舎のあちこちに火が移り、炎へと変じている箇所もある。弾馬の指揮の下、常火消も奮戦しているが、それでも旗色は悪かった。一癖も二癖もある者ばかりで、囚人の移送にも存外手間取っている。中には助けようとしているのに、体当たりをして脱走を試みる罪人もいた。

「私が参ります」

星十郎が横から進言する。

「俺も行く」

源吾が続こうとしたが、星十郎は素早く首を振った。

「野条様の限界が近い。合力を」

六角獄舎は南北二十九間（約五三メートル）、東西三十八間（約六八メートル）、実に千百二坪（約三六四〇平方メートル）もの広さを有している。その広大な獄舎の至る処から火が湧き出ており、一箇所に消し口を取る通常の消防では対処しきれない。弾馬は息もつかずに叫び続け、すでに声を嗄《か》らしていた。

――旦那様も星十郎さん、武蔵さんを頼りにし、お役目を全うなさって下さい。

深雪の文に書かれていた文言が、声になって脳裏を掠《かす》めた。

「わかった。頼む」

星十郎は獄吏に連れられて牢へと向かっていく。源吾はそれを見届けると、弾馬の元へと駆け付けた。

「何をすればいい」

「遅いねん。喉潰れるわ！　東側を頼む」

弾馬は近くにいた火消を呼び寄せると、東は源吾の指示を聞けと命じた。通常、どこの火消であっても部外者を入れることを極端に嫌う。そのような概念は弾馬には毛頭ないようだ。

「お前、火喰鳥て呼ばれてんねやろ？　まさしくあれやな」

「洒落にもなんねえな」

弾馬は火を吐き出す鶏を見つつ言い、源吾は苦笑した。

「頼むで」

「任せとけ」

源吾は指揮用の鳶口を腰から抜き取ると、黒煙の立ち上る東の棟へと向かっていった。熱風でゆらめく羽織の裏地には、怒りに燃えた鳳凰が描かれている。

二

星十郎は牢を奥へと進んでいく。奥に至るほど凶悪な者が収監されているらしい。入口に近い者から順次牢を開けられ、京都西町奉行所に移送されることになっている。途中逃げられたならば笑い話にもならないが、圧倒的に人手が足りない。囚人は連なるように縄を掛けられて、三、四人を一人の同心が引き連れていく。縄抜け出来ぬように頑強に縛らねばならず、時が掛かり過ぎた。

「早く出せ！　殺すつもりか⁉」

怒号は奥に進むほど大きくなるものと思っていたが、実際はその反対であった。軽微な罪の者ほどよく喚き、極悪人ほど妙に落ち着き払っている。

「伝兵衛《でんべえ》さんよ。俺の順番はまだかい」

囚人が名を呼んだことで初めて獄吏の名が知れた。

「待っておれ。間もなくだ」

伝兵衛は冷ややかに言い、目も合わそうとしない。

「お仲間は竹光《たけみつ》か。殺そうって訳じゃあねえようだ」

星十郎は重い刀を嫌い、確かに竹光を差している。鞘に納まっていては見分けがつかぬはずが、牢の男はこれを看破した。ここで己の悪い虫が頭を擡《もた》げる。気になったことはどうしても訊かずにはいられない性分である。

えた。

「腰の傾きがなく、歩幅が広い。あんた弱いだろう」

男は薄く微笑む。一体何の罪で囚われているというのか、一見すると好漢に見えた。

「話してはなりません！　急ぎましょう！」

伝兵衛が急かすと、男の顔付きが一瞬にして変わった。ぐるりと黒目が動いて、三白眼のようになる。

「ここを出たら真っ先にお前の首を噛み切ってやらぁ」

血の気が引いた伝兵衛を睨みつけ、男はけたけたと嗤《わら》った。星十郎は袖を引かれさらに奥へと促される。男の不気味な笑い声は遠くなっても止むことはなかった。

「檜谷京史郎。元は江戸詰めの篠山藩士で、江戸で人を斬って逃走しました。解っているだけで東海道の宿場で八名、京で十一名を辻斬りしています。必ず首を落とすことから、首狩り京史郎と呼ばれている罪人です」

「あれが首狩り……」

文書の中に凶悪として名のあった者である。

「感触の違いを試したいと、子どもも殺されました……あのような者もいるのです。救わずともよいと言いたくもなるでしょう……」

伝兵衛は口走った己の頬を叩き、歩みを速めた。独房の突き当たりを左に折れると、そこは何もない壁があり行き止まりになっている。

「ここです」

板目を探って一枚を押し込む。すると閂《かんぬき》が外れたか、壁そのものが回転するようになった。中は十畳ほどの部屋。分厚い木の格子《こうし》があり、その向こうに畳が敷かれた座敷牢があった。提灯の仄《ほの》かな明かりが中を照らす。そこに痩《や》せぎすの老人が一人、深く俯いて座していた。髪は白髪を通り越して銀の輝きを含んでいた。

「惟兼殿、場所を移します」

伝兵衛の声が震えている。ほかの罪人と違い敬称まで付けていた。老人は陽炎《かげろう》が立ち上るように上半身を伸ばした。

「火付けのようじゃな」

このような暗所に押込められているが、身形を整えることは許されているのか。斑点ほどの髭も見受けられない。傷のように深い皺が口元に浮かんだ。

「なぜそれを……もしや土御門と……」

内通しているのか。星十郎が思わずそう言おうとした時、惟兼はじっとこちらを見つめた。骨と皮ほどに痩せているからか、顔に穴が開いているかのように眼《がん》窩《か》が深い。

「土御門の小倅の仕業か」

――しまった。

見事に術中に嵌《はま》ったことを後悔した。

「獄舎というものは火にはことさら用心する。六十一年の間、小火も出したことがない。方々からけたたましく鐘がなっている故、煽り火かと思ったが、それにしては人の気配がしてから、煙が香るまでが早すぎる。故に火付け……とな」

伝兵衛は話すのも恐ろしいようで肩を竦《すく》めた。星十郎の思考が激しく動く。

「六十一年もの間、獄舎にいてどうしてその『小倅』をご存知か」

土御門泰邦は正徳元年の生まれ。惟兼が出頭した時にはまだ一歳の赤子で、知るはずはないことに気が付いた。これに関しては意外にも伝兵衛が答える。

「野狂……いや、惟兼殿は『日常』を欲するのです……」

ここに入れられた当初、惟兼は日がな得体の知れない呪文のようなものを唱えていた。この呪文のせいかは解らぬが、食事を運んできた者が次々に正気を失って寝込んだという。何とか止めさせようとするが、誰も恐れて殴ることも出来ない。獄吏が囚人に何とか止めてくれと頼み込む可笑《おか》しな事態となった。すると惟兼は、

――生涯ここを出ぬと約束しよう。代わりに日々の起こったことを知らせてくれ。

と、言った。これにより読売を始めとする市井の刊行物を、惟兼に届けるという奇妙な慣習が生まれたのだという。土御門のこともそれによって知ったのだろう。

まだ火は遠いが、薄っすらと白煙が流れてきた。先ほどの京史郎が与力らに連れられているのだろう。叫びとも高笑いともつかぬ声が聞こえた。この男が最後になるはずであった。

「早くお立ち下さい」

伝兵衛は丁寧に促す。格子を隔《へだ》ててこちらが牢獄かのような錯覚を受けた。

「生涯出ぬと約束したはずだが」

「しかし、それでは焼け死んでしまいます……」

「今宵の風向きは北西から南東へ。余程のことがない限りここは燃えぬ。横の男を始め、優秀な火消も出ているようだ」

　星十郎は生まれてきて今ほど驚いたことはなかった。この老人、火事場の状況を的確に摑んでいる。己が火消であるということは羽織を見れば判る。しかしこの閉ざされた空間で風を見事に読んでいるのだ。

「若いの、名は」

　答えるなと止める伝兵衛を差し置いて、星十郎は答えた。

「加持星十郎」

「武鑑でその名を見た。御徒士《おかち》がなぜ京にいる。それよりその火消羽織は何ぞ」

　惟兼は間髪容れずに答えた。確かに御徒士時代に一度武鑑に名を記されたことがある。御頭はそれを手掛かりに己を見つけ出してくれた。それを覚えているというのならば、新之助並みの驚異的な記憶力である。

「今は新庄藩に勤仕しています」

「戸沢か。方角火消よな」

　武鑑を諳《そら》んじているのだ。それではもう驚かなかった。

「仰る通りの風向き。だが万が一ということがございます。今、牢を開けて貰います」

　星十郎が目で促し、伝兵衛がたどたどしく鍵を取り出す。

「ここにいてよいのか？」

　惟兼がぽつりと言った。

「どういうことです」

「獄舎を狙われているのだろう？　何者かに……いやそれが土御門か」

　どのような頭の構造になっているのか。己も多少の知恵はある。いや、大抵の者に劣らぬと自負している。それでも惟兼の洞察力に唖然とした。

「囚われた誰かを解き放つつもりか。はたまた殺めるためやもしれぬ。ならば猶更出る訳にはいかん。天寿を全うするまで、ここで世の移り変わりを見たいでな」

　惟兼は木々の騒《ざわ》めきを思わすしわがれた声で語った。

「野狂……あながち嘘ではないか」

「加持殿、頭を使いなされ」

　考え過ぎると言われたことはあっても、父孫一以来そのように言う者は初めてである。

「思案すると髪を触る癖があるのか」

知らぬうちに前髪をしごいていた。それも惟兼はたった一度で見破った。惟兼は目を糸のように細めて続けた。

「鐘が鳴っている。数十、数百……町の方々で火が立っているのだろう。これほど同時に火を付けるにはかなりの数を要し、目立ちすぎるな。つまりおのずと火が付く仕掛け。亜麻仁油あたりか」

星十郎は戦慄《せんりつ》した。異様、それ以外に言葉がない。この怪老は確実に己より聡《さと》いことを知った。

「心配無用……一人に付き三人の警護を付けています」

「自由に仕掛けられるのだ。儂ならば無作為には仕掛けぬ」

冷水を浴びせられたように身が震えた。

「伝兵衛殿！　戻ります！」

「どうなされたのですか……」

嘉兵衛の背後にいる土御門は天文をお家芸としている。当夜の風向きを読み切っていてもおかしくない。洛中に放った火が全て計算されていたとしたならば、考えられることが一つあった。

「敵は……逃げ道を火で塞ぎ、一本道を作っている！」

「よく出来た」

惟兼は寺子屋の師匠のように鷹揚《おうよう》に言った。火災が起きているところを好んで通る者はいない。ましてや囚人移送という緊迫した状況ならば、必ず避けて通る。それが仕組まれていたとすれば、皆が同じ順路を通って移動する。そこを襲撃されれば、大混乱を来《きた》すに違いない。

駆け出す星十郎に背後から声が投げかけられた。

「火の壁をこじ開けるのは火消の他いまい」

行きかけた時、惟兼がぽつりと付け加えた。

「あなたは本当に火を放ったのですか……？」

星十郎は振り返って訊いた。これほどの知識と教養、加えて記憶力に洞察力をもった男が、真に禁裏を焼いた大悪人なのか。違いないとすれば何故今助けようとするのか。

「この国を救うためよ」

惟兼は薄ら笑いを浮かべて首を捻ると、壁へと目をやり何も語らなくなった。

明かり窓一つないが、この男には外の景色が透けて見えている。そのように感じられて仕方なかった。

伝兵衛に後を託し、星十郎は獄舎を駆ける。すでに牢は全て開け放たれ、全ての囚人が退避している。息はすでに弾んでいるが、早く告げねばならないという想いが脚を疾《はや》く動かした。

三

淀藩の鳶は動きが良い。源吾の指示を的確に具現化している。北西からの風に煽られて火が向かってくるが、それよりも早く、燃え易いものから次々と打ち壊していく。

全て息絶えたか、鶏の声はもう聞こえない。洛中の半鐘はというと、未だ絶え間なく鳴り響いている。獄舎の北には二条城がある。他の常火消も駆け付けていることだろう。

「松永殿、次は⁉」

「矢来を全て剝がすぞ――」

「御頭！」

指示を出している途中、呼ばれて首を回した。星十郎である。獄吏もいなければ、野狂と思しき男もおらず、ただ一人で向かってくる。

「どうした⁉」

常に冷静沈着な星十郎が慌てているのでただごとではない。

「嵌められました！　囚人を一所に集めて襲うつもりです！」

星十郎が要点を掻い摘んで説明する。洛中の小火は避難の動線を絞るためのものだという。確かにその発想はなかった。

「もう囚人は出立したぞ！」

「遅かったか……長谷川様は⁉」

「長谷川様も火事を任せ、自ら殿《しんがり》を務めて出立された」

囚人の移送は順次行われていた。こうなったからには獄舎の獄吏も協力を惜しまず、移送に加わっている。その中に与力の喜八郎、そして銕三郎の姿もあった。

「弾馬‼」

源吾は現場を離れることを鳶たちに告げ、弾馬のもとへと再び戻った。

「どないした⁉」

「行かなきゃならねえ」

「またか。あともう少しで消せるって時に。どんだけ欲しい」

「二十……いや、十でいい」

「二十連れてけ」

弾馬は近くにいた組頭に源吾の支援にあたるように命じ、すかさず東側から十名を戻すように伝令を走らせる。

「すまねえ」

「はいよ」

弾馬は手を払って早く行けという素振りをした。火事場とは思えぬほど軽い調子である。やはりこの男とは調子が合う。

源吾と星十郎が獄舎の門へ走り出した時、背後から弾馬の咆哮が聞こえた。先ほどまでとは異なり威厳に満ち溢れた鋭い声である。

「この程度の火に手間どんな！　江戸もんに笑われるで！　呑み干したれや！」

弾馬の声に鳶たちは猛々しい声で応じる。逆境こそ士気が上がる。頭が頭ならば、配下も配下、これもまたぼろ鳶によく似ていた。心の内で拝みつつ、源吾は囚人の一行を求めて飛び出した。

「下がれ‼」

鋏三郎は同心の袖を引いた。がらがらと強烈な爆発音を発して飛散した瓦が雨の如く降り注ぐ。砂埃《すなぼこり》が舞い上がり、突風に乗って目を潰し、涙を溢れさせた。視界が開けてくると共に、周りの惨状に息を呑んだ。

——これはまずい。

瓦を脳天に受けて血を流す者、爆風を正面から受けて昏倒《こんとう》している者、無事であった者も状況が呑み込めずに動転していた。

一行を先導していた鋏三郎の眼前で、まるで時を計ったように突如両側の民家が吹き飛んだのである。家屋は寄り添うように倒壊し、油も仕込まれていたか、道は燃え盛る瓦礫《がれき》によって完全に塞がれた。

「若っ！　ご無事ですか⁉」

経験豊かな喜八郎はすでに刀を鞘から抜き放っている。小さな瓦の破片が頬に突き刺さっており、そこから血が垂れていた。

「ああ。ぬかったな。来るぞ」

鋏三郎もさっと刀を抜く。これに囚人たちはこの場で斬られるものと勘違いし、悲鳴を上げる者、泣き叫ぶ者、罵ってくる者、まったく収拾が付かない。一体どれほどの数で襲撃が来るのかも想像がつかず、これらを監視しつつ戦うのは至難である。父は遥か後方、まだ出立すらしていないかもしれない。鋏三郎は独断で指示を放った。

「獄舎へ戻るぞ！」

その次の瞬間、また猛烈な破裂音がして火柱が立ち上った。三町ほど後方、敵は退路を塞いだのだ。襲撃者が百名であることよりも、さらに恐ろしいことが脳裏を過った。

――爆殺。

袋の鼠となった今、同じような爆発が起これば逃れる術は無い。よしんば助かったとしても、辺りは火の海になり焼け死んでしまう。

倒壊した両側の家屋は二階家で、傾ぎながらも壁は高く、梯子《はしご》無しで屋根まで上ることは容易ではない。人が下から押し上げて、ようやく軒に手が届くかというほどであろう。

倒れた家屋には人の気配は無く、この爆発であるのに、隣家からも一人も出てこない。すでに半鐘を聞いて退去しているのだろう。往来に打ち捨てられている車長持、大八車から零れ落ちたであろう鍋や皿がそれを裏付けていた。それでも逃げ遅れた者がいないかと、視線を動かしていた時、銕三郎は目の端に異様な者を捉えて勢いよく首を振った。

屋根の上に人影。数は六。覆面をした者が両側からこちらを見下ろしており、姿を隠そうともしない。これならば撃退出来ると思ったが、それが間違いだと思い改めるのに時は掛からなかった。人影は降りてこようともせず、屋根の上から次々に刃物を投げ入れる。打ち刀、脇差、刺刀《さすが》、剃刀《かみそり》ほどの小さなものまである。それも誰かを狙っているといった投げ方でなく、ただふわりと投げ入れるのである。

「くそ！　囚人を取り押さえろ！」

これが何を意味しているのか、銕三郎だけがすぐに悟った。いや、厳密には与力同心の内ではといった意味である。銕三郎は囚人たちの目に野性が蘇《よみがえ》っていくのをはきと見た。

囚人の一人が同心に体当たりを見舞い、寝転がって剃刀を拾う。それで手の縄を器用に切り始めた。脇差を用いて互いに縄を切り合う輩、止めようとする与力を頭突きで打ちのめす輩もいる。いくら手が縛られているとはいえ、囚人はこちらの四倍近く。この混乱ではやがて逃走を許してしまう。

「足を斬れ！」

それで動きを止めるほかない。銕三郎の指示に味方は一斉に刀を抜き放ち、囚人の脚を薙《な》ぎ払った。悶絶して膝を抱える者、軽やかに刃を飛び越える者、現場は混乱を極めていた。横眼で屋根へと視線を流した時、自らの手で逃げよと言わんばかりに、影たちの姿は消え失せていた。

「ぎゃあ！」

一際大きな声が聞こえた。見れば同心が肩を斬られて仰向けに倒れている。傷が深いかとめどなく血が溢れ出ていた。銕三郎とそう歳も変わらぬ囚人が、血の滴《したた》る刀を引《ひ》っ提《さ》げている。

「逃げるには屋根へ上らねばなるめえ。皆殺しにしてゆるりと逃げるぞ」

男の言葉に歯車が嚙み合ったかのように、囚人は一斉に頷いた。

「糞《くそ》野郎……逃がしやしねえ」

「ひでえ言いざまだな。囚人は名さえねえと思っているのかい。親から頂いた京史郎と謂う名がきちんとあらあ」

「首狩り京史郎か」

「ご存知とは光栄の極み」

京史郎は戯《おど》けて会釈《えしゃく》をするとにたりと笑った。刀を八双《はっそう》よりの正眼《せいがん》に構える。市《いち》ヶ谷牛込《やうしごめ》の檜谷京史郎と言えば、無外《むがい》流の達人として当時、江戸府下で知らぬ者がいなかったほどの男であった。

鋏三郎も些か剣には自信を持っている。流派は一刀流。十年に一度の傑物と謂われたこともある。刀を上げて正眼を取りつつ、糸のように細く息を吐いた。

――これでも斬るなと言うのですか。

炎により熱を含んだ夜風を頬に受け、心で父に呼びかけた。京史郎が大口を開けて斬撃を繰り出してくると、体《たい》を開いて小手を狙う。京史郎の手が激しく震えたように残像を残して消え失せた。そう見えた時には大上段に振りかぶった刀が脳天目掛けて降ってきた。

鼻を衝く金属の香り。刀と刀が交錯して動きを止めた。

「思い出したぜ。一刀流、本所の鋏か」

「辻斬り風情《ふぜい》に覚えられてても嬉しくねえ……」

気合いと共に押し込むと、一撃、二撃と切り込むが、京史郎に捌《さば》かれてしまう。囚われていても巧緻《こうち》さは失っていない。それどころか血を欲するからか、太刀筋《たちすじ》に狂気が籠っている。

周囲を見れば、囚人の暴動は激化の一途を辿り、殴られて昏倒する同心もいた。

「殺してやる……」

「おお、怖《こえ》え。本所の銕のお戻りだ」

銕三郎は殺気が躰中に充満するのを待って、猛然と斬り付けた。二本の白刃が示し合わせたかのように宙に躍る。あまりに速い競演に、暴れるのを忘れて呆然と見守る囚人もいた。

実力は伯仲している。僅かな隙が生じたほうが敗れるであろう。それは相手に先に生じた。喜八郎が京史郎の背後から体当たりを見舞ったのである。京史郎は大きく体勢を崩した。銕三郎は踏み込む。京史郎はそれでも恐怖に顔を引き攣らせるでなく、不愉快な笑みを浮かべていた。

――銕さんは、真はお優しい御方です。

何故か、お梅に言われた言葉を思い出した。

一瞬の躊躇いが刀を鈍らせた。京史郎は後ろに飛んで鼻先で避けると、身を翻して喜八郎に斬り付けた。喜八郎もそれを何とか躱《かわ》すものの、足払いを掛けられて地にもんどり打った。

「動くな。殺すぜ」

喜八郎の頬を踏みつけ、京史郎は首に刀の鋒《きつさき》を当てる。

「若！　構われるな！」

「罪人を斬るな。お前は見捨てろ。勝手なことばかり言いやがって……」

京史郎は脚に力を入れて喜八郎の顔を踏みにじる。顔を歪め、声を歪め、それでも喜八郎は叫んだ。

「それが幕臣というものだ……やれ……錬三郎！」

喜八郎にそう呼ばれたのは、出逢って以来初めてのことであった。がちがちと奥歯が鳴るのを、ぐっと噛みしめて抑え込む。悲鳴に似た叫びを上げた時、呼子《よびこ》の音が聞こえた。増援が来たのだ。京史郎は湿った舌打ちをすると、喜八郎の顔を思い切り蹴とばした。

そして猛然と走り出すと、壁際に捨てられた大八車を踏んで高く飛び上がった。大八車は音をたてて壊れ、辛うじて両手で軒先を摑み、気合いを発して身を引き上げた。

他にもこれを機に逃げに転じる囚人が多数現れている。協力を持ち掛け、肩を踏み台に借りて上る者。足場を務めた者は手を突き上げて待てと叫ぶが、一瞥《いちべつ》して屋根の上を走り去っていく。

数に劣る奉行所側はその全てを止めることが出来ない。銕三郎は苦々しく横眼で見ながら喜八郎のもとへと駆け寄った。

「喜八郎……大丈夫か⁉」

喜八郎は意識を失っている。今の状況で運び出すことは困難である。

「銕‼」

「父上……」

平蔵と十人ほどの与力同心が駆け付けてきた。これで形勢が動く。そう考えた時、大事なことを思い出した。この混乱によりすっかり失念していたが、豆鍬を見失っている。状況を鑑《かんが》みるに土御門の狙いは囚人の解放であろう。それに利用されたか、はたまた利用したかはともかく、嘉兵衛の狙いは豆鍬の命を取るという一点であるはず。

慌てて周囲を見渡して、銕三郎は胸を撫で下ろした。腰を抜かしたか、豆鍬は壁に張りついて身を縮めている。

「瓦礫を乗り越えてきた。銕、囚人を押さえるぞ！」

平蔵を含め皆の衣服が煤《すす》け、焦げた跡も見受けられた。背水の陣を覚悟で、炎が盛る前に乗り越えてきたのだ。

「はっ！」

平蔵らが加わっても、まだ囚人たちの半分ほどである。豆鍬のように全員が暴動に加わっているわけではないとはいえ、こちらも喜八郎を始めかなり被害を受けている。しかも多くの囚人がすでに縄を解き、得物を手にして殺しに掛かってくるのに対し、こちらはあくまで取り押さえることを第一としなければならない。一進一退の攻防が予想された。

——嘉兵衛の次の一手は……。

乱戦の中、鋏三郎の頭は冴え渡っていた。

嘉兵衛は豆鍬を殺せば目的を達する。獄舎で焼け死ねばよし。獄吏が切り放ちをせずに首を落とせば仕方なし。万が一切り放ちがあった場合、隘路《あいろ》に誘い込み道を塞ぐ。そこで乱闘に巻き込まれて死ねばまたよし。そこまで全てが叶っていない。このまま迫る焰に焼かれるのを待つとは到底思えなかった。

どすんと鈍い音がして振り返る。どこにあったというのか、樽《たる》が転がっている。呆気に取られたのも束の間、囚人が悲鳴を上げた。頭上からまた新たに樽が降ったのである。

「嘉兵衛……か」

屋根の上に一人。先ほどの者たちのように顔は覆っていない。丸顔だからか幼く見えるが、見下ろす目には憤怒が浮かんでおり、そのちぐはぐさが恐ろしさを際立たせている。

己の脚だけでは到底屋根の上には辿り着けない。脇差を投げるかと腰に手をやった時、嘉兵衛の足元に異様な物体があることに気が付いた。

「あれが例の……」

はっとして樽を見る。数か所に穴が穿《うが》ってあり、転がりつつ水のようなものを撒き散らしていた。それが酷く臭う。鼻を覆いたくなる悪臭である。

「父上！」

「臭水《くそうず》か！」

臭水とは地下から湧き出る油で、この国では佐渡《さど》や越後など一部の地域で少量のみしか取れない。凄まじく燃える特性があるが、その強烈な臭いにより実用には至っていない。

嘉兵衛は火縄銃の化物を担ぐと、銃口を下に向けた。

「お前の狙いは豆鍬だろうが！」

銕三郎の咆哮にも怯まず、嘉兵衛は平然と言い返した。

「獄舎が燃えた時、見殺しにすればよかったのですよ」

「豆鍬の罪は詳しく吟味する。父上が必ず裁く！」

会話を続けなくてはならぬ訳がある。時を稼ぐだけではない。注意をこちらに引き付けねばならない。嘉兵衛は命乞《いのちご》いととったか、ゆっくりと首を振った。

「もう遅い……あんたらには悪いが、皆死んで下さい」

日頃の威勢はどこへいったか、豆鍬はわなわなと震え、拝むように許してくれと繰り返していた。

「やれ！」

「言われずとも……」

呆れ顔の嘉兵衛に向け、銕三郎は不敵に笑った。

「武蔵‼」

嘉兵衛がはっと振り返る。先刻より行李を背負った武蔵が、そっと屋根の上を歩いてきていた。銕三郎はこの時を待っていた。蹴り落とすかと思いきや、何と武蔵は躰ごと嘉兵衛に体当たりした。二人は団子のようになって宙に投げ出された。

「馬鹿野郎！」

脳天から落ちれば死んでもおかしくない。いや、そうなっても離さぬという覚悟なのだろう。銕三郎は駆け寄ったが間に合わず、二人はもつれたまま地に落ちて転がった。苦しげな声を上げた嘉兵衛であったが、すぐに手を伸ばして尻を付けたまま得物を構えた。嘉兵衛の銃口はしかと豆鍬を捉えていた。

一方の武蔵は脚を捻ったらしい。行李の蓋が飛んで中身が零れている。それは嘉兵衛の道具と瓜二つ《うりふた》つのものであった。武蔵は水面に飛び込むように得物にしがみついた。

「死ね……」

嘉兵衛は絞るように呻いて、取っ手を旋回させた。何かが噛み合う音がすると、銃口から火焔が噴射する。洟《はな》と涎《よだれ》にまみれた豆鍬の顔が呑み込まれる刹那《せつな》、突如として濃霧が現れて炎を払った。

「もう誰も殺させねえ」

「極蜃舞か……」

歯噛みする嘉兵衛、凜然と睨みつける武蔵、あまりの恐怖に泡を吹く豆鍬、目の前で起こった妖術のような光景に一瞬全ての者が呆然とする。

「捕らえろ！」

いち早く平蔵が吼えると、与力同心が他の囚人を放り出し、一斉に嘉兵衛へと向かった。

「動くな！」

嘉兵衛は銃口を臭水に塗《まみ》れた地に向けた。囚人も含めて皆の脚がぴたりと止まる。

「最後の一人……こいつさえ殺せばいいんだ……散れ！」

嘉兵衛は続けざまに喚き散らした。その眼尻には涙が光っている。

「嘉兵衛……駄目だ」

武蔵も構えを崩そうとしない。先ほどの噴霧は大層な威力であったが、それでも一度火が付いた臭水には敵わないであろう。瓦礫に纏わりついた炎は徐々に壁を伝って迫ってくる。このまま膠着《こうちゃく》していては、いずれ皆が火の海に溺れる。

「死ぬのがよいか、それとも牢に戻るがよいか」

平蔵が動きを止めた囚人たちを見渡して呼びかける。このままではそう遠くなく死ぬ。それを理解したか、囚人の一人が刀を捨てたのを皮切りに、次々に得物を手放していく。

「嘉兵衛、暫し時をくれぬか？」

平蔵は平常のように優しく語り掛けた。嘉兵衛は額から止めどなく脂汗を流しつつ、こくりと頷いた。平蔵はにこりと笑うと、配下に改めて囚人たちに縄を掛けるよう命じる。

「鋏、お主も行け」

「しかし……」

「心配はいらぬ。武蔵、お主もだ」

「長谷川様の命といえども、これだけは譲れねえ。お断りしやす」

武蔵は梃子《てこ》でも動かぬと、嘉兵衛を睨みつけていた。

「ぼろ鳶は頑固者揃いよ。鋏、喜八郎を」

「すぐに戻ります」

鋏三郎は喜八郎の脇に躰を入れて担《かつ》ぎ上げた。その間も火はちろちろと進んで来る。それほど刻は残されていない。配下は大急ぎで縄を掛けていく。一人が青ざめて復命に来る。

「首狩りを始め、何名かの姿が見えません……」

「全て儂の甘さじゃ。所司代に繋いで洛中を封鎖して頂け」

「どこへ逃げれば……背後ももう火が回っている頃でしょう……」

「見よ、白煙じゃ。松永、あるいは野条殿か。背後の火は間もなく消える。行け」

確かに先ほどまでは黒々としていた煙が、鼠色を通り越して白煙に変わりつつあった。平蔵の言う通り退路が開かれたらしい。驚くべきはこの息も付けぬ現場で、それをしかと見届けていることである。改めて父の慧眼《けいがん》に舌を巻いた。

「若……」

意識を取り戻した喜八郎が耳元で呻いた。

「ああ」

「申し訳……ございません」

銕三郎は足元の覚束《おぼつか》ない喜八郎を支え、ゆっくりと歩を進めた。父を見捨てたなどとは微塵も思わなかった。長谷川平蔵宣雄《のぶお》と謂う男は、己が生まれる遥か前からいかなる困難も打開してきた。今回も上手く収める結末しか思い浮かばなかった。

「正義とは不自由だな」

ようやく返した一言に、喜八郎は力なく頷いた。

四

源吾は事態が未だ呑み込めないでいた。突如起こった爆音のもとへと急行すると、家屋が倒れて道を塞いでいるではないか。しかもその瓦礫に炎が這っている。

「敵が退路を断ったのです。恐らく平蔵様も中に」

「嘉兵衛め……」

「嘉兵衛一人で出来ることではありません。何者か……いや、土御門が助力しているのはもはや明白」

「ともかく、消すぞ！　人が残ってねえか探せ！」

源吾は引き連れてきた淀藩の鳶に命じた。

未だ半鐘は鳴り止まず、洛中のあちこちでこのような消火活動が行われている。鳶の一人が言うには、洛中で火事が起こると、この辺りの民は西へと逃れて京から出るらしい。幸いにもすでに避難は済んでいるようだ。

江戸と異なり上水が流れておらず、いちいち水源を探さねばならない。これは近くの会所の井戸を利用し、玄蕃桶に汲《く》んで瓦礫へと浴びせていった。天に昇る黒煙が白く変じ始めた時、源吾は異様な光景を目にした。

「どうなってやがる……」

囚人を連れた与力同心が引き返してきている。どの者も漏れなく大小の傷を負っている。その中に怪我人に肩を貸して歩く錬三郎を見つけた。

「錬三郎、これは――」

「松永……襲われた。俺は今から取って返す。喜八郎を頼む」

「石川殿か！」

喜八郎は頬から血を流している。それだけでなく強く殴られたか、片目が腫《は》れて潰れていた。

「父上と武蔵が嘉兵衛と対峙《たいじ》している」

聞くや否や、源吾は星十郎に向けて叫んだ。

「ここを頼む！」

源吾はまだ熱を持っている瓦礫をよじ上った。錬三郎も喜八郎を鳶に預けると、すかさずその後を追った。

「頼む」

「ああ」

銕三郎が短く言い、源吾もすぐに応じる。互いに反りが合わぬと思っているが、この時ばかりは不思議と息が合った。

状況は解らない。また銕三郎も説明する余裕は無い。ただ正念場であること、平蔵と武蔵の身に危険が迫っていることだけは解った。

脚の古傷も気にならなかった。たとえこれでまた動かなくなってもいい。その想いで強く地を蹴った。

平蔵の姿を捉える。その先には極悪舞らしき得物を構える武蔵の姿もあった。

「武蔵！　長谷川様！」

「来るな！」

平蔵は掌をこちらに向けて差し止めた。壁を背に放心している囚人、それを例の得物で狙うのは宵山の時に見た男、嘉兵衛である。

「臭水……か」

特有の悪臭にすぐに気が付いた。地が濡れており、水溜まりのようになっている箇所さえある。

「嘉兵衛、火を放てばお主も死ぬぞ」

平蔵は子どもを諭《さと》すように柔らかく語り掛けた。

「死ぬ覚悟はとうに出来ている」

「ならば何故撃たぬ」

挑発とも取れる平蔵の言葉にひやりとした。

「極蜃舞」

嘉兵衛は短く言った。

「ああ、そうさ。お前が撃とうが、臭水に火が付くまでに俺が消してやる」

武蔵は火消半纏を着ていない。汗で着物はぐっしょりと濡れており、後ろから迫る火の熱で、夏場だというのに肩からは湯気が立っている。常人ならば泣き叫ぶほどの熱さである。

「邪魔をするな。水穂の無念を晴らす」

「何ほざいてやがる。てめえの無念だろうが」

「お前に何が解る！」

へたり込んでいるのが豆鍬なのだろう。嘉兵衛の怒号にびくんと肩を動かした。それ以外の誰もが微動だにしない。時が止まった中、ただ焔だけがゆるりと動いているように思えた。

「水穂さんは必死に乗り越えようとしている。心を掻き乱しているのは、てめえなんだよ！」

「黙れ……黙れ！」

「黙るか！　てめえ、惚れてんだろうが！　なら何で側にいて守ってやらねえ！」

初めて嘉兵衛の肩が僅かに動く。懸命に呼びかける武蔵は、若き日の己の姿に重なった。

「うるさい……あれは妹だ……」

「そうかよ。それでも変わりやしねえよ」

「俺はどちらにせよ火炙りだ」

「だろうな。でも、まだやれることがある。こんな下衆《げす》野郎を殺すことじゃなくな」

武蔵の、何度も嚙みしめた唇から血が流れてきている。火は五間（約九メートル）先、もう限界である。遂に覚悟を決めたか、平蔵は流れるように腰へと手を動かした。

「長谷川様、駄目ですぜ。まだこいつと話しているんだ」

武蔵はからりと笑って言い放った。

「武蔵！　そこから動け！」

源吾も我慢できずに思わず叫んだ。

「御頭……新庄藩には迷惑は掛けねえ。これは魁武蔵一人の乱心でさ」

やはり新庄藩のことを慮って単独で動いていた。

――俺は……いつからこうなった。

平蔵は人々を悪から守るのが第一義。しかし下手人を捕らえて法で裁くことも諦めてはならない。その二つの義があるからこそ迷い、際の際まで粘らねばならない。

では火消の第一義は何だ。それが豪商であろうが、貧しい百姓であろうが、たとえ罪人であろうとも等しく命を救う。この一点だけを胸に宿していればいい。そう教えたからこそ、新之助はいかな修羅場でも相手を殺そうとしないのではないか。武蔵が助かれば、嘉兵衛はどうなってもいい。心のどこかで命を色分けしていたことに気が付いた。

生まれて来る子に会いたい。罪人などを助けるために危ない橋を渡りたくない。その想いが一片《ひとひら》も無かったと胸を張って言えるか。

──悪いな。お前の親父は火消なんだ。

まだ見ぬ子に呼びかけた時、全てが吹っ切れた。

「武蔵！　捕らえるぞ！」

鋏三郎が色を作《な》して止めようとする。それ以上に嘉兵衛が狼狽して喚いた。

「動けば撃つと言っただろう！」

「撃てよ。俺が覆いかぶさって消してやる」

「火の海に──」

「火に呑まれても豆鍬を屋根の上に持ち上げてやる。武蔵が水を浴びせ、お前も屋根の上へ押し上げる。そうだな？」

武蔵は口元を綻《ほころ》ばせた。

「ああ、その通り。流石源兄だ」

「気を揉ませて、悪かったな」

「毎度のことさ」

武蔵はけろりと笑った。

「長谷川様、鋏三郎。悪いが付き合ってくれよ」

このような状況にありながら、平蔵もくすくすと忍び笑った。

「よかろう。銕、腹を決めよ」

異常な種の者を見るかのように銕三郎は愕然としている。

それは嘉兵衛も同じである。違うとすれば目に怯えが浮かんでいることであろうか。嘉兵衛は声を震わせながら言った。

「馬鹿な……二人を助けるために四人が死ぬだと。しかも罪人だぞ……」

「命は和算じゃねえんだよ。そっちは家内に任せてんだ」

源吾はにんまりと笑い、足を大きく踏み出した。化物を見るようにしている嘉兵衛に、武蔵は熱に顔を歪めつつ呼びかけた。

「馬鹿だと思うだろう？　これが……」

「火消ってもんさ」

横取りして言い放ち、源吾は迷いなく近づいていく。

「来るな！」

「妖怪のまま死ぬな。水穂さんや滝翁を、嘉兵衛に会わせてやってくれ……」

武蔵の声は、大事な人の帰還を神仏に祈るように切実さに溢れていた。

「ああ……ああ……」

嘉兵衛の目に涙が膜のように張り、顎を小刻みに動かす。恐れ、哀しみ、無念、そして慕情、どの感情でも一つでは人はこのようにはならないだろう。その全てが心に渦巻《うずま》き、嘉兵衛を内から揺さぶっている。そのように見えた。

源吾は豆鍬の前で足を止めると、銃口に向けて立ちはだかった。

「人は汚《きたね》え。こんな奴がわんさといる。でも、俺は人を諦めちゃいねえのさ。身寄りのねえお前ら兄妹を救ってくれた滝翁のように、人は美しく生きることも出来る」

嘉兵衛は顔をくしゃくしゃにして歯を食いしばった。ようやく極蜃舞を降ろし、武蔵はゆっくりと立ち上がる。そして嘉兵衛に近づき、その震える肩にぽんと手を置いた。

「嘉兵衛、捕まえた」

まるで隠れ鬼に興じている子どものように、武蔵は白い歯を見せた。嘉兵衛は得物を手放し、崩れるように額を地に付けた。そして生まれ落ちたばかりの赤子のように泣き声を上げげた。

「銕三郎、お主の言う通りだ」

「え……」

唐突に言った平蔵の一言に、銕三郎は怪訝そうに顔を顰めた。

「よい。もう時が無い。退くぞ」

平蔵は満足げに手を打ち、豆鍬のもとへと歩み始めた。その時、銕三郎の背後に大振りの火の粉が蝶のように舞っていた。それは人を嘲るようひらりひらりと地に吸い込まれていく。

「銕三郎――」

耳朶が捉えたのは、輪郭《りんかく》のはきとせぬ低い音。他に譬えようがない火焔の生まれる息吹であった。瞬く間に炎が地を駆け巡り、銕三郎の背に襲い掛かった。

「銕！」

平蔵は何の躊躇いもなく、火に包まれた銕三郎の羽織を素手で脱がそうとする。その足元も燃え盛り、手と足の両方を焦がしている。

「武蔵‼」

武蔵は片足で跳んで極蜃舞を摑むと、獣のように吼えながら取っ手を回した。噴霧が平蔵を包み、火は縮み上がった。平蔵は銕三郎を壁際に突き飛ばすと、まだ残り火に身を焼かれる銕三郎に覆いかぶさった。

源吾は豆鍬の袖を摑んで立たせ、武蔵も嘉兵衛の襟を引いて下がる。

眼前は轟々《ごうごう》と盛る業火の壁。屋根から樽を蹴り落としたからか、壁際だけ奇跡的に臭水が零れておらず、僅か一畳ほどの空白地が出来ている。熱は鼻先を焦がし、自らの肉が焼かれる臭いが鼻孔へと流れ込む。

「くそ……」

「無事だ。耐えよ」

背を焼かれ痛みに耐える銕三郎に、平蔵は厳然と命じた。武蔵は極蜃舞の取っ手を休みなく回し続け、奇声を発して手を伸ばす炎を払う。

「あと数発で玉切れだ！」

「屋根へ上るぞ」

平蔵は火消以上に落ち着き払っていた。しかし屋根へと上るには軒の出が長く、常人離れした身軽さの彦弥でも一飛びで軒先を摑んで上がれるか怪しいほどであった。

「肩を貸す。足を掛けて飛ぶのだ」

「何を――俺が踏み台になります！　長谷川様が……」

源吾が悲痛に叫ぶ。

「銕は火を受け、武蔵は脚を捻っている。先に上って引き上げる役がいる。急げ！」

開闢以来、自らを踏み台にしようとする奉行がいただろうか。どの者も我先にと逃れることだけを考えるに違いない。身分の差など煙草の銘柄ほどの違い。そう言い放つ平蔵故であろう。

「長谷川様はいかに上られるのです」

「捕方にはこれがある」

平蔵は懐に手を捻じ込むと、ちらりと縄を見せた。平蔵は縛縄術に長け、火付盗賊改方長官の頃から縄を持ち歩き、自ら下手人を瞬く間に縛り上げたこともあると聞いた。

「解りました」

平蔵は頷くと、腿に諸手《もろて》を突いて腰を少し折った体勢を作った。奉行の背を踏むなど恐れ多い。権力に対して無頓着《むとんちゃく》な源吾でもさすがに頭を過ったが、今はそのようなことを言っている場合ではない。遠慮なく踏んで肩へ足を掛けた。

「跳びますぞ！」

「思い切りいけ！」

源吾はありったけの力で肩を蹴った。平蔵は揺れるどころか、飛ぶのに合わせて肩を持ち上げる。軒先に両手が掛かり、源吾は這うように屋根へ上った。

「よし、次は武蔵だ」

「しかし……」

「口答えするな！　その脚で踏ん張れるものか！」

平蔵に叱り飛ばされ、武蔵が同じように足を掛ける。豆鍬、嘉兵衛を先に上げることで、気が変わって再び殺そうとすること、あるいは逃げることを警戒しているのだろう。武蔵を先に上げて監視役を務めさせようとしているのだ。

源吾は腹ばいになって手を差し伸べた。脚が痛むか、幾分跳躍の低い武蔵の襟を摑んで引く。武蔵もその間に軒先を摑み、同じように這い上がった。

「次は豆鍬じゃ。早くしろ！」

平蔵はまだ震えが止まらぬ豆鍬を一喝する。囚人が天下の奉行を足蹴にする。夢でもこのような光景はあるまい。豆鍬も同じように屋根へと引き上げる。

炎は静まらない。それどころか樽に残った臭水にも引火したか、先ほどよりも勢いは増す一方である。満ち潮が来たように、赤い波が僅かな足場を少しずつ浸食していた。

「嘉兵衛、行《ゆ》け」

子どものように素直に頷き、嘉兵衛が背に足を掛けた。

「家族に詫びよ。礼を申せ。別れを告げよ」

平蔵は地を見つめたまま早口で言った。嘉兵衛も上り、最後は銕三郎である。

「身内は最後じゃ」

「はい。心得ています」

銕三郎の衣服は焦げて穴が開き、露わになった肌は爛《ただ》れている。

「行け」

銕三郎は背を上りながらぽつりと言った。

「昔、よく肩車をしてもらいましたな」

「もうお前がしてやる番だというのに、また背に上らせることになるとは」

「重くなりましたよ」

「おお、重い」

俯いているので解らないが、平蔵は笑っているように思えた。銕三郎は手を借りるまでもなく軒先を摑み、短い気合いと共に身を引き上げた。あとは平蔵の縄をこちらに投げて貰い、それを皆で引くのみである。

「長谷川様、縄を！」

平蔵は腿から手を離し、ゆっくりとこちらを見上げた。それきり、何故だか動こうとはしない。平蔵は微笑んでいる。源吾はそれで激しい胸騒ぎを覚えた。

「まさか……」

平蔵は懐に手を入れ、縄を取り出す。短い。短すぎる。僅か六寸（約十八センチ）ほどしかないではないか。銃に取り付ける火縄である。煙草を外でも呑むため、これをさらに短く切って火付けに用いる者もいる。平蔵が持っていたのもそのためであろう。

「長谷川様‼　なりません！　死ぬならば俺が――」

「馬鹿者！　それが父となる者の言葉か！」

「まだ何か方法が……」

「皆、何も言わずに聞け」

人はこれほど早く涙が溢れるものか。源吾は曇《くも》る眼を擦った。平蔵は最後まで丹念に命を燃やすように、口を動かし続けた。

「嘉兵衛、罪を償《つぐな》え。それが死であろうとも」

「はい……」

次は武蔵のほうへ目をやる。

「ゆめゆめ己のせいだとは思わぬように。松永を助けてやってくれ」

「申し訳ございません……」

平蔵はこの極限においても人を慮る優しさを失っていない。武蔵も涙を零して頭を垂れた。

「松永、綱殿によき子を産むようにと」

「はい……」

絞り出すように答えるのが精一杯であった。

「子の名に儂の字を使ってもよいぞ。平吉《へいきち》、平助《へいすけ》、平衛門《へいえもん》……平一郎《へいいちろう》など収まりがよいのではないか？」

「まだ男と……決まった訳では……」

「そうか、これは先走った」

平蔵は居間で茶を啜るが如く呑気に笑った。口を押さえて嗚咽する源吾に、平蔵は凜として言った。

「松永、江戸を頼む。皆を火事から守ってやってくれ」

背を焔が撫でる。それでも平蔵は何事も無いように笑っていた。

「は……」

最後に平蔵は銕三郎を見上げた。今にも泣き崩れそうな源吾と異なり、銕三郎は背筋を伸ばして動かない。ただその顔は紅潮している。真一文字に結んだ口の横を、一筋の涙が伝っていた。

「後は任せてよいな。嘉兵衛の家族への面会を許す」

「お任せ下さい」

「お主の言う通り。思い出したか？」

「先ほど父上の背を上った時に……」

平蔵は二度、三度頷きつつ満足げに言った。

「ならばよい」

これが親子の今生の別れか。呆気ないほど簡素なやり取りであった。

平蔵は再び懐に手を差し込んだ。取り出したのは愛用の銀煙管。腰の印籠《いんろう》を開けて刻みを摘み、弄るように丸めて親指で雁首に押し込む。

炎はもう眼前である。火焔に相対して先ほどの火縄を掲げると、みるみる先に火が移った。それをゆっくりと雁首に近づけて頰を窄める。

吸い口を顔から遠ざけると、平蔵は天を仰いで何とも旨そうに煙を吐いた。

「もう、行け。儂も行く」

源吾は口をへの字に曲げて咽《むせ》び続けた。目の曇りを何度払っても、すぐに霞んでくる。ぼやけて見える平蔵は首だけで振り返り片笑んだ。

「さらばだ」

口に煙管を咥え、紅蓮の景色へと歩み出す。どのような音も聞き逃さぬはずが、不思議と何も聞こえなかった。全てのものが音を失ったように静かで、時がゆっくりと流れた。

煙管を掲げたその身は薄い橙になり、透き通るような赤となり、やがて揺らめく深紅へと溶け込んでいった。

第七章　隠れ鬼

一

　野条弾馬率いる淀藩を筆頭に、残る三家の常火消、各町方火消も総出で消火に当たっていたが、東の空が白んでも大小の火事は残っていた。

　囚人たちは大きく迂回して一度西町奉行所に集められた後、六角獄舎鎮火の報を受けてから戻された。

　嘉兵衛と豆鍬を連行する銕三郎と別れ、星十郎のもとへと戻った源吾と武蔵は何も語らなかった。まだ火事場だったこともあってか、星十郎は平蔵が別の現場に急行したものと思っていたようだった。

　武蔵は極蜃舞に給水を終えると、痛めた足を引きずってあちらこちらの火を押し込んでいく。

　源吾は声が潰れるまで叫び続けて指揮を執り続けた。後にあの時の御頭には鬼気迫るものを感じたと星十郎は語った。

最後にして最も苦戦したのは平蔵が焔の中に消えた地点であった。真っ先に駆け付けようとしたが、臭水の影響が大きく、火焔が狂喜乱舞し、ここは我らの国よと人を拒んでいた。手桶一つを持って駆け出そうとする源吾に立ち塞がったのは、何と嘉兵衛らを預けてすぐ戻った銕三郎であった。銕三郎は、

「他の者から……まだ救える者から……」

と歯を軋ませるように囁いた。その両眼には壮絶な覚悟が浮かんでいる。火消が常に持っていなくてはならぬ非情を、素人の銕三郎から思い出させられる恰好となった。

業火は近隣を呑み込み、猛威を振るい続ける。源吾らはその周りを取り囲むように火除地《ひよけち》を作った。

そこからようやく竜吐水、玄蕃桶をもって突入し、少しずつ炎を狩り取っていく。三歩進んで二歩下がる。亀の歩みのようなものである。途方もなく長い時に感じ、中央に辿りつくまで実に二刻の時を要した。

一帯は焦土となった。天空から見下ろしたならば、ちょうど洛中に丸禿《まるはげ》が出来たように見えるであろう。

「長谷川様を捜す」

源吾はここで初めて星十郎に起こったことの全てを語った。星十郎は絶句して後ずさりし、暫しの間その意味を嚙みしめるように俯いていた。やがてゆっくりと顔を上げると、

「必ず」

そう言って誰よりも早く消炭《けしずみ》となった材木を搔き分けていた。

銕三郎、怪我の手当てを終えた喜八郎、奉行所の面々も加わり、不眠不休で捜すが平蔵の姿は見えなかった。これほどの火事の後では珍しいことではない。明和の大火の後、未だ見つかっていない者も数多くいる。

意味がないと解りつつ喉が潰れるほどに名を呼び続ける与力、一生分の涙を流しながら姿を求める若い同心、平蔵がいかに皆に慕《した》われていたかということが分かる。

陽がゆっくりと落ちていき、西の空が憎らしいほど赤く染まる頃、銕三郎が皆に向けて言った。

「終わりにしましょう」

怒声、罵声、慟哭の全てが銕三郎に注がれた。中には銕三郎の胸倉を摑んで突

き飛ばす同心までいる。それを一身に受けながら、それでも銕三郎は笑みを作った。

「幼い頃、父と隠れ鬼をしました。俺が鬼となり捜すのですが、ご存知のように父は大の負けず嫌い。子ども相手にも容赦はない。毎度とんと見つからないのです」

皆が静まり、何も言わずに銕三郎を見守っていた。

「挙句の果てに私は不安になって泣き喚いてしまう。するとどこに隠れていたか、ひょっこり顔を出してくれる」

「長谷川様らしいですな……」

喜八郎は苦笑しながら眼尻を擦った。

「此度もそうすれば出て来て下さるのかもしれないが……」

銕三郎はそこで言葉を切って燃えるような夕焼けを見つめた。

「俺は二度と泣きはしない」

皆の嗚咽が少しずつ重なり、やがて大きくなっていった。銕三郎の肩は小刻みに震えている。源吾はその向こうに西日に照らされ光るものを見つけて駆け出した。細かく割れた黒い柱をどけ、斑《まだら》な色の灰を払う。

「銕三郎」

源吾はゆっくりと歩んで手渡した。黒く煤《すす》けた銀の煙管である。銕三郎は掌の上のそれを見つめた。源吾にしか聞き取れぬほどの、蓮《はす》の花が爆《は》ぜるような小さな嗚咽の後、銕三郎は大袈裟な溜め息を零す。

そして手を添えたままそっと煙管を咥え、衆の方へと向き直った。

「皆々様、父はここに」

煙管を平蔵と思う。そのような安直な意味ではないと感じた。だからといって心にいるといった情緒的な意味でもない。

鉄芯の入ったような真っすぐな背筋、その割に僅かに丸める右肩、そのどれをとっても、銕三郎の背は平蔵と見紛《みまご》うほどによく似ていた。

何か言ってやって下さいと心で呼びかける。しかし己の耳をもってしても答《いら》えは聞こえない。子がいる山へと帰ろうとするのか、烏の蕭《しょう》々《しょう》とした鳴き声だけが、いつまでも京の空を覆っていた。

平蔵を欠いた西町奉行所は裁きを下す機能を一時喪失し、代わりに嘉兵衛は東町奉行所の白洲に引き立てられた。嘉兵衛は何一つ隠すことなく罪を洗いざらい吐露したという。

調べから僅か五日後、嘉兵衛の罪が確定した。火炙りの刑である。しかもその二日後に六条河原において執行されるという異例の早さである。火車に怯える人々を安心させるため、一刻も早いほうがよいという東町奉行所の判断と思われた。

同時に豆鍬は伊豆大島《いずおおしま》への島流しが決まったという。多くの者が生涯島から出ることなく果てる終身刑である。

「ありがとうございます」

刑を告げられた嘉兵衛は穏やかな顔で礼を言い、深々と頭を下げたと聞いた。

刑の前日、錬三郎を先頭に西町奉行所与力同心六十余名が東町奉行所を訪ねた。

「嘉兵衛に面会をお許し頂きたい」

錬三郎は居住まいを正して申し出た。父平蔵の遺言を果たすためである。

「それは……」

東町奉行は渋った。当然と言えば当然である。すると錬三郎はその場に座り込むと諸肌《もろはだ》脱ぎとなり、高らかに言い放った。

「父平蔵に成り代わり、一命を懸けてお願い申し上げます」

腹を切るというのだ。たかが罪人の面会のために、そこまでするはずはないと高を括っていた東町奉行であったが、威圧するように控えていた六十余名が悉《ことごと》く鋏三郎に倣《なら》ったので呆然となった。喜八郎が衆を代表して言上する。

「西町奉行所、皆の総意でございます」

中には隠居を決め込んでいた元同心の姿もある。皺腹を晒して奉行を見上げた。

「お主ら正気か……」

「大真面目に」

「火車は人と示すのだ。故にこのようなことを為せば、容赦なく刑を下されると知らしめねばならぬ」

「このままでは人の皮をかぶった化物のまま。刑は退治ではない。人に立ち戻らせるのです」

そこで奉行も一理あると思ったか、己に言い聞かせるように頷いた。

「分かった。許す」

「ありがたき幸せ」

鋏三郎は額を地に擦るようにして礼を述べた。

「長谷川殿に瓜二つよな」

「名は体を表すと申します」

「と……申すと？」

奉行は解しかねて顎に手を添える。

「本日よりこの鋏三郎、長谷川平蔵宣以《のぶため》と名を改め申した」

「二代鬼の平蔵か」

微笑む奉行に対し、鋏三郎は首を横に振った。

「仏の平蔵でもあります」

「ほう。そのようには見えぬが？」

「鬼にして仏、仏にして鬼。人はその間を移ろい生きているものと。故にそれを裁く御奉行のご心労の多いこと、お察し申し上げます」

奉行は眉を開いて感心した顔になった。一同一斉に下げた頭の上を、奉行の穏やかな声が通っていく。

「お言葉痛み入る。平蔵殿」

二

東町奉行所で面会が許された。この日は面会を懇請《こんせい》した西町奉行所の者たちも、念を入れて周囲を固めており、万が一にも逃げられることはない。

嘉兵衛は事件の顚末《てんまつ》の知りうる限りを供述した。

殺しの計画を練っていた段階の頃、酒場で一人の男が合席を申し出たという。歳は四十程、目は一重、鼻が高く、大きく前に突き出した額が不気味に思えた。男は身を乗り出して囁いた。

――殺すだけやったら意味がない。それ以上の苦しみを与えやな。

嘉兵衛は愕然として席を立とうとしたが、男はさらに身を乗り出して小声で言った。

――お手伝いしましょう。

嘉兵衛はもともと殺すなどという大それたことに、二の足を踏んでいた。一人で成し遂げられるのか。その不安も大きかったという。そんな時にこの申し出。嘉兵衛は鬼の囁きに乗り、火車となった。

男は自らを有明《ありあけ》と名乗った。本名でないことは気付いていたが、嘉兵衛にとってはそのようなことはどうでもよかった。

有明に案内されて連れていかれたのは、伏見の山裾《やますそ》に建っている古ぼけた茅舎《ぼうしゃ》であった。ここに隠れていればよいと言われ、実にそこで半年もの間計画を練ることになったという。

有明は嘉兵衛の知識、技術に興味津々で、相槌を途切れさせずに話を聞こうとした。嘉兵衛はここでサイフォンの原理、亜麻仁油の自然発火、そして最新の火消道具である極蜃舞を、反対に火焔を吐く魔物、魃《ひでりがみ》に改造出来ることを話したという。

当人たちを殺すのは勿論、遺族を震撼《しんかん》させ、近所から孤立させ、洛中に天罰が下ると知らしめねばなりません。そう男は嘉兵衛を煽り続けた。必要なものがあればいくらでも与える。人手がいるならばいくらでも用意する。有明は相撲の谷《たに》町《まち》のように、至れり尽くせりで計画を助けたらしい。

有明の目的を観察するため洛中に入った嘉兵衛は、とある噂を聞いた。

「青坊主」と呼ばれる妖が京に跋扈しているという。詳しく聞けば、どうやらサイフォンの原理を用いている。嘉兵衛は有明に詰め寄った。

「使わせて頂きました。目くじらを立てんといて下さい。仲間やないですか」

有明は更に柔らかな口調で続けた。

「妖になってでも悪人を裁きたいのは、何も嘉兵衛さんだけやない。私らはその助けをしているだけ。いわば人助けや」

有明は不気味な笑みを浮かべた。続いて、亜麻仁油を使った発火法まで勝手に使用したことを知り、嘉兵衛は改めてもう引き返せぬことを悟った。こうして着々と進めることで嘉兵衛は遂に自ら「ながも」の主人を殺すことを決意した。しかし何も出来ずにその日は戻ったという。

「匕首《あいくち》を持つ手が震えて、どうしても出来ませんでした……」

取り調べで嘉兵衛はそう話した。当時も同じように有明に告げたらしい。すると有明はやはり笑みを浮かべて、

――よろしい。私らがやります。嘉兵衛さんは後のことを。その代わり私らのお手伝いもして下さい。

いつの間にか主従が反対になっていると気付いたが、嘉兵衛はもう退《ひ》けなかった。遺体に詰める綿に亜麻仁油を染み込ませる。その絶妙の配合を教えた。男は湯灌《ゆかん》場の者に、銭を摑ませて実行させると言っていた。

二人目からは己で殺した。

「これなら怖くない。嘉兵衛さんならきっと出来る」

子どもをあやすように有明が手渡したのは毒であった。事実、嘉兵衛はやり遂げることが出来た。後を尾けて、対象が茶屋などに入れば、何食わぬ顔で近づき粉薬をさっと入れる。その場では「死」を見せずに済み、数刻後に果てることもあって、いつの間にか恐ろしさも消えていった。計画は次々に実行に移され、京の町は「火車」の存在に恐れ慄《おのの》いた。そのような時、いつも落ち着いた有明が慌てて嘉兵衛のいる茅舎にやってきた。

大変なことになった。手伝って欲しい。このままでは計画が頓挫《とんざ》する。立て続けに言われ、嘉兵衛も大いに焦った。

これまでこの茅舎に有明以外の者が来たことがある。いずれも小ざっぱりとした恰好の男たちや、下女風の女が数名、有明の命を受けて繋ぎを務めると言っていた。その内の一人が怖気づき、どうやらここ数日のうちに奉行所に駆け込もうとしているらしい。我々は毎日顔を合わせており、すぐに気づかれてしまう。それに対して嘉兵衛は一度会っただけ、上手く接近出来るはずだ。有明は身振りを交えて語った。

嘉兵衛は覚悟を決めた。拳ほどの大きさの水鉄砲を作った。中は二層になっており、一層には亜麻仁油、もう一層には水の中に黄燐《おうりん》の粉末を入れたもの。箸ほどの太さの棒を押し込むと一層と二層が混じって噴射される仕組みになっていた。威力はそれこそ子どもの水鉄砲と変わりない。だがただでさえ時を掛ければ発火する亜麻仁油に、空気に触れれば火を生む黄燐の組み合わせである。あっという間に炎を現出させる。

嘉兵衛は目的の男を尾行し、袴を狙って水鉄砲を撃つと、足早にその場を離れた。間もなく男は炎に包まれて後に絶命したと聞いた。これが土御門家の青侍、阿曾大炊少允であった。

最後の一人、豆鍬は別の罪で獄舎に囚われていると知っていた。

「我々も獄舎から出したい者たちがいるのです」

しんみりと有明が言ったことで、彼らが何故己に声を掛けたか、その真意を知った。嘉兵衛とてもう後戻りする気はない。最後までやり遂げるつもりである。有明は、青坊主、火車と立て続けに怪異が続けば、恩赦が検討されると思っていたらしいが、その動きは微塵もない。

ならばこれでどうだと、宵山を恐怖に染めて恩赦を促そうとしたが、それもあと一歩のところで阻まれた。

最後の手段として本丸である獄舎そのものを狙うことになったという。ここまでを想定して獄舎の錠前を作った錠前師を殺し、鍵を奪っていたというのだから、彼らの執念には目を見張るものがある。有明は幾重もの策を提案し、実行に移して今に至るというわけである。

白洲において筵に座って待つ滝翁と水穂の前に、腰縄を付けられた嘉兵衛が連れられて来る。銕三郎改め平蔵も責任をもってここに立ち会っていた。

「躰に障りは無いか」

滝翁の第一声はそれであった。明日、刑が執行されるのに、躰も何もないだろう。理知的な者ならばそう考えるに違いない。ただ親子というものはその枠外にある。それを今の平蔵はよく知っていた。

「はい……父上、ご迷惑をお掛けし、申し訳ございません」

嘉兵衛は縛られた両手を膝の前に置いて項垂れた。滝翁は怒ることも罵ることもないが、許しの言葉も与えなかった。ただその罪を自らも肩代わりするかのように奉行を始め、周りの与力や同心に向けて頭を下げていた。

「水穂、すまなかった」

「私の……」

「いや、違う。ようやくそれに気づいた」

水穂は震える息を吐いて涙を堪えている。僅かな時しか面会は許されていない。嘉兵衛は終わりはすぐに来ると知ってか、続けて水穂に話しかけた。

「父上を頼むぞ。六代目」

「はい……兄上、御達者で」

これもおかしな別れの言葉であった。しかしその場にいた誰もがくすりとも笑わなかった。むしろ涙を堪えているかのようにも見える。

「水穂……」

嘉兵衛が顔を近づけたので、同心が腰縄を引こうとした。奉行がさっと掌を見せてそれを止める。嘉兵衛は水穂の耳元で何かを告げた。えっと一瞬驚いた水穂であったが、すぐに力強く頷いてみせた。

嘉兵衛は再び引き立てられていく。僅か煙草を二、三服するほどの短い時であったが、嘉兵衛は何とも穏やかで幸せそうな顔をしていた。

三

翌日、月が改まった文月《ふづき》（七月）一日六条河原に立てられた矢来の前に人だかりが出来た。人の死を見るなど悪趣味極まりないが、これが悪事の抑止に一役買っているのだから、頭ごなしに下劣とまでは言えない現状がある。

滝翁と水穂は一歩も家から出ず、粛々と仕事をする。武蔵はそう聞いていた。

いよいよ刻限となって、馬に乗せられて市中を引き回された嘉兵衛が河原へとやってきた。刑場の雑事を担う者に馬から降ろされ、竹枠の組まれた柱に手足を縛りつけられていく。この縄には泥が塗り込まれており、炎でも燃え落ちないようになっている。

野次馬から容赦なく怨嗟《えんさ》の声が浴びせられた。嘉兵衛は唯一自由になる首を動かし、一々詫びるかのような姿勢を見せた。

誰かが礫《つぶて》を投げ、それが嘉兵衛の額に当たる。それでも嘉兵衛は顔色も変えずにただ詫び続けた。同心たちが一喝して野次馬を抑えた。

足元には薪が敷き詰められ、萱《かや》を積み上げていき顔以外を覆い隠す。

支度が整うと検視役の与力が進み出て、同心に改めを命じた。これが罪人に間違いないか、ここで最後の確認を行うのである。これが終われば顔を萱で塞ぎ、火がかけられる運びとなる。

武蔵は一連の作業を、目を逸らすことなく見つめ続けた。

同心がまじまじと見上げ、嘉兵衛で間違いないことを報じた。

「何か」

与力が短く言った。今生に言い残すことはないかということである。これは決まりではなく、与力の裁量に任されている。有無を言わさずに刑が執行されることも儘《まま》あった。ましてや火付けのような凶悪犯には稀《まれ》で、今回は奉行からも何か言い含められているのかもしれない。とはいえ、本当に一言二言だけで、長々と話すことは決して許されない。

武蔵は顔だけしか見えぬようになった嘉兵衛と、先刻からずっと目が合っていた。これほどの衆がいるのに、不思議なほどにぴたりと交わったのである。

嘉兵衛は口を噤《つぐ》んでじっと見つめて来る。短い言葉で何を言おうかと、必死に思案しているようにも見えた。嘉兵衛は天を仰いで胸を膨らせる。

「妹を頼む。俺のこれをやる！」

嘉兵衛は大音声で叫ぶと、口から唾を霧状に飛散させた。見事に二言に収まっている。これを挑発と取ったか、与力はすぐさま萱で顔を覆うことを命じた。再び人々から罵声が飛び交う中、嘉兵衛の顔は隠されていく。最後に残った口元の隙間を隠されるまで、嘉兵衛はずっと微笑んでいた。

「火をかけよ！」

松明《たいまつ》を油の染みた薪に近づけると、一気に炎が立ち上った。萱は乾いた音を幾重にも奏《かな》で、あっと言う間に全身が灼熱《しゃくねつ》に呑み込まれた。

嘉兵衛は一言も声を発しない。すでに天に昇り、萱の中身は空ではないか。そう思えるほど静かであった。歩み出した武蔵は振り返ることはなかった。慣れろ、慣れるなと、矛盾《むじゅん》した二つのことを心の内で繰り返しながら、奥歯を噛みしめ、感嘆する野次馬を搔き分けていった。

翌日の昼下がり、武蔵は平井利兵衛工房を訪ねた。明後日には江戸に向けて発つことが決まっていたのである。

入口の前でもたついていると、丁度戸が開いて水穂が顔を出した。

「あら、武蔵さん。いらっしゃいませ」

水穂はまるで何事もない一日が明けたように、満面の笑みで迎えてくれた。

「明後日、江戸に戻ります。お別れに参上しやした」

「そうですか……」

水穂は急にしんみりとして、中へと促してくれた。

奥へと進むと、丁度滝翁が竜吐水を作っている最中であった。滝翁は鑿《のみ》を置いて立ち上がり、ゆっくりと頭を下げた。

「武蔵さん、この度はまことにありがとうございました」

「いえ、俺は何も……」

「嘉兵衛の最期の言葉、そして仕草、話に聞きました」

「はい」

今初めて気が付いたが、滝翁の瞳が僅かに白く濁っている。歳を重ねればこのようになる者がおり、やがて視力が奪われることを知っている。滝翁はその時を覚悟しているように思えた。

「あれは、我らにしか分からへんでしょう」

滝翁はそう言いつつ棚のところへ行き、布に包《くる》まれたものを手に取ると、それを武蔵の目の前へ差しだす。

「嘉兵衛が作った……この世に初めて生まれた極蜃舞です」

「本当に良いので？」

「あれなりの礼でしょう。武蔵さんのおかげで、元の優しいあいつに戻って逝《い》くことが出来た」

受け取って包みを少し開く。木目に手垢《てあか》が入り込むほど、随分使い込まれている。これを生み出すまで何度も試行錯誤したことが想像出来た。

「大切に使わせて頂きます」

「修理が必要な時は文を出して下さい。江戸に駆け付けます」

「滝翁に無理はさせられねえ。俺が京に……」

「いいえ。大丈夫」

滝翁は細い髭を指でしごき、意味深な笑みを見せて奥へと引っ込んでいった。

「水穂さん、世話になりました」

水穂は武蔵の言葉に答えず、滝翁が行くのを見届けると、こちらに向き直った。

「修理には私が行きます」

「え……でもよ、女の一人旅は……」

「心配ございません。船で行きますもの」

「へえ、乗ったことあるのかい?」

「ございません」

「ありゃあひでえ乗り物だ。俺は大の苦手さ。案外、水穂さんも苦手かもしれねえぜ?」

「困りましたね……では迎えに来て下さいますか?」

水穂は口をきゅっと結び、潤《うる》んだ瞳で見つめてきた。僅か、ほんの僅かだけ動きを止めた武蔵であったが、すぐに視線を上に切って首を捻った。

「それじゃあ二度手間だ。これを持って京に来るよ」

水穂は少しむっとした表情になって見つめてくる。

「まあ、それでもよいですけど……」

「その時は頼むよ。達者でな」

武蔵は唐突に話を終わらせて笑顔で別れを言うと、その場を後にして表へ出た。外は快晴、日差しが眩しかった。ひやかすような蝉の鳴き声の中、往来を歩きつつ、傷のある頬をぴしぴしと叩く。先ほどの水穂の顔に息を呑んだ。恐らく今自分の顔は赤く染まっているだろう。

誰が見ている訳でもないのに歌ってごまかした。

「あね、さん、ろっかく……あね、さん、ろっかく……」

道はすっかり覚えている。しかし通りの名を覚えている訳ではなく、唄の続きがさっぱり出てこない。

このあたりが遊びの縄張りなのだろう。ふと見れば先日この唄を教えてくれた子どもが目に入った。

「ぼうず」

「あ、この前の」

「あね、さん、ろっかく……続きは何だっけな？」

「たこ、にしき……やで」

「ああ！　し、あや、ぶっ、たか、まつ、まん……だったよな？」

「そうそう。この前、教えたばかりやん」

子どもは少し呆れたように笑った。武蔵は苦笑して子どもに言う。

「悪いな。火消は馬鹿なんだよ」

子どもはさして興味のなさそうな返事をして、仲間たちと走り去っていった。

それを暫しの間見送った後、再び歩み始めた。鼻唄を歌いつつ行く。

「まる、たけ、えびす、に、おし、おいけ……」

腕の火傷が早くも痒《かゆ》くなってきて、頓着なくぼりぼりと掻く。

「あね、さん、ろっかく、たこ、にしき、し、あや、ぶっ、ぶっ、ぶっ……」

止まったところが悪かった。すれ違う娘がくすりと笑いつつ通り過ぎていく。

「まる、たけ、えびすに——」

武蔵はまた苦笑いを浮かべ、頭から歌い出した。到底最後までは辿り着けそうにない。それでも名残を惜しむように何度も同じところを繰り返し、いつの間にか余所余所しさの薄れた京の町を歩んでいく。

四

帰りは武蔵が船を嫌ったこともあり、東海道を歩くことになった。行きと異なり、帰りは特別急ぐ必要はないのだ。ゆっくりと気持ちを整理して帰りたい。それが真の理由である。

三条大橋に差し掛かると、源吾は振り返って軽やかに言った。

「銕三郎、ここまででいいぜ」

「平蔵だ。それに、これ以上見送るつもりはない」

平蔵は眉一つ動かさず無愛想に言った。

「平蔵ねえ……何か申し訳なくて呼び捨てに出来ねえよ」

「これまで通り長谷川様でもいいぜ」

「それも癪に障る」

「ならば諦めろ」

このやりとりを後ろの喜八郎は可笑しそうに見つめていた。喜八郎は頬の骨が折れたらしく、まだ顔を腫らしていたが、それでもすでにお役目に戻っている。西町奉行が急死したのである。代わりが間もなく任命されるであろう。その時までに積み残された仕事をまとめねばならず、ここ数日の間皆がお役目に追われている。

「いつまでも江戸を放っておく訳にもいかねえ。任せちまってすまねえな」

「何年かかろうとも、黒幕の尻尾は必ず摑む」

平蔵は表情を厳しくして言った。嘉兵衛の証言から黒幕は土御門家でほぼ間違いない。京に残ることを迷っていた星十郎であったが、平蔵は、

「父上がいない今、長き戦いになる。必ず力を借りる時が来る。その時まで、江

戸で励め」

　そう説き伏せてくれた。源吾としてもこれは正直助かった。平蔵も土御門のこととなると、星十郎が冷静さを欠くことを危惧していたのだろう。

「父上が出ていく間際、田沼様へ文を書いておられた」

　平蔵は周囲を警戒しつつ言った。

「何と」

「公家の取り締まりを厳しくする上申書だ。私が泥をかぶります。万が一、私が倒れればまた豪腕を送られたし。民の安寧、何より帝のためにも佞臣《ねいしん》を排除すべし。痛烈な言葉で締めくくられていた」

「長谷川様は……覚悟されていたのか……」

「いや、どうだろうな。父上は抜かりない御方。いつでも次の一手をいくつも用意されていた。此度がたまたま……というだけだろうよ」

　銕三郎は雲を見上げて細く息を吐いた。

　喜八郎は改めて礼を言い、源吾をじっと見つめた。

「長谷川様が若を松永様に会わせたかった訳が解るような気がします。若がいつしか忘れていた心を思い出させたかったのでしょう」

「うるせえ。誰がこんな奴で思い出すかよ」

平蔵は天を仰いだまま舌打ちした。苦笑した源吾だったが、思い出すという言葉で気になっていたことが喚起された。

「肩車って何だったんだ？」

先代平蔵が別れ際に言っていたことである。

「あれか……大したことじゃあねえよ。さっさと行きやがれ」

平蔵は犬を追い払うように手を払った。

「言われねえでも行くさ」

「てめえがいると思うと、江戸に戻りたくなくなるぜ」

残務の処理が終わり次第、平蔵は江戸へ戻って正式に家督を相続することになっていた。そこから様々な役目を務めて経験と実績を積む。いずれこの男が父のように火付盗賊改方になる。そのような日が来るかもしれない。

「長谷川様ほど早く出世は出来ねえだろうが、早く火盗改になって俺たちを楽にしてくれ」

「最後まで反りの合わねえ野郎だ」

平蔵は舌打ちして再び手を払った。喜八郎、星十郎、武蔵、皆がくすくすと笑い好ましげに見ている。

「こっちの台詞《せりふ》だ。じゃあ……またな」

源吾はそう言うと橋を渡り始めた。川上へと目をやる。鏡の破片が撒かれたように水面が輝いている。

昨日、再び深雪からの文を彦右衛門が届けてくれた。こちらからの返信が届く頃、江戸にも随分近づいていることだろう。

深雪は何も知らない。文にはこうあった。


旦那様、お躰に障《さわ》りはありませんか。私は元気です。元気過ぎて小谷屋の干し芋を擂《す》り潰して作る、新たなお菓子を生み出しました。

昨日、四谷《よつや》で火事がありました。新之助さんは御頭のいない今こそ番付を上げようとされているのか、勇《いさ》んで皆さまを率いて出かけていきました。寅次郎さん、彦弥さんも苦笑しながらも大いに助けて下さっています。新庄藩が迅速に駆け付けたからこそ、すぐに火は消し止められたようです。幸い誰もお亡くなりにはなっていません。

一つおめでたいことがあります。鳶の信太《しんた》さんの妹さん、よい縁談が決まったようです。相手は駿河《するが》で商いをする米屋の若旦那。江戸に商用で来ている時に知り合われたようです。

信太さんは喜ぶよりも、別れるのが辛いと、おいおいと泣いています。何故だか関係のない彦弥さんまで目頭を押さえて泣きだす始末。

嬉しい出逢い、苦しい出逢い、幸せな別れ、哀しい別れ、人はそうして生きて行くのです。そう信太さんには言い含めておきました。

お腹の子ともうすぐ出逢えることを日々楽しみにしています。長谷川様のことだから、俺が名付けてやるなどと仰っているのではないですか。もしそうならば、私からもお願い致しますとお伝え下さい。

では、芋を擂り潰さねばならぬので、ここらで筆を擱《お》きます。無事にお帰りになるのを待っています。

何か虫の知らせがしたのかもしれないというのは考え過ぎか。どちらにせよ、今の源吾にとってはどれも心に染みる文言に彩られた文であった。

——出逢いと別れか。

橋を渡り切る直前、振り返った。

平蔵は腕を組みながらまだ見送ってくれていた。手を振る喜八郎に、こちらも振り返す。平蔵はやはり追い立てるように手を払う。手の動きに合わせ、銀に輝く光が揺れ動いている。表情までは見えないが、笑っているような気がしてならなかった。

終章

寛延三年（一七五〇）の夏の終わりのことである。

今年六つになった息子の錬三郎が戻らないというので、平蔵は町へと捜しに出た。

平蔵は当年三十二歳、二年前に家督を継ぎ、早くも西城御書院番に抜擢《ばってき》されていた。平蔵には出世の志がある。それを叶えるため夜遅くまでお役目に奔走することも儘あった。そのため家のことや、子のことはなおざりになっており、錬三郎がいる場所に思い当たることもなくさ迷っている。

錬三郎は何というか、

――変わった子
であった。剣の筋はよく、頭も悪くない。ただ同年代の子らと遊ぶことは無く、いつも十も二十も離れた大人のところにいって、知らぬ間に可愛がられてい

る。前には河原で暮らす御薦《おこも》を家に連れて来て、

「母上、夕餉を共にしてよいですか」

などと言って妻に泡を吹かせたこともある。そのような銕三郎であるから、子《こ》攫《さら》いに拐かされたのではないかと、家はてんやわんやとなっている。昨年より病床にある妻波津《はつ》は、

「長谷川家の男子が攫われたとなれば末代までの恥辱《ちじょく》……」

そう言って唇をわなわなと震わせていた。

波津は銕三郎の実母ではない。平蔵の領地の農民、戸村品左衛門《とむらしなざえもん》の娘に産ませた子、いわば庶子である。銕三郎の母は産後の肥立《ひだ》ちが悪く、二月もせぬ間に亡くなった。

一族は銕三郎を長谷川家の者と認めなかった。銕三郎は三つの頃まで、品左衛門に育てられたのである。

出世ばかり考え、その他は余事と思っていた平蔵は、後継ぎを早く産ませようとする一族の薦《すす》めるまま、実の姪《めい》である今の妻を娶った。

おそらく波津は子ができにくい躰なのだろう。一年の間子作りに励んだが、一向に子は出来なかった。

波津は長谷川の家名を第一に考える女である。さらに病を患《わずら》ったからか、跡取りを危惧してある提案をしてきた。

——鋏三郎殿を当家で引き取りましょう。

と、いうものである。鋏三郎はそのような経緯で昨年、長谷川の家に入った。

外に出ることも出来なくなった波津は、布団の中でことあるごとに、昔ならば春には護国寺《ごこくじ》の椿《つばき》を愛《め》でられた、夏には隅田川で花火を見物出来た、などと憤懣を口にしている。

己の子が産めない悔しさと、長谷川家を紡《つむ》ぐ責任、自らの病の重さ、そのようなことが波津の子ども染みた恨み節に繋がっていると理解は出来る。とはいえ、お役目に疲れて帰ってそれらを延々と聞かされるのは、大層気が滅入った。故にわざとお役目を増やし、家に帰るのを遅らせたりもしている。

そのような波津は鋏三郎に厳しくあたった。鋏三郎は口答えすることなく従うが、それでも二人の溝は一向に埋まらない。

今春、臥《ふ》せる波津のため、野花を摘んできたことがある。しかし波津は、

「長谷川の男子が、婦女子のように花を摘むなどということがありますか」

と、厳しく言い放って花を投げ捨てたと後に聞いた。そのことを思い出した

時、あることが平蔵の頭を過った。銕三郎の居場所である。

刻限は申の刻を過ぎた。あと一刻もすれば暗くなる。平蔵は足早に隅田川のほとりを目指した。

「これは長谷川様、陽が昇る勢いと噂になってございますよ。またうちも御贔屓《ごひいき》に」

何度か足を運んだことのある呉服屋が足を止めて挨拶《あいさつ》をしてきた。

「すまぬ。うちの倅を見なかったか?」

「はい。銕三郎様でございますね。先ほどあちらで」

呉服屋は銕三郎のことをよく知っているという。普段から一人で町をふらふらと歩き、あちらで飴《あめ》を貰い、あちらで犬を撫で、皆から可愛がられていると言った。

平蔵は礼を言うと駆け出した。隅田川が眼前に開けた時、河原に屈む銕三郎の姿を見つけた。平蔵は胸を撫で下ろし、ゆっくりと河原へと降りていく。

銕三郎はきょろきょろと首を動かし、何かを探しているようであった。平蔵はその後ろに立って呼びかけた。

「銕、心配したぞ」

はっと銕三郎が振り返る。

「父上……申し訳ございません」

「何をしている」

「石を」

「石?」

「はい。母上が隅田川に行きたいと申されていましたので」

初めての感覚に平蔵は激しく狼狽した。胸の中心に奴床《やっとこ》で挟まれたような痛みが走る。銕三郎は柔らかそうな背を丸め、また石を探し始めた。

「ここに綺麗な石があると、貞三《ていぞう》が教えてくれました」

その名に覚えがあった。銕三郎が家に連れてきた御鷹の名である。それだけでなく、あることで記憶に留まっていた。

無宿者の貞三は先月、武士に斬られた。即死であったという。何でも物乞いをして得た銭を、仲間に奪われたらしく、その日に食うものにも困った有様であったらしい。貞三は貧すれども、それまで一度も悪事に手を染めたことはなかった。しかし飢《う》えのあまり、武士の袖から落ちそうになっている財布に手を出してしまった。すぐに露見し、貞三は尺取り虫のように往来で許しを乞うた。武士

は、

「このような輩、奉行所も取り合わぬ。いっそここで成敗してやろう」

そう言い放って貞三を斬り捨てたという。武士は詮議に掛けられたが、罪は不問とされた。

「貞三はいい人でした」

錬三郎は振り向くこともなくぽつりと言った。

「そうか……」

「掏摸《すり》は死罪ではないでしょう？」

「ああ、そうだな。罪を償わせ、生き直させるのも公儀の役目だ」

「はい」

錬三郎はそれきり口を噤んで、石探しに没頭していた。

「よし、父も手伝ってやろう」

平蔵はそう言うと、四つん這いになって石を探し始めた。錬三郎はきょとんとしてこちらを見つめている。

「錬、これはどうだ？　赤で恰好いいぞ？」

「こちらの緑のほうが綺麗です」

「うむ。そちらのほうが綺麗だ」

そのような会話をしながら、親子二人河原で石を求め続けた。半刻ほどたって辺りが薄暗くなった頃、平蔵は地に視線を落としたまま言った。

「なあ、銕。母上は……」

「大丈夫です。母上はご病気で、少し気が立っておられるだけです」

何も言葉が出なかった。目から零れ落ちる涙が、歪な河原の石を染めた。

「銕……もう……」

「私は諦めません」

綺麗な石を探すという単純な意味で言ったのかもしれない。ただ平蔵には別の意味に聞こえた。母にいかに厭《いと》われようとも、想いを伝え続ければ変わるということ。貞三のこともそうかもしれない。一度過ちを犯しても、人は優しさに触れてまた立ち直れるはずということ。色んなことが脳裏を駆け巡り、平蔵は肩を震わせた。

「父上!」

銕三郎に呼ばれて顔を横に向ける。小さな指の間に海のように真っ青な石が挟まれている。

「ああ……きっと母上は喜ぶ。鋉、こっちに来い」

鋉三郎はようやく手に入れた至高の逸品を見ながら、こちらへと歩んで来る。

「背に乗れ」

「え……」

「いいから早く。もそっと、上じゃ。首に跨れ」

言われるがまま鋉三郎は、背を上って首に跨った。平蔵はぐっと腹に力を込めて立ち上がる。鋉三郎がわあと歓喜の声を上げた。

「帰ろうか」

「はい」

石を踏みしめて歩き出す。慣れぬことをして、しかも足場が悪いので時折ふらつくと、上の鋉三郎がその度に笑い声を上げた。

「これからは早く帰る」

「お役目ですので、鋉三郎は我慢します」

「これも父の役目じゃ」

一拍空けて鋉三郎の嬉々とした声が降って来た。

「ありがとうございます」

道に上がっても肩車のまま歩く。家路につく人々が往来に溢れていた。

「まあ、長谷川様」

と、口に手を当てて驚く商家の娘。

「銕坊、よかったな」

と、声を掛ける棒手振り。その度に銕三郎は今日は父上と一緒なのですと、自慢げに話していた。

「なあ、銕」

「はい」

「お主の言う通りかもしれぬなあ……」

「何がでしょうか」

「よいのだ。父もそのように生きてみることにする」

陽は殆ど沈んでおり、ただでさえ影法師が最も誇らしげに背を伸ばす黄昏《たそがれ》時。一際大きな影が一つ。右に左に揺れ動き、明日を待ち焦がれる江戸の町へ溶け込んでいった。

解説――いまのうちに読むべき極上の群像劇

文芸評論家　北上次郎《きたがみじろう》

本シリーズの第1巻『火喰鳥《ひくいどり》』はホント、素晴らしかった。主家を追われて浪人をしていた主人公の松永源吾《まつながげんご》は出羽新庄藩《でわしんじょう》の火消頭取としてスカウトされるが、最初の仕事は人集め。予算が限られているので、プロの火消に支度金《したくきん》を渡して引き抜き、ということは出来ない。そこでまず、膝の故障をかかえて行き場を失っていた相撲《すもう》取りの荒神山寅次郎《こうじんやまとらじろう》を口説《くど》き落とす。江戸時代の火消には火が広がらないように壊すという作業が重要だったので、力持ちはそれだけで特異な才能といっていい。次にスカウトするのは、軽業師《かるわざし》の彦弥《ひこや》。火の中に飛び込んでいく疾風《しっぷう》のような男だ。3人目が博覧強記の加持星十郎《かじせいじゅうろう》。この男は風を読む名人で、その判断に基《もと》づいて消火をするから、これも重要な仕事である。以前から新庄藩の火消組にいるのが、鳥越新之助《とりごえしんのすけ》。とはいっても、火消に関してはほとんど素人《しろうと》同然。ただし、剣は相当に強いから役に立つことはある。

第1巻『火喰鳥』の前半は、こういう中核となるメンバーがどういう事情で集まってくるのかという銘々伝である。「水滸伝《すいこでん》」も英傑たちが各地から集まってくる銘々伝の部分がいちばん面白いように、それはこの手の群像劇のキモといっていいが、今村翔吾はそのツボを外さない。予算がないために、いつも継《つ》ぎ接《は》ぎだらけの衣装を着ているので「羽州ぼろ鳶組」と呼ばれていること（最初は蔑《べっ》称《しょう》だったが、徐々に畏敬《いけい》と愛着をこめて呼ばれるようになる）、反対に加賀《かが》百万石の前田《まえだ》藩の火消は、人員も衣装も素晴らしく、江戸庶民から畏敬をこめて「加賀鳶」と呼ばれていること、その頭取は「八咫烏《やたがらす》」の異名を取る大音勘九郎《おおとかんくろう》であること、さらに火付盗賊改方長官、長谷川宣雄《はせがわのぶお》（通称長谷川平蔵《へいぞう》、あの鬼平の父）が早くもここに登場していることなど、本シリーズの要《かなめ》はすべて出揃《でそろ》っている。

第1巻『火喰鳥』の後半は、なぜ松永源吾が主家を追われたのかという経緯が語られたあと、壮大な火災の場面に突入する。のちに「明和《めいわ》の大火」と言われる大火災で、松永源吾率いる「羽州ぼろ鳶」がいかに大活躍するか（もちろん、大音勘九郎率《ひき》いる「加賀鳶」も力強く活躍する）、そのディテールが迫力満点に展開するのである。

それにしても江戸時代の火消組織はここまで複雑であったのかと驚く。煩雑《はんざつ》になるのでここではその詳細は省《はぶ》くけれど、第2巻『夜哭烏《よなきがらす》』はそのシステム抜きには成立しない。たとえば『夜哭烏』にはこういう記述がある。

「火消には独自の規則がある。まずは士分の火消が太鼓《たいこ》を打ち、それを聞いた後でないと町火消は半鐘《はんしょう》を鳴らすことは出来ない。さらに同じ士分でも最も火元に近い大名家が初めに太鼓を打つ決まりとなっていた」

火事に気がついた者が半鐘を鳴らせばいい、というわけではないのだ。何事も武士が先、なのである。だから町火消は武家火消に腕では負けないと反骨心を抱くのだという。

では《・》その最初の太鼓が鳴らなければどうなるか。出動したくても火消たちは出動出来ない。その前代未聞《ぜんだいみもん》の事態を描くのが、第2巻『夜哭烏』だ。その大きな謎に向かって一気に進んでいくこの第2巻も圧倒的に面白い。

ここでは、どこに水をかければ消すことが出来るか、その火のゆらめきを読む能力の持ち主である万組《よろず》の頭、「魁《さきがけ》 武蔵《たけぞう》」が紆余曲折《うよきょくせつ》はあるものの、「羽州ぼろ鳶組」に入ってくる。こういうふうに彫《ほ》り深いキャラクターが各巻に揃っているのもこのシリーズの魅力だろう。たとえば第3巻『九紋龍《くもんりゅう》』には、町火消最強と言われる「に組」の頭、辰一《たついち》が登場する。身丈は六尺三寸、裸体の上に長半纏《ながはんてん》をひっかけただけで登場する大男だ。元相撲取りの寅次郎を高々と持ち上げてし

まうから、すごい。胸は盛り上がり、腹は割れ、筋骨隆々《きんこつりゅうりゅう》で、全身には九頭も
の龍の入れ墨《ずみ》が彫られている。もちろん、ただの怪力の持ち主ではない。辰一の
すべての行動には秘められた意味がある。その悲しい事情と、辰一の感情の噴出
を描くのが、第3巻『九紋龍』である。
というわけで、本書『鬼煙管《おにきせる》』はこの「羽州ぼろ鳶組」シリーズの第4巻にな
る。第2巻『夜哭烏』で、京から帰ってきた星十郎が「で、京はどうだった。長
谷川様に事件の協力を頼まれていたのだろう?」と尋《たず》ねられ、「ええ。中々奇怪
な事件でしたが解決致しました」と答える場面があったが、その「奇怪な事件」
とは何であったのか、これまでまったく語られてこなかったが、それがこの第4
巻の冒頭で明らかになる。こういうふうに、けっして急ぐことなくゆっくり語ら
れるのも、このシリーズの節度というものだ。

本書の特徴は、これまでの3巻の舞台が江戸であったのに対して、今回は京都
であること。京都町奉行に赴任《ふにん》した長谷川平蔵から依頼され、星十郎と武蔵を連
れて京都に赴《おもむ》くのである。死体が火を噴く事件が相次《あいつ》ぎ、さすがの平蔵も打つ手
がなく、源吾に助けを求めるのだ。

この巻のおすすめキャラクターは、淀《よど》藩の火消頭取で、蟒蛇《うわばみ》の異名を取る野《の》

条弾馬。ほとんどやくざといっていいほど伝法《でんぽう》な男だが、憎めないキャラクターである。もう一人はここで初登場の長谷川平蔵の息子、鉄三郎《てつさぶろう》（のちの鬼平）。このとき鉄三郎、二十九歳。若いときは喧嘩《けんか》に明け暮れ、賭場に出入りし、家の金を持ち出しては吉原《よしわら》通いの放蕩者《ほうとうもの》。その無頼《ぶらい》ぶりから「本所《ほんじょ》の鉄」と呼ばれて恐れられていたという。ある事情から改心し、いまは父のもとでお勤《つと》めをはたしているが、その熱い心は変わらない。

この鉄三郎になにが起こるのかを、ここに紹介してしまっては読書の興を削《そ》いでしまうので書けない。書くことが出来るのは、エピローグの挿話が素晴らしい、ということだけだ。ここで描かれるのは、鉄三郎六歳のときの光景だが、余《よ》韻《いん》たっぷりの美しい場面であり、この一シーンだけで本書は成立していると言っても過言ではない。

今村翔吾は、2017年3月に『火喰鳥』でデビューした作家で、その作品は本書を含めてまだ4作。本書が面白ければ、ぜひとも第1巻『火喰鳥』に遡《さかのぼ》り、既刊を読んでいただきたい。もっともっと大きくなっていく作家だと思われるので、いまのうちからお読みになっておくことをおすすめしたい。

一〇〇字書評

鬼煙管

切・り・取・り・線

購買動機（新聞、雑誌名を記入するか、あるいは○をつけてください）	
□（　　　　　　　　　　）の広告を見て	
□（　　　　　　　　　　）の書評を見て	
□ 知人のすすめで	□ タイトルに惹かれて
□ カバーが良かったから	□ 内容が面白そうだから
□ 好きな作家だから	□ 好きな分野の本だから

・最近、最も感銘を受けた作品名をお書き下さい

・あなたのお好きな作家名をお書き下さい

・その他、ご要望がありましたらお書き下さい

住所	〒				
氏名		職業		年齢	
Eメール	※携帯には配信できません		新刊情報等のメール配信を 希望する・しない		

この本の感想を、編集部までお寄せいただけたらありがたく存じます。今後の企画の参考にさせていただきます。Eメールでも結構です。

いただいた「一〇〇字書評」は、新聞・雑誌等に紹介させていただくことがあります。その場合はお礼として特製図書カードを差し上げます。

前ページの原稿用紙に書評をお書きの上、切り取り、左記までお送り下さい。宛先の住所は不要です。

なお、ご記入いただいたお名前、ご住所等は、書評紹介の事前了解、謝礼のお届けのためだけに利用し、そのほかの目的のために利用することはありません。

〒一〇一-八七〇一
祥伝社文庫編集長　清水寿明
電話　〇三（三二六五）二〇八〇

祥伝社ホームページの「ブックレビュー」からも、書き込めます。

www.shodensha.co.jp/bookreview

祥伝社文庫

鬼煙管《おにきせる》　羽州《うしゅう》ぼろ鳶組《とびぐみ》

平成30年2月20日　初版第1刷発行
令和7年6月30日　第15刷発行

著　者　今村翔吾《いまむらしょうご》
発行者　辻　浩明
発行所　祥伝社《しょうでんしゃ》
東京都千代田区神田神保町3-3
〒101-8701
電話　03（3265）2081（販売）
電話　03（3265）2080（編集）
電話　03（3265）3622（製作）
www.shodensha.co.jp

印刷所　堀内印刷
製本所　ナショナル製本
カバーフォーマットデザイン　中原達治

Printed in Japan ©2018, Shogo Imamura　ISBN978-4-396-34397-2 C0193

祥伝社文庫の好評既刊

今村翔吾　火喰鳥《ひくいどり》　羽州《うしゅう》ぼろ鳶《とび》組

かつて江戸随一と呼ばれた武家火消・源吾《げんご》。クセ者揃いの火消集団を率いて、昔の輝きを取り戻せるのか!?

今村翔吾　夜哭烏《よなきがらす》　羽州ぼろ鳶《とび》組②

「これが娘の望む父の姿だ」火消としての矜持を全うしようとする姿に、きっと涙する。最も〝熱い〟時代小説!

今村翔吾　九紋龍《くもんりゅう》　羽州ぼろ鳶《とび》組③

最強の町火消とぼろ鳶組が激突!? 残虐な火付け盗賊を前に、火消は一丸となれるのか。興奮必至の第三弾!

今村翔吾　鬼煙管《おにきせる》　羽州ぼろ鳶《とび》組④

京都を未曾有の大混乱に陥れる火付犯の真の狙いと、それに立ち向かう男たちの熱き姿!

今村翔吾　菩薩花《ぼさつばな》　羽州ぼろ鳶《とび》組⑤

「大物喰いだ」諦めない男、仁正寺藩火消・柊与市の悪あがきが、不審な付け火と人攫いの真相を炙り出す。

簑輪　諒　最低の軍師

一万五千対二千! 越後の上杉輝虎に攻められた下総国臼井城を舞台に、幻の軍師白井浄三の凄絶な生涯を描く。

祥伝社文庫の好評既刊

門田泰明
命賭《いのちか》け候《そうろう》 特別改訂版
浮世絵宗次日月抄
華麗な剣の舞、壮絶な男の激突。天下一の浮世絵師、哀しくも切ない出生の秘密⁉ 書下ろし「くノ一母情」収録。

門田泰明
秘剣 双ツ竜
浮世絵宗次《そうじ》日月抄
天下一の浮世絵師・宗次颯爽登場！悲恋の姫君に迫る謎の「青忍び」！炸裂する怒濤の「撃滅」剣法！

門田泰明
半斬《はんざん》ノ蝶《ちょう》 上
浮世絵宗次日月抄
面妖な大名風集団との遭遇、それが凶事の幕開けだった——。忍び寄る黒衣の剣客！ 宗次、かつてない危機に！

門田泰明
半斬ノ蝶 下
浮世絵宗次日月抄
怒濤の如き激情剣法対華麗なる揚真《ようしん》流《りゅう》最高奥義！ 壮絶な終幕、そして悲しき別離……。最興奮の衝撃‼

門田泰明
皇帝の剣 上
浮世絵宗次日月抄
絢爛《けんらん》たる都で相次ぐ戦慄の事態！ 悲運の大帝、重大なる秘命、強大な公家剣客集団——宗次の撃滅剣が閃《ひらめ》く！

門田泰明
皇帝の剣 下
浮世絵宗次日月抄
太平の世を乱さんとする陰謀。闇で蠢《うごめ》く幕府最高権力者——京に最大の危機‼ 書下ろし「悠《ゆう》と宗次の初恋旅」収録。